GOLDMANN

Buch

Wenn der Abend über Dry Bean County hereinbricht, klettert der siebzehnjährige Lonnie auf die Plattform des Windrades vor dem Anwesen seines Großvaters und blickt über die Prärie; umgeben von Wind und Dunkelheit, beobachtet er die zwölf Meilen weiter nördlich schimmernden roten, grünen und gelben Lichter von Thalia. Und er denkt nach: über seinen Großvater, den knorrigen Homer, und über Hud, den manchmal der Teufel reitet. Hud ist sein Idol, ein Draufgänger, so rauh wie das Land, in dem er aufgewachsen ist. Mit dem alten Homer verbindet ihn nur eins: daß sie beide Texaner sind, halsstarrig, unbeugsam und zum äußersten entschlossen, wenn es um die Durchsetzung eigener Interessen geht. Lonnie ahnt das heraufziehende Unheil, und dann kommt er – der Tag, nach dem nichts wie vorher sein wird. Larry McMurtrys Erstlingsroman läßt sich als Vorarbeit zu seinem Klassiker *Die letzte Vorstellung* betrachten. Auch *Der Wildeste unter Tausend* hat die Kleinstadt Thalia zum Schauplatz; McMurtry erzählt die Geschichte eines Generationenkonflikts im Gewand eines feinfühligen Entwicklungsromans, porträtiert kantige Menschen vor dem Hintergrund eines staubigheißen Landstrichs, um nebenbei die Tristesse seiner texanischen Heimat in einen scharfen, aber nie mitleidlosen Blickwinkel zu stellen.

Autor

Larry McMurtry gilt als klassischer amerikanischer Erzähler. Zu seinen bekanntesten Romanen zählen *Die letzte Vorstellung* (verfilmt von Peter Bogdanovich), *Der Wildeste unter Tausend* (verfilmt von Martin Ritt) sowie *Zeit der Zärtlichkeit* (verfilmt von James L. Brooks). 1986 wurde er mit dem Pulitzerpreis ausgezeichnet. Der *San Francisco Chronicle* nannte ihn einen »extraordinären Schriftsteller«, und die *New York Times* befand zu seinem nun erstmals in deutscher Sprache vorliegenden Debut: »Ein exzellentes nostalgisches Stück Literatur über das Aufwachsen im modernen Texas.«

Larry McMurtry im Goldmann Verlag:

Die letzte Vorstellung. Roman (9680)
Texasville. Roman (9839)
Weg in die Wildnis (41343)

Larry McMurtry

Der Wildeste unter Tausend

ROMAN

Aus dem Amerikanischen
von Bernhard Schmid

GOLDMANN VERLAG

Deutsche Erstveröffentlichung

Die amerikanische Originalausgabe
erschien 1961 unter dem Titel »Horseman, Pass By«
bei Harper & Row, New York

Der Goldmann Verlag
ist ein Unternehmen der Verlagsgruppe Bertelsmann

Made in Germany · 1. Auflage · 2/92

Umschlaggestaltung: Design Team München
Umschlagfoto: Archiv Dr. Karkosch, Gilching
Satz: IBV Satz- und Datentechnik GmbH, Berlin
Druck: Elsnerdruck, Berlin
Verlagsnummer: 41096
Lektorat: Sky Nonhoff
Redaktion: Jochen Stremmel
Herstellung: Peter Papenbrok
ISBN 3-442-41096-7

In Liebe und Dankbarkeit
meinen Eltern
W. J. und Hazel Ruth McMurtry

Prolog

LONNIE: Ich weiß noch, wie grün der erste Hafer stand in jenem Jahr und wie im April, nach dem Austreiben der Mesquitesträucher, die Prärie aussah. Siebenmal hintereinander war der Frühling trocken ins Land gezogen, und Großvater und die anderen Viehzüchter im Dry Bean County hatten mitansehen müssen, wie die kahlen Flecken auf ihren Weiden immer größer wurden. Aber jenes Jahr nieselte es den ganzen März hindurch träge vor sich hin, und als es aufhörte, schrumpften die kahlen Flecken wieder, und ein Teppich aus neuem Gras überzog die Ebene. Wenn ich samstags mit ihm ausritt, stieg Großvater hin und wieder vom Pferd, um mir die Ausläufer zu zeigen, die das Gras über den trokkenen Boden trieb; dazu erklärte er mir dann, daß die Natur sich schon zu helfen wisse, wenn nur der Mensch geduldig genug sei und ihr Zeit dazu lasse. An den Wochentagen, nach der Schule, wenn mich unser alter gelber Schulbus die lange Straße über die vielen Ranches nach Hause brachte, sah ich die Weiden sich verändern. Ich konnte sehen, wie das Rinderland weit und breit den Staub abschüttelte und zum Leben erwachte.

Abends, nachdem das Vieh gemolken war und wir gegessen hatten, saßen wir in der Dämmerung des Spätfrühlings auf der Veranda auf der Ostseite des Hauses, streckten die müden Glieder und unterhielten uns über den Tag. War es ein wirklich lauer Abend, kam auch Großmama heraus und setzte sich für ein Weilchen auf die aus Stricken geflochtene Sitzfläche des Schaukelstuhls; hin und wieder häkelte sie dabei Zierdeckchen für die

Wohnzimmersessel. Es kam sogar vor, daß Hud sich für ein paar Minuten auf die Stufen setzte, um seine roten Wildlederstiefel zu bürsten, bevor er sich auf den Weg in die Stadt machte. Es dauerte jedoch nicht lange, dann war er auf und davon, in seinem Ford-Cabrio, und Großmama, der es schließlich zu frisch wurde, setzte sich wieder vors Radio. Dann saßen Großvater und ich allein auf der Veranda und genossen die schönsten Augenblicke des Tages, jenes letzte kleine Weilchen, in dem wir zusahen, wie ein weiterer Tag zur Nacht wurde.

Kurz bevor es wirklich finster wurde, tauchten von irgendwoher die Nachtfalken auf, um dann durch den Flieder zu huschen; und auf ihrem Weg zu den dunklen Weiden am Fuße des Hügels klapperten die Pferde am Hof vorbei. Direkt an der Pferdeweide entlang, etwa eine Meile östlich von unserem Haus, verlief ein Highway, und von der Veranda aus konnten wir beobachten, wie drüben die Autos über die Prärie sausten – in Richtung Norden nach Amarillo oder Raton, in südlicher Richtung nach Dallas, Houston oder Fort Worth. Grollend rollten die großen Diesel-Laster durch das dicke Dämmerlicht der Prärie. Gleich auf der anderen Seite des Highway verliefen die Geleise der Eisenbahn, auf denen gegen Sonnenuntergang, eine lange Kette von Tank- und Viehwaggons hinter sich her ziehend, die Güterlok von Katy vorüberschnaufte. Während der Zeit des Auftriebs waren die Waggons voller Kälber, deren Blöken in der Dämmerung einsam und verlassen klang. Hin und wieder wühlte dieses Blöken in Großvater etwas auf: Es erinnerte ihn an andere Zeiten, in denen er es gehört hatte, und an Männer, mit denen er damals zusammen gewesen war. Dann kam es schon mal vor, daß er mir Geschichten von seiner Zeit auf den großen Ranches erzählte oder von Cowboys wie seinem verstorbenen Vorarbeiter Jericho Green. Ich saß dann, mein Taschenmesser in die weiche Erde um Großmamas Flieder schlenzend, zu seinen Füßen und fraß ihm jedes seiner Worte aus der Hand.

Großvater war damals ein alter Mann, und er arbeitete tagsüber sehr hart. Gegen acht oder Viertel nach acht war er zu müde, um noch aufzubleiben. Um diese Zeit flog unten der allabendliche Zephyr vorbei, der mit lauten Pfiffen die Leute vom Bahnhof in Thalia auf sich aufmerksam machte. Wie der pfeifende Zug selbst durchschnitt auch der Lärm, den er machte, die dunkle Prärie. Ich sah die hundert erleuchteten Fenster der Personenwagen und fragte mich, wo in aller Welt die Leute dahinter wohl Abend für Abend hinfahren mochten. Für mich hatte der Gedanke an einen Zug etwas Aufregendes. Großvater dagegen schien das Pfeifen des Zephyrs noch müder zu machen: es schien ihn traurig zu machen. Er erzählte mir einmal, er erinnere ihn an die Nächte beim Auftrieb längst vergangener Jahre. Damals hatten er und die anderen Cowboys an ruhigen Abenden um die Feuer gesessen, Geschichten erzählt oder Brandzeichen in die Erde geritzt. Es gab Abende, da campierten sie in der Nähe eines Schienenstrangs, und wenn ein Zug vorbeikam, dann stieß er beim Anblick ihrer Feuer einen Pfiff aus. Manchmal schreckte das die Rinder auf, manchmal nicht, aber immer nahm es der Unterhaltung der Cowboys den Schwung; es machte sie einsamer, als sie hätten sagen können. Es ließ sie an Weiber denken, an Spaß und an hell erleuchtete Städte, bis es kaum noch auszuhalten war. Und noch all die Jahre danach, wenn der letzte Zug bei uns vorbeikam, befiel Großvater dieselbe Rastlosigkeit. Er streckte sich dann und schob den alten Stuhl mit dem geflochtenen Sitz gegen das Haus. »Der Zug ist vorbei, Sohn«, sagte er. »Zeit fürs Bett.« Dann nahm er die Blechtasse, die ihm als Spucknapf diente, mit hinüber zum Gartenzaun, wo er lange genug stehenblieb, um zu pinkeln, und ging ins Haus. Damit war Großvaters Tag zu Ende, und für mich fing der Abend erst richtig an. Ich ging zum Windrad hinüber und öffnete den Hahn, bis nur noch eiskaltes Quellwasser das Rohr heraufgurgelte. Nachdem ich getrunken hatte, ging ich manchmal hinüber zu der Schaukel, die am stärksten Ast unserer Platane hing, und zog die Füße über den sandigen Boden, während ich durchs Fenster beobachtete, wie Großvater sich fürs Bett zurechtmachte. Wenn er sein Nachthemd anhatte, stellte er sich für gewöhnlich noch eine Weile ans Fenster und kratzte sich, in die Dunkelheit hinausblickend, das vernarbte alte Bein, das ihm einmal beim Rinderfangen fast abgerissen worden wäre. Schließlich wandte er der Nacht den Rücken zu und ging zu Bett.

Wenn ich sicher war, daß Großvater im Bett lag, ging ich wieder zum Windrad und stoppte es, so daß ich hinaufklettern und mich oben auf der Plattform unter die große Flosse setzen konnte. Klar und deutlich waren rund um mich herum auf der Prärie die Lichter zu sehen. Die Fördertürme waren mit Girlanden aus gelben Glühbirnen behängt, wie Weihnachtsbäume. In den Küchen der Pumpenwarte brannte noch Licht; die grüngedeckten Hütten mit dem knappen Backsteinfundament waren über die ganze Ebene verteilt. Zwölf Meilen weiter drüben, nach Norden zu, schimmerten die roten, grünen und gelben Lichter von Thalia in den Nachthimmel. Ich saß über alledem in der kühlen Brise, die um die Blätter des Windrads strich, und hörte die Motoren der Förderanlagen und das Grollen der Schwertransporter auf ihrem Weg den Hügel hinauf. Über dem dämlichen Gegacker unserer Legehennen hörte ich von der Ebene unterhalb des Kamms die Rufe zweier Klagenachtschatten, dieser geisterhaften Vögel, die ich nie zu Gesicht bekam.

Nur vom Wind und der Dunkelheit umgeben, dachte ich über alles nach, was mir wichtig war: meinen Schulabschluß, meine Sorgen, meine Pläne. Ich dachte an die wilden Nächte, die vor mir lagen, wenn ich erst meinen eigenen Wagen hätte und quer durchs Land zu Tänzen und Rodeos fahren konnte. Ich suchte mir schon mal die Jungs aus, mit denen ich losziehen würde, und die Mädchen, mit denen wir flirten könnten; ich war richtig glücklich bei dem

Gedanken an all die verrückten Dinge, die in den nächsten paar Jahren so passieren mochten. Wenn es nachts draußen auf den Weiden stürmte, beobachtete ich, wie die kleinen Schlangenzungen der Blitze an den Wolken leckten. War die Nacht klar genug, sah ich sogar die Positionslichter der Flugzeuge vom Flughafen in Wichita Falls herüberblinken.

Später stieg ich dann wieder hinunter und genehmigte mir noch einen Schluck aus dem Hahn, bevor ich ins Bett ging. Auf Zehenspitzen schlich ich über die vom Mond geschaffenen Lichtungen auf dem kühlen Linoleum des Küchenbodens und stieg die Treppe zu meiner Dachkammer hinauf. An Abenden, an denen ich dann immer noch hellwach war, lag ich auf der Bettdecke und las in einem Taschenbuch, bis ich schläfrig wurde oder bis Hud aus der Stadt zurückkam. Wenn er nach Hause kam, war ich müde genug, um einzuschlafen. Im Sommer schlief ich mit dem Kopf am Fußende des Bettes, damit ich den Mond und die Bäume vor dem Fenster sehen konnte. So bekam ich immer auch etwas ab, wenn sich ein Lüftchen regte; und außerdem brauchte ich mich bei dieser Lage morgens nur aufzustützen, um einen Blick auf die Koppeln zu haben, wo Großvater und die Cowboys bereits dabei waren, sich für den neuen Tag ihre Pferde zu fangen. Ich bekam nicht immer so viel Schlaf, wie von einem heranwachsenden Jungen erwartet wurde, aber dafür waren die Nächte jenes Frühjahrs ein Feld, das ich wohlbestellt hinterließ.

Kapitel eins

Als Nachspeise machte Halmea uns an jenem Abend eine ganze Maschine voll Pfirsicheis, das so sahnig war wie die Milch unserer Jerseys und mit großen Brocken süßester Kühlhaus-Albertas nur so gespickt. Für mich hatte es den ganz besonderen Geschmack von etwas, was es nicht das ganze Jahr über gab, etwas, auf das man den ganzen Winter hindurch warten mußte, wie etwa geröstete junge Maiskölbchen oder Gartentomaten. Ich aß drei große Portionen und hatte noch immer nicht genug. Als die Eismaschine leer war, ging ich ins Haus, um den Stößel zu holen, aber Hud stieß mich beiseite und nahm ihn mir weg. Wir teilten uns die letzten nach Pfirsich duftenden Tropfen und nahmen unsere Schüsseln mit hinaus auf die Veranda, um sie dort auszukratzen.

Großvater hatte seine letzte Portion schon vorher mit hinaus genommen, und als wir hinauskamen, stand seine blaue Kompottschüssel leer neben seinem Ellenbogen. Er saß auf der untersten Stufe der Verandatreppe und schnitzelte an einem Zedernstock herum, den er tagsüber aufgelesen hatte. Geduldig, das Messer ganz sachte auf das rötliche Holz legend, stutzte er den Stock zusammen; und während ich meine Schüssel auskratzte, sah ich zu, wie die hauchdünnen Späne sich lösten und in Kringeln zwischen seine Füße fielen. Achtzig und älter war er damals, Großvater, aber das sandfarbene Haar auf seinem Kopf war voll wie eh und je, und seine grauen Augen waren noch immer ruhig und klar. Gleichmäßig zog er die schmale Klinge seines Hirschfängers auf sich zu, und während er so vor sich hin arbeitete, öffneten sich seine Lippen. Einige Minuten lang glättete er weiter seinen Stock, ohne daß auch nur ein Wort fiel. Alle saßen wir da und genossen den stillen Abend. Schließlich sah Großvater von seinem Geschnitzel auf und hob das Kinn in Richtung der drei leeren Schüsseln.

»Warum bringst du die Schüsseln nicht rein zu Halmea?« sagte er zu mir. »Sie will vielleicht das Geschirr fertig spülen.«

»Dann laß die Niggerschnalle sie sich doch selbst holen«, sagte Hud. Er saß auf der Verandakante und säuberte sich mit einem angespitzten Streichholz die Zähne. Er trug seine Wildlederstiefel und ein neues Hemd mit Perlmuttknöpfen, schien es jedoch nicht besonders eilig zu haben, sich auf den Weg zu machen.

»Laß die mal ruhig was tun«, sagte er. »Die hockt doch den ganzen Tag auf ihrem Hintern.«

»Da ist sie nicht die einzige«, sagte Großvater und rieb mit den Fingern den glatten Stock entlang. »Wird Lonnie nichts schaden, wenn er sich hin und wieder mal bewegt. Er ist jung und agil.«

»Jung und debil«, sagte Hud und spuckte vor sich hin. Er grinste mich an, als er es sagte, und eine Locke seines schwarzen Krähenhaars fiel ihm in die Stirn.

Ich stand auf, schnappte mir die drei leeren Schüsseln und brachte sie ohne Widerrede hinein. Hud war fünfunddreißig, ich siebzehn, und das Gescheiteste war, ihn so wenig wie nur möglich zu beachten. Keiner im Landkreis, der Huds Bitterkeit nicht wenigstens hin und wieder zu spüren bekam, sogar Großvater, aber es fühlte sich keiner wirklich stark genug, etwas dagegen zu tun. Großvater behielt ihn, nehme ich an, teils weil er sein Stiefsohn war, teils weil Hud, wenn ihn mal was interessierte und ihm was dran lag, so gut wie der Beste und noch verwegener war als der Wildeste unter den tausend wilden Cowboys im texanischen Rinderland.

Als ich mit den Schüsseln ins Haus kam, saß Halmea am Küchentisch und las in ihren True Romances. Das Geschirr vom Abendessen stapelte sich auf dem Brett neben dem Ausguß, die Eismaschine stand noch mittendrin. Hud hatte schon recht: Sie hockte neun Zehntel des Tages auf ihrem Hintern, aber sie konnte es sich leisten. Sie war die einzige von uns, die Großmama halbwegs bei Laune zu halten vermochte.

»Spül lieber mal das Geschirr hier«, sagte ich. »Oma kriegt sonst 'nen Affen.«

Sie sah von ihrem Heft auf und bedachte mich mit ihrem trägen, breitmäuligen Grinsen. »'n Affe is grad wassie brauch«, sagte sie. »Die hat so'n Schiß vorm Krankenhaus, die kümmert kein Geschirr nich heut abend. Also geh und laß mich lesen.«

Ich stellte die Kompottschüsseln in den Ausguß und ging den schummrigen Flur hinunter aufs Klo. Als ich wieder herauskam, stand Großmama vor ihrer Schlafzimmertür – auf der Suche nach jemandem, dem sie auf den Wecker gehen konnte.

»Allmächtiger, ist das mal wieder heiß heute abend«, sagte sie. »Hilf mir mal hinaus auf die Veranda, daß ich mich 'n bißchen hinsetzen kann. Meine Nieren lassen mich nicht eine Minute in Frieden.«

Ich nahm sie beim Arm und führte sie hinaus zum Schaukelstuhl, ging dann aber wieder in die Küche, um mir ihr Genörgel nicht anhören zu müssen. Halmea hatte ihr Heftchen weggelegt und verpaßte ihren Zehennägeln ihren täglichen Anstrich aus einer Flasche Nagellack, die sie im Küchenschrank stehen hatte. Ihre großen nackten Füße hatten dunkle Sohlen. Sie hatte einen davon auf den Butterschemel gestützt, damit sie an ihre Zehen kam. Plötzlich hob sie den Kopf und ertappte mich dabei, wie ich einen Blick unter ihr weites blaues Kleid warf, das eins ihrer Beine freigab; sie sah mich nur mit ihrem trägen Grinsen an, dann tauchte sie den Pinsel wieder in den Lack. »Kümmer dich um dein eignen Dreck«, sagte sie. Ich hantierte eine Minute lang mit dem Wasserkrug und kam dann zu dem Schluß, daß ich mir genausogut Großmama anhören könnte. Halmea war bisweilen viel zu weit weg, als daß man sie groß hätte ärgern können. Ich stellte den Krug wieder hin und ging zurück auf die Veranda.

Großmama knüllte ihre Leinenschürze zwischen den Händen, schaukelte wie wild und quasselte dabei wie ein Wasserfall, um mit ihrem Geschaukel Schritt zu halten. »Ich hab schließlich noch nie 'ne Nierenoperation gehabt«, sagte sie. »Allein der Gedanke, daß ich da bewußtlos rumliege und nicht mitkriege, was die mit mir anstellen. Ich sollte doch diejenige sein, die die Anweisungen gibt.«

Drüben im Osten sah ich einen Pickup vom Highway abbiegen und auf der ungeteerten Straße zu uns herüberkommen. »Da kommt Jesse«, sagte ich. »Sieht so aus, als hätt er sie abgeliefert.«

Jesse war neu bei uns. Erst eine Woche zuvor war er auf der Suche nach einem Job von einem Viehtransporter gestiegen und mit nichts als einem Sattel und einer Papiertüte voller Klamotten auf das Ranchhaus zugekommen. Hud war gegen ihn gewesen, von dem Augenblick an, in dem er durchs Tor gekommen war, aber Hud war überhaupt dagegen, Leute einzustellen, und so hatte Großvater ihn trotzdem genommen. Jesse hatte eben einige trokken stehende Kühe auf eine frische Weide gebracht; jetzt kam er zurück zu einem kalten Abendessen ohne Pfirsicheis.

»Ich kann euch sagen«, sagte Großmama, »es ist eine Schande, daß sich eine alte Frau wie ich noch so kurz vor ihrem Tod aufschneiden lassen muß. Aber euch rührt das ja kein bißchen. Die könnten mir die Nase abschneiden, und außer mir würd sie hier keiner vermissen. Es ist abscheulich, wenn eine alte Frau nicht mal bei ihren eignen Leuten Mitgefühl findet.«

»Na immerhin kriegst du deine Rechnungen bezahlt«, sagte Hud. »Wenn ich das fertig brächte, meine Nase könnten sie gern haben.« Er lachte träge, ohne Großmama dabei anzusehen, und sie begann sich mit der Schürze die Augen abzutupfen. Ich ging hinüber zur nördlichen Ecke der Veranda und schaute in Richtung Thalia. Rund um uns herum lag, gestochen scharf, im letzten Tageslicht die Prärie. Gegen Osten hin verfärbte sich der Himmel purpurn, aber über dem Weg zur Koppel westlich von mir stand golden der Staub. Ich sah drei Krähen über die Weiden hinter der Scheune fliegen und dann krächzend in der Glut des Sonnenuntergangs verschwinden.

»Man möcht doch meinen, dem Hergott sei's Prüfung genug, mich fünfundsechzig Jahre in dieser Hölle schmoren zu lassen«, sagte Großmama. »Aber es ist wohl nicht an mir, das zu sagen.«

»Höchstwahrscheinlich nicht«, sagte Großvater und sah von seinem Stock auf. »Wie ist das, Scott, hattest du vor, heut abend in die Stadt zu fahren?«

»Eigentlich schon«, sagte Hud. »Jedenfalls hab ich mich nicht in Schale geworfen, um mir Mas Geknöttere anzuhören.«

»Nu hör mal, Huddie«, sagte Oma, einen anderen Ton anschlagend, »bleib du mal lieber hier heut nacht. Von zehn Uhr ab soll's nämlich Gewitter geben.«

»Na prima«, sagte Hud. »Vielleicht regnet's ja, und es wächst 'n bißchen was Grünes in unserer Wüste hier. Wenn ich rumsitzen und drauf warten würde, daß aus jeder kleinen Pißwolke ein Tornado wird, dann käm ich im Leben nirgendwo hin.«

Großvater legte seinen Stock auf die Treppe und klappte sein Messer zusammen. »Um welche Zeit wollt ihr beide denn morgen früh losfahren, du und deine Mutter?« fragte er.

Hud zuckte träge die Achseln. »Früh genug«, sagte er. »So um halb fünf oder fünf.«

»Ich dachte bloß«, sagte Großvater. »Die Ärzte wollten Jewel bis Mittag im Krankenhaus haben. Und wenn die Fahrt so lang dauert, da würd ich vorher soviel schlafen, wie's grade geht.«

»Mensch«, sagte Hud. »Ich bin doch noch nicht hundert wie du. Ich brauch keine Woche Schlaf, um frisch und munter zu sein.«

Großvater sagte nichts darauf. Der Pickup klapperte durch den Viehzaun auf der Südseite des Hauses, und Jesse winkte zu uns herüber, als er weiter zur Scheune fuhr.

»Hör mal«, sagte Hud, »warum rufst du nicht in der Abdeckerei an, daß die rauskommen und die Färse holen. Sie ist doch erst heut abend gestorben; für Seife taugt sie allemal noch.« Hud und Lonzo hatten den Kadaver nachmittags auf dem Nachhauseweg gefunden. Keiner von beiden konnte sagen, woran sie gestorben war, und Großvater hatte sie sich noch nicht angesehen.

»Ich glaub nicht, daß ich das tu«, sagte Großvater. »Ich ruf vor dem Schlafengehen bei Newt Garrett an, damit er morgen früh rauskommt und sie sich anschaut. Ich würd gern wissen, woran sie gestorben ist. Lonzo ist draußen bei ihr, um die Geier zu vertreiben.«

»So ist's recht«, sagte Hud und pumpte sich auf. »Hol dir so 'n Arschloch her, das dir dein Geld abknöpft. Mach dir bloß nicht mehr die Mühe, mich um meine Meinung zu fragen.«

»Erst mal«, sagte Großvater, »ist Newt nicht so einer, wie du sagst, und zweitens bist du kein Fachmann für Rinderkrankheiten. Genausowenig wie ich. Womöglich ist das ja was, was ich wissen sollte.«

»Na klar ist es das«, sagte Hud und stieß sein kurzes, scharfes Lachen aus. »Das wird grade mal so schlimm sein, daß du jedes Stück Vieh, das du hast, impfen mußt. Und Newt ist ganz zufällig der Vertreter für das Serum.« Er spuckte wieder aus, mitten in die Blumenbeete.

»Deswegen ist er nicht automatisch ein Gauner«, sagte Großvater und sah Hud dabei fest in die Augen. »Konzentrier du dich mal darauf, deine Mutter heil ins Krankenhaus zu kriegen, ich kümmer mich derweilen um mein Vieh.«

»Alles klar, Boß«, sagte Hud und grinste Großvater an. Er schwang sich vom Geländer, stand auf und streckte die langen Arme über dem Kopf. In diesem Augenblick begannen die Hunde anzuschlagen, und Jesse kam um die Ecke. Die drei hatten sich noch nicht an ihn gewöhnt und beschnüffelten seine Hosenbeine. Jesse zog sein steifes Bein ein wenig nach und sah todmüde aus.

»Na, was ist, du Mustang«, sagte Hud. »Hast du deine Krücken verloren?«

Jesse schenkte ihm ein müdes, verlegenes Lächeln und versuchte erst gar nicht, etwas zu sagen. Huds Art war ihm fremd, und solange Hud in der Nähe war, wußte er nie so recht, was er sagen sollte.

»Solltest dir 'n Rollschuh besorgen –« begann Hud wieder, aber Großvater fiel ihm ins Wort.

»Haben Sie sie gut rausgebracht?« fragte er. »Tut mir leid, daß es so spät geworden ist, aber ich wußte mir sonst nicht zu helfen.«

Jesse nahm seinen zerknautschten Strohhut vom Kopf und fuhr sich mit den Fingern durch das zottelige Haar im Nacken. »Alles klar«, sagte er. »Ich hab sie alle draußen abgeliefert.« Eigentlich übertrieb Hud ja, was Jesses lahmes Bein anbelangte. Für einen Cowboy war er gut in Schuß.

»Sohn, geh du mal rein zu Halmea, daß die Jesse was zu essen macht«, sagte Großvater. »Sieht mir ganz so aus, als könnt er ein bißchen Futter vertragen.«

»Ich könnte wirklich 'nen Bissen gebrauchen«, sagte Jesse. »Ich glaub, ich genehmige mir für den Anfang mal 'n Schluck aus Ihrem Brunnen.

»Na sagen Sie mal, was sind denn das für Manieren?« blaffte Großmama mit einemmal und überraschte uns mit der Lautstärke ihrer alten Stimme. »Haben Sie noch nicht mal Benimm genug, mir guten Abend zu sagen?« fragte sie. »Ich sitz hier schon 'ne ganze Weile und warte drauf.«

»Oh, tut mir leid«, sagte Jesse. »Du lieber Himmel, Misses Bannon, ich hab Sie gar nicht bemerkt.«

»Gehen Sie Ihren Schluck Wasser trinken«, sagte Großvater. »Das spielt wirklich keine Rolle.« Ich spürte, daß er drauf und dran war, ihr und ihrem Sohn die Leviten zu lesen. Jesse nickte höflich in ihre Richtung und verschwand hinter dem Haus.

»Ja, schleich dich nur«, sagte Großmama. Sie hatte angefangen, sich mit dem alten Sonntagsschulfächer, den sie stets unter dem Kissen des Schaukelstuhls liegen hatte, Luft zuzuwedeln. »Hilf mir doch wieder ins Haus, Lonnie«, sagte sie. »Die Nachtluft hier draußen wird mir doch zu frisch.«

»Laß den Jungen in Frieden, Jewel«, sagte Großvater. »Wenn du nicht allein raus- und reingehen kannst, dann bleib einfach mal 'ne Weile sitzen.«

Was ihren Fächer ein bißchen schneller gehen ließ. »Ich sollt ja auch wirklich gescheiter sein, als einen Bannon um einen Gefallen zu bitten«, sagte sie. »Hilf du mir rein, Huddie.«

Hud stieß sein typisches kurzes Krähenlachen aus. »Zum Teufel, Mama, ich kann nicht«, sagte er. »Ich arbeite hier nur von den Schultern an abwärts. Wenn Homer Bannon sagt, daß du allein reingehen sollst, dann solltest du das lieber mal machen.« Sein Ford-Cabrio stand vor dem Gatter zum Garten, und er stieg von der Veranda und schlenderte träge durch das zunehmende Dunkel des Hofs. »Sperrt ihr Leute mir ja den Sturmkeller nicht zu«, sagte er. »Ich komm ja womöglich heimgeschwommen.« Er trat nach einem der Hunde, der sich durchs Tor verdrücken wollte, machte es zu und setzte sich hinters Steuer. Der Ford hatte eine spezielle Hupe, mit der man eigentlich das Vieh zusammenrief, und mit einem langgezogenen, geradezu unheimlichen Blöken donnerte Hud vom Hof. Über eine Meile lang behielt er den zweiten Gang drin, und das schroffe Bullern seines Auspuffs war in der Stille des Abends weithin zu hören.

Ohne ein Wort stand Großmama auf und ging ins Haus. Es dauerte kaum eine Minute, dann hörten wir, wie eine Explosion, das statische Rauschen des Radios, und schließlich drangen Töne eines Gospelsongs durch das Fliegengitter. Großvater machte ganz den Eindruck, als wäre ihm nicht an Gesellschaft gelegen, und so ging ich denn ums Haus, um nach Jesses Abendessen zu sehen.

Der stand, die Levis aufgeknöpft, unter dem Windrad. Er hatte sich die schweißnassen Hemdzipfel aus der Hose gezogen und ließ sich von der kühlen Abendluft den verschwitzten Bauch trocken blasen. Noch immer war, leiser werdend, das Bullern von Huds Auspufftopf zu hören, als er mit quietschenden Reifen auf den Highway bog und in Richtung Thalia davondüste.

»Scheucht die Kiste nicht schlecht, was?« sagte Jesse. »Ist die alte Dame noch immer so sauer?«

»Nicht auf Sie«, sagte ich.

Er fuhr sich mit den Fingern durch das volle schwarze Haar. »Mit alten Frauen bin ich noch nie klargekommen«, sagte er. »Meine eigene Oma hat mich gepiesackt, solange sie lebte. Genauso wie meine Mutter. Nur mit einer meiner Tanten, mit der bin ich eigentlich recht gut ausgekommen, aber die hab ich aus den Augen verloren.«

»Sind Sie fertig fürs Essen?« fragte ich ihn.

»Laß mich erst meinen Hemdzipfel wieder einpacken«, sagte er. »Womöglich kommt ja deine Oma in die Küche und erwischt mich so.« Er ließ kurz die Hose runter und glättete die beiden nassen Zipfel seines schweren Khakihemds; dann knöpfte er sich die Levis wieder zu. »Großer Gott, ich brauch dringend 'nen Haarschnitt«, sagte er. »Ist gut 'n Monat her, daß ich beim Friseur war.«

Als wir in die Küche kamen, saß Halmea schon wieder über ihren True Romances, aber die Eismaschine war aus dem Ausguß verschwunden und das Geschirr wenigstens in die rote Spülschüssel gestapelt. Sie legte das Heftchen weg, als sie Jesse sah, aber der grinste sie nur an. Ich schnappte es mir, bevor sie wieder danach greifen konnte, und begann es selbst durchzublättern.

»Ziemlich dünn«, sagte ich. »Wie wär's, wenn du Jesse was zum Abendessen machst?«

»Bloß Mista Jesse?« fragte sie. »Und du willst nix?«

»Kannst mir 'nen Teller hinstellen«, sagte ich. »Paar Bohnen kann ich noch essen.«

Sie stand auf, grinste Jesse zaghaft an und trat ans Büffet. Sie hatte Jesse noch nicht so recht abgeklopft, so daß sie halblang machte, wenn er in der Küche war. Ich ließ mich auf einen Stuhl plumpsen und widmete mich wieder dem Heftchen, während Jesse den Flur hinunterging, um sich zu waschen. Durch die offene Tür zum Eßzimmer plärrte Großmamas Radio herein; wenn sie sich eine Predigt anhörte, dann kriegte die immer der ganze Haushalt mit. *»Macht nur so weiter«*, sagte der Prediger. *»Sauft nur so weiter, und feiert sie nur, eure Parties ...«* Ich stand auf und stieß die Eßzimmertür mit dem Fuß zu. Halmea stand mit weit gespreizten Beinen vor der Eistruhe, um ein Glas Eingelegtes herauszuholen, und ich versuchte sie beim Vorbeigehen mit der Hüfte zu erwischen. Aber sie richtete sich zu schnell wieder auf. »Sei bloß brav«, sagte sie, »sons machs du dir noch in die Windeln.« Sie hatte das Großvater mal zu mir sagen hören und dachte, sie könne mich damit richtig treffen. »Und zerreiß mir nich meine Geschichten. Ich bin noch nich fertig damit.«

Dann kam Jesse herein, die Ärmel bis zu den Ellenbogen hochgerollt, sein dünner Hals vom Schrubben ganz rot. Er setzte sich mir gegenüber an den Tisch und begann, etwas ungeduldig, mit seiner Gabel herumzuspielen. Als erstes stellte Halmea eine Platte kaltes Roastbeef auf den Tisch, dann eine Schüssel roter Bohnen in einer dicken bräunlichen Soße, einen kleinen Teller frischgewaschener Radieschen und Möhren, einige pflaumengroße Tomaten und schließlich noch ein paar geschnittene Zwiebeln in Essig. Jesse nahm von allem etwas und aß, ohne auf seinen Tee zu warten. Ich schöpfte mir nur etwas von den Bohnen auf den Teller und nahm mir dazu ein oder zwei Zwiebelscheiben.

»Weißbrot is keins mehr da«, sagte Halmea. »Tut's für heut abend auch mal 'n Maisfladen?«

»Das ist genau das richtige«, sagte Jesse und sah von seinem Teller auf. »Wenn Sie dazu vielleicht noch 'n Glas Buttermilch erübrigen könnten?«

»Von mir aus 'ne ganze Kanne«, sagte sie. Sie fischte einen Fladen grobes gelbes Maisbrot aus dem Ofen und legte es uns auf den Tisch; dann holte sie einen großen irdenen Krug Buttermilch aus der Eistruhe und goß jedem von uns ein Glas voll ein.

»Ich denk, ich nehm mir selber auch ein Glas«, sagte sie. »Wenn's den Herren recht ist.«

Jesse hatte den Mund voll, nickte ihr aber zu, sich doch zu uns zu setzen, und sie ging zum Schrank um sich ein Glas zu holen. Jesse war fast schon fertig, und ich hatte meinen kleinen Teller Bohnen noch nicht aufgegessen. Er aß, als hätte er Angst, es könnte jemand kommen und ihm den Teller vor der Nase wegschnappen, bevor er satt war.

»Wo steckt denn der alte Lonzo?« fragte er und wischte sich über den Mund. Noch bevor ich es ihm sagen konnte, hörten wir das laute, klagende Pfeifen des Zugs, der von Süden her über die Prärie kam.

»Er ist draußen und paßt auf den Kadaver auf«, sagte ich. »Großvater will, daß der Veterinär ihn sich anschaut, bevor ihn die Viecher auseinandertragen.«

Halmea hatte sich einen Stuhl an den Tisch gezogen und brockte sich den kalten gelben Maisfladen in ihre Buttermilch. Als sie genug drin hatte, rührte sie mit dem Löffel um. »Ihr beiden braucht bloß zu schrein, wenn ihr noch was wollt«, sagte sie.

»Ich hab heut mal kurz bei Hank Hutch vorbeigeschaut«, sagte

Jesse. Er holte seine Zigaretten aus der ausgefransten Tasche seines Hemds. »Der Bursche rackert sich noch zu Tode.«

Hank war unser Nachbar, ein junger Cowboy so um die Dreißig. Er wohnte gleich auf der anderen Seite des Highway. Wenn viel zu tun war, packte er bei Großvater mit an. Wenn nicht, dann arbeitete er als Cowboy für andere, und außerdem hatte er auf der anderen Seite von Thalia noch eine kleine Ölpumpe gepachtet; obendrein beschlug er den Ranchern der Gegend die Pferde, wann immer es ging. Er hatte eine Frau und drei kleine Mädchen und hielt sich gerade so über Wasser. Er und ich, wir verstanden uns prima, obwohl wir uns nur hin und wieder über den Weg liefen.

Jesse knüllte seine Serviette zusammen und warf sie auf seinen Teller. »Sowas ist doch kein Leben«, sagte er. »Ich kann's einfach nicht sehen, wenn sich so'n prima Kerl mit zwei oder drei Jobs abrackert, nie was andres kennt als Arbeit und dann trotzdem hinten und vorn nicht zurechtkommt damit. Ich glaub, da würd ich mein Leben lieber gleich wegschmeißen, bevor daß ich mich so kaputtschufte wie der. Ist doch nicht nur schwer für ihn; für seine Kinder und die Frau ist das ja auch kein Zuckerlecken. Wenn ich sowas seh, bin ich froh, daß ich nicht verheiratet bin. Da hab ich wenigstens eine Sorge weniger.«

Halmea schnaubte, den Mund voller Maisfladen und Buttermilch. Ein paar Tropfen Milch zwängten sich aus dem Mundwinkel und rannen ihr über das braune Kinn, aber sie wischte das Rinnsal mit dem Handgelenk weg.

»Das wär 'ne Sorge, die Ihnen gar nix schaden täte«, sagte sie und bedachte ihn mit einem ihrer trägen, fast schon frechen Blicke. Ich sah, daß sie ihre Verlegenheit Jesse gegenüber rasch überwunden hatte. Ich war so überrascht über ihre Worte, daß ich beinahe rausgemußt hätte. Sie sagte Fremden gegenüber immer so komische Dinge. Aber ich schätze, es brachte mich mehr in Verlegenheit als Jesse, denn der zog einfach an seiner Zigarette und schüttelte den Kopf. Er schenkte ihr sogar ein müdes Grinsen. Ich sah die beiden dasitzen und sich angucken und dabei miteinander warm werden. Und irgendwie machte mich das unruhig. Ich fühlte mich einsam und ausgeschlossen. Erwachsene haben das so an sich: Ohne es zu wollen, lassen sie die Jüngeren wissen, daß sie nicht im selben Verein sind. Halmea stützte einen Ellenbogen auf den Tisch und trank ihre Buttermilch; sie sah aus, als wolle sie uns beiden jeden Augenblick ins Gesicht lachen, Jesse und mir; sie hatte Schweißperlen auf der Stirn, und ihre schweren Negerbrüste beulten ihr graues Kleid aus. Irgendwas ließ sie glucksend in sich hineinlachen, ein Kollern, das ich unheimlich gern hörte. Jesse hatte seinen Stuhl nach hinten gekippt und sah sie durch den Qualm seiner Zigarette hindurch an. Jesse hatte was Trauriges, etwas, was er trug wie seine ausgewaschene Levis und das abgescheuerte Khakihemd. Die ganze Zeit über, in der ich ihn kannte, habe ich ihn nicht einmal wirklich entspannt und zufrieden gesehen. Irgend etwas in ihm brauchte dieses ständige Brüten, so wie Halmea etwas in sich hatte, was dauernd kichern wollte.

Eine Minute lang sagte keiner ein Wort. Dann hob Halmea ihr Glas und nahm einen tüchtigen Schluck Buttermilch, und ich sah das dunkle, schweißnasse Gestrüpp in ihrer Achselhöhle und daneben einen Teil ihres zum Bersten gefüllten weißen Büstenhalters. Während die beiden so dasaßen und entspannt vor sich hinstarrten, rutschte ich beim Gedanken an Halmea, an meiner Buttermilch nippend, unruhig hin und her. Einmal, ich hatte gerade die Hunde in die Scheune gebracht, damit sie nach Ratten suchten, war sie herausgekommen und unter mir durch das Unkraut zu einem Hühnernest gegangen. Ich hatte eigentlich kaum hinübergesehen, aber genau in dem Augenblick, in dem ich guckte, hob sie das Kleid und ging über dem grünen Geißklee in die Hocke, um zu pinkeln. Dann sammelte sie weiter Hühnereier. Sie hatte mich nicht gesehen, aber ich hatte diesen Anblick nie vergessen, und wann immer ich zufällig hinter ihr vorbei mußte, wenn sie am Ausguß arbeitete, und eine ihrer dunklen, schwerelos wirkenden Brüste erspähte, sobald sie den Arm hob, um nach etwas zu greifen, dann setzte mir das schlimmer zu, als wären sämtliche Mädchen unserer High School nackt im Studiersaal aufgekreuzt.

Schließlich hob Jesse den Kopf und drückte seine Zigarette aus. »Ich seh das anders«, sagte er. »Ein armer Kerl wie ich kann ja doch schon von Glück reden, wenn er gerade so über die Runden kommt, wie die Dinge stehen, und wenn er dann noch 'ne Familie hat, dann braucht er zwei- oder dreimal soviel Glück. Und bis jetzt hat mein Glück noch nicht mal für mich allein gereicht.«

Halmea wurde sich seiner von Minute zu Minute sicherer, und wann immer sie sich sicherer wurde, nahm auch ihre Kühnheit zu. »Von wegen, erzähln Sie mir doch nix«, sagte sie. »Ein Mann ohne Frau, das is wie 'ne Angelschnur ohne Haken. An so einem bleibt doch nie was hängen.«

Jesse lächelte, lachte aber nicht. Er sah ganz so aus, als hätte er einfach nicht die Energie für mehr als nur ein Lächeln.

»Hört bloß auf«, sagte Halmea. »Wenn ich was kenne, dann sin, das die Mannsbilder.«

Dann hörten wir den Tritt von Großvaters Stiefeln, der den Flur entlang auf sein Schlafzimmer zuging. Der Lärm des Radios war verstummt, was bedeutete, daß Großmama sich schon hingelegt hatte. An der Küchentür blieb Großvater stehen und schaute zu uns herein, in der einen Hand seinen Kaffeetassenspucknapf. »Wir Alten müssen ins Bett«, sagte er. »Jesse, der Doktor wird wohl nicht so früh da sein, denk ich jedenfalls. Wir brauchen also erst so um sechs aufzustehen.«

»Okay«, sagte Jesse und griff unter dem Stuhl nach seinem Hut. »Wenn ich früher aufwache, dann steh ich auf und nehm mir den Dreijährigen vor. Ich könnt nicht in den Tag hineinschlafen, wenn Sie mir Geld dafür geben täten.«

»Machen Sie, was Sie wollen«, sagte Großvater. »Wenn der Doktor zeitig fertig wird, können wir noch versuchen, den ein oder anderen Zaun zu reparieren. Gute Nacht.« Er machte sich auf den Weg zu seiner Schlafkammer, drehte sich dann aber noch mal um. »Vielleicht habt ihr alle ein Auge auf die Wolken«, sagte er. »Jewel meint, es wird Gewitter geben.«

Als er wieder weg war und die Schlafzimmertür hinter sich geschlossen hatte, stand Halmea auf und ging rasch den Flur hinunter. Ich trank meine Buttermilch aus und stand auf, um Jesse zur Schlafbaracke zu begleiten. Halmea erwischte uns vor der Hintertür und drückte Jesse einen Stapel Laken und Handtücher in den Arm. »Hab ich heut morgen vergessen«, sagte sie.

»Vielen Dank«, sagte Jesse. »In so 'ner Baracke wird's doch ziemlich staubig. Das Abendessen war prima.«

»Nich der Rede wert«, sagte sie. »Und jetzt macht mal zu, ihr beiden.« Wir waren ohnehin schon so gut wie draußen und taten gut daran. Abend für Abend kam Halmea früher oder später zu dem Schluß, es sei an der Zeit endlich sauber zu machen, und wenn es soweit war, dann war es nicht das Dümmste, ihr aus dem Weg zu gehen. Ich hatte beim Hinausgehen ihr Heftchen mitgenommen, nur um sie zu triezen, und noch bevor ich die Verandatreppe hinter mir hatte, rief sie mir nach, ich solle es zurückbringen. Ich brachte es wieder ins Haus und warf es auf den Tisch, um sie zu reizen. Auf dem Umschlag war das Bild einer Braut, die in ihren Schleier weinte, und darunter hieß es: LASS MICH GEHEN, MAMA.

»Wann machst du denn die Braut, Halmea?« fragte ich beim Hinausgehen. Ich wußte, sie hatte das bereits ein- oder zweimal hinter sich, und zog sie deshalb gern damit auf. Noch nachdem ich die Tür zugeknallt hatte, hörte ich ihr tiefes glucksendes Kichern.

Jesse wartete im Garten auf mich. Auch wenn er erst seit einer Woche auf der Ranch war, hatte ich mir doch bereits angewöhnt, ihn jeden Abend zur Schlafbaracke zu begleiten. Beim Sturmkeller blieb er stehen, um sich eine Zigarette anzuzünden, und im Flakkern der Streichholzflamme sah ich sein schmales Gesicht. Die Hunde waren wieder dabei, seine Hosenbeine zu beschnüffeln.

»Eine herrliche alte Platane, findest du nicht?« sagte er und nickte in die Richtung des großen Baumes nur wenige Schritt vor der Hintertür. Einige seiner längsten Äste wiegten sich direkt über dem Haus. Als ich noch im Tarzanalter gewesen war, hatte ich praktisch da oben gewohnt.

»Gott, ich wollt, ich hätte 'n Fleckchen Erde mit 'n paar Bäumen wie dem hier drauf«, sagte Jesse voller Bedauern. Er machte sich auf den schmalen Fußweg in Richtung Schlafbaracke, und ich trottete um der Unterhaltung willen hinter ihm drein. »Das wär mal wirklich was«, sagte er. Ich überholte ihn und öffnete ihm die Tür der Baracke, dann machte ich Licht. Er setzte das Bettzeug auf einer leeren Pritsche ab. Die Baracke bestand nur aus einem einzigen langen Raum mit fünf oder sechs Metallbetten und hatte auf der einen Seite, abgetrennt davon, Dusche und Klo. Es gab ein oder zwei Kartentische, einige Stühle und an der Wand zwei Rasierspiegel. Lonzo wie auch Jesse hatten sich jeder so um die drei Matratzen genommen und auf ihren Betten übereinandergestapelt, um es sich bequemer zu machen. Ihre Betten waren ungemacht und die Laken darauf voller Sandkörner, die der Wind hineingetragen hatte. Die paar Klamotten, die sie besaßen, hingen an den langen Nägeln, die Großvater vor Jahren in die Wand geschlagen hatte. Weder Jesse noch Lonzo blieben länger als nötig in der Baracke, und keiner von beiden dachte daran, sauber zu machen. In den Ecken der Decke hingen Spinnweben, und der Boden war nicht weniger sandig als die Laken.

Jesse setzte sich auf seine Pritsche und zog sich die engen, staubigen Stiefel von den Füßen. »Und du bist erst siebzehn«, sagte er zu meiner Überraschung.

»Nicht mehr lange«, sagte ich. »Im September hab ich Geburtstag.«

Aber ich glaube, Jesse dachte noch nicht mal an mich, als er das sagte. »Mein Gott«, sagte er. »Als ich siebzehn war, da konnte ich von nichts genug kriegen.« Er stellte seine Stiefel sorgfältig unter die Pritsche und begann sein Khakihemd aufzuknöpfen. »Der Sommer, als ich in dem Alter war, da hab ich in 'ner Erntemannschaft bei Chilicote gearbeitet«, sagte er mit dem für ihn typischen Bedauern im Blick. »Man möchte meinen, den ganzen Tag über diese Riesenballen Luzerne rumzustemmen wär Bewegung genug, aber damals hat mir das längst nicht gereicht. Bei mir in der Mannschaft war einer, DeWayne hieß der, 'n wirklich prima Kerl, mit dem zusammen hab ich mir 'n siebenundzwanziger Chevy gekauft, den wir mit Heudraht zusammengebunden haben, damit er nicht auseinanderfällt – den ganzen Sommer über. Kein Square dance, kein Rodeo, keine Pinte im ganzen Land, die wir zwei ausgelassen hätten, und ich weiß bis heute noch nicht, was wir doller rangenommen haben, unsern Wagen oder die Mädels, die zum Tanzen kamen.« Er hängte sein schmutziges Hemd über die Stuhllehne. »Jungejunge«, sagte er. »Was hab ich in diesem Sommer getanzt und an süßen kleinen Hintern im Kreis gescheucht.«

Ich hätte die ganze Nacht zuhören können, wenn Jesse aus seinem Leben erzählte, aber die Geschichten waren nie lang genug und endeten immer damit, daß er müde wurde und trauriger noch als zuvor. Er saß auf der Kante der Pritsche, kratzte sich den mageren weißen Bauch und krümmte die Füße, um sie nach dem langen Tag in den Stiefeln wieder beweglich zu machen.

»Aber hol's der Teufel«, sagte er. »Bist schließlich groß genug, um loszuziehen und selbst ordentlich auf den Putz zu hauen, ohne daß ich dir sag, wo's langgeht. Wichtig ist nur, daß du aus deinen Siebzehn rausholst, was nur rauszuholen ist, weil das nämlich schneller um ist, als du denkst. Jedenfalls war's bei mir so.« Dann legte er sich zurück auf die Pritsche, noch immer in Levis und Socken. »Was ich jetzt brauche, sind so um die acht Stunden auf der quietschenden Koje hier. Sei so gut und mach mir das Licht aus, ja?«

Ich war so sehr in Stimmung, jemandem zuzuhören, daß ich nur widerwillig ging, aber ich sah, daß Jesse völlig fertig war. Ich ging zur Tür und machte das Licht aus. »Ich seh dich *mañana*«, sagte er. »Gott, bin ich müde.«

Ich schätze, er hatte allen Grund, derart erschossen zu sein, aber als ich zur Tür hinausging, hatte ich das Gefühl, als wäre Schlaf das letzte, was mir im Augenblick fehlte. Was mir der schmächtige Jesse über seine wilde Zeit erzählt hatte, machte mich noch fickriger, als ich ohnehin schon war, und das, wo mich meine Unrast normalerweise fast schon um den Verstand brachte. Ich wünschte mir nichts mehr, als irgend etwas Wildes und Aufregendes zu tun zu haben. Aber ich hatte nun mal keinen alten, mit Draht zusammengeflickten Chevy, und jetzt noch irgendwo mit dem Pickup hinzufahren, dazu war es zu spät; und hätte ich ihn trotzdem genommen, wo hätte ich, abgesehen von Thalia, schon groß hin sollen? Und mehr als eine Runde auf dem menschenleeren Platz vor dem Amtsgericht war dort nicht drin. Ich ging zum Windrad hinüber, aber anstatt hinauf auf die Plattform zu klettern, trank ich einen Schluck und setzte mich in das dicke, kühle Gras unseres Hofes und lehnte mich gegen den Turm. Ich dachte an die drei Nächte, die ich den Sommer zuvor in Fort Worth verbringen konnte. Großvater war hinuntergefahren, um einige Stück Vieh zu kaufen, und da er abends in der Halle des großen Hotels dort saß und sich mit einem anderen alten Rinderzüchter unterhielt, konnte ich so ziemlich anstellen, was ich wollte. Ich schätze, ich hatte eigentlich vorgehabt, ins Kino zu gehen, aber statt dessen schlenderte ich die Main Street auf und ab, nur immer wieder diese eine lange Straße, die im Glanz ihrer Lichter erstrahlte. Ich ging bis ganz hinunter ans Südende, dort wo die Missionen der Evangelisten und die mexikanischen Kinos stehen und es unter dem gelben Neonlicht von irren Typen nur so wimmelte. Rasch hatte ich rausgekriegt, daß ich mich in die Hillbillybars drücken und in einer der dunklen Nischen soviel Bier kriegen konnte, wie ich nur wollte. Dort saß ich dann, eine vor Kälte beschlagene Flasche in der Hand, und lauschte dem Gelächter, den schleifenden Schritten der Tänzer und der traurigen Hillbillymusik. Aber was ich da abgekriegt hatte, damals in Fort Worth, war nur eine Kostprobe gewesen, gerade mal ein paar Maulvoll dieses aufregenden Lebens, und als ich nun so dasaß, gegen das Windrad gelehnt, wollte mir nichts einfallen, was ich lieber getan hätte, als auf ein, zwei Schluck wieder dorthin zu fahren.

Es dauerte nur wenige Minuten, dann knallte die Hintertür zu, und Halmea kam über den dunklen Hof auf dem Weg zu dem kleinen Häuschen, in dem sie schlief. Sie sah zu Boden und bemerkte mich nicht, und so stieß ich, als sie fast schon am Tor war, das laute Zischen einer Wühlnatter aus. Sie fuhr zusammen und ließ ihr Heftchen fallen, dann stand sie zu Tode geängstigt da und verrenkte sich den Hals. Sie sah mich zwar, war sich aber noch immer nicht sicher, was die Schlange anbelangte.

»Wir ham 'ne Schlange im Hof«, sagte sie, ohne sich auch nur zu rühren. »Ich bleib hier stehen und behalt das Vieh im Auge. Schleich dich vorsichtig rum, un hol die Taschenlampe un 'ne Harke.« Ich schätze, sie bildete sich tatsächlich ein, die Schlange ausgemacht zu haben; nicht einen Augenblick nahm sie den Blick vom Boden.

Ich warf mich zurück ins Gras und zischte noch mal, mußte jedoch lachen, bevor ich damit fertig war. »Hätt ich mir ja denken können«, sagte sie. In ein paar Minuten würde sie kochen vor Zorn, aber im Augenblick war sie so erleichtert, daß sie sich bloß das Heftchen schnappte und zum Tor hinausging.

»Oh, Mann, Halmea«, sagte ich. Ich wußte, sie würde tagelang an nichts anderes mehr denken als an Schlangen. Ich konnte sie mir richtig vorstellen, wie sie auf Zehenspitzen den Weg hinuntertippelte und eine halbe Stunde brauchte bis zu ihrer Hütte. Jedesmal wenn sie anhielt, würde sie eine alte Klapperschlange durchs Gras rutschen hören. Und wenn sie das Vieh nicht im Gras fand, dann würde sie in ihrem Horoskop danach suchen.

Als Halmea außer Hörweite war, legte ich mich in dem lange nicht geschnittenen Bermudagras zurück und ließ mir jedes von Jesses Worten durch den Kopf gehen. Ich hätte noch immer gute Lust gehabt, jetzt irgendwo anders zu sein, mitten in einer Menge von Leuten, die lachten und Bier tranken und hinter den Frauen her waren, irgendwo weit jenseits von Thalia oder Wichita und den Ölstädten und Eisbuden in einem Land, das ich noch nie gesehen hatte. Ich war froh, daß Jesse bei uns war: Er eröffnete mir den Blick auf alles mögliche. Großvater unterhielt sich ja kaum noch mit mir, und abgesehen davon, lebten er und ich ohnehin in ganz verschiedenen Zeiten und Räumen. Ich war längst soweit, daß ich lieber nach Thalia fuhr, um dort auf dem Platz rumzublödeln, als mir seine angestaubten Geschichten anzuhören.

Nach einer kleinen Weile begannen mich die Sandameisen in die Handgelenke zu beißen, und ich stand auf. Ich ging hinters Räucherhaus, um zu pinkeln. Während meiner Grundschulzeit hatten wir noch ganze Tiere ins Räucherhaus gehängt, Rinder wie Schweine, die Großvater und die Cowboys an frostigen Novembermorgen geschlachtet hatten. Danach hatte es dann immer eine Weile Schweinegrieben gegeben, das ganze Haus hatte nach Salz gerochen, und die Hunde hatten sich um die Schweinefüße gebalgt. Jetzt hingen die Rinder- und Schweinehälften im Kühlhaus von Thalia, und in der Räucherkammer landeten nur noch kaputte Rasenmäher und Spaten und Zaumzeug. Ich hörte das Kläffen eines Hundes, der irgendwo weit draußen ins Revier der Kojoten geraten war. Als ich ins Haus ging, bemerkte ich gegen Südwesten hin das Flackern von Blitzen und sah, daß in dieser Richtung die Sterne verschwunden waren. Aber im Juni waren in unserem Landstrich weder Wolken noch Blitze etwas Ungewöhnliches, und ich achtete nicht weiter darauf.

Als ich nach oben kam, war ich noch nicht müde, und so kramte ich *Verdammt in alle Ewigkeit* hervor, um einige der Szenen mit Prew und Maggio im New Congress Hotel zu lesen. Ich hielt es für das beste Buch, das sich je auf den Ständer in unserem Drugstore verirrt hatte, und es gab Kapitel darin, die ich immer und immer wieder las. Die Abschnitte über die Tanzabende im New Congress erinnerten mich an meine Nächte in Fort Worth; die Leute im Buch schienen denen, die ich dort gesehen hatte, sehr ähnlich. Dann las ich noch den Teil, wo der Sergeant sie zum erstenmal nimmt, und verstaute das Buch dann wieder in meinem Koffer im Schrank. Ich machte das Licht aus, streckte mich auf der Bettdecke aus und atmete den Geruch des grünen, taunassen Ranchlandes ein, der durch das Fliegengitter drang.

Kapitel zwei

Hud mußte zwar vor keinem Tornado davonlaufen, war aber wohl trotzdem in so eine Art Sturm geraten, da er erst gegen halb sieben morgens nach Hause kam. Jesse und ich saßen beim Frühstück, als wir sein Cabrio vors hintere Gatter rutschen hörten. Großmama, die seit zwei oder drei Stunden auf den Beinen gewesen war, fix und fertig für ihre Reise nach Temple, kam in die Küche gelaufen, um ihm den Marsch zu blasen; aber Hud sah mit seinen geröteten

Augen derart wüst aus, daß sie einfach wieder in ihr Zimmer ging und ihre Hutschachteln zusammenzusuchen begann. Ich aß mein Frühstück und ging dann zur Scheune hinüber, um Großvaters Lincoln vors Haus zu fahren, damit wir ihn beladen konnten. Oma hatte gepackt, als ginge es auf eine Expedition ins ewige Eis.

Jesse und ich waren dabei, das Auto zu bestaunen, als sie zur Hintertür herausgeklappert kam, bepudert und bepinselt, einen grünen Hut mit einem Schleier auf dem Kopf. Man hätte meinen können, sie wolle zum Jahrmarkt, so guter Laune war sie. Großvater brachte die erste Ladung Koffer heraus, dann eilten Jesse und ich hinein und holten den Rest.

»Also, ich bin fertig«, sagte Großmama. »Wo steckt Huddie denn? Ich hab nicht vor, noch länger zu warten. Wenn ich schon weg muß, damit die mich aufschneiden, dann jetzt gleich.« Großvater half ihr in den Wagen und blieb neben der Tür, damit sie nicht wieder raussprang, bloß weil sie auf irgendeine dumme Idee kam. Hud war innerhalb von fünf Minuten wieder draußen, frisch und munter, als hätte er eine ganze Woche geschlafen. Er warf seinen Militärsack auf den Rücksitz und rutschte hinters Steuer.

»Und du, Scott, paß mir ja auf«, sagte Großvater, noch immer eine Hand auf der Tür des Wagens. »Wenn du müde wirst, dann hältst du an und schläfst 'n bißchen.« Er holte Scheckbuch und Füllfederhalter aus der Tasche und benutzte die Haube des Lincoln als Pult, als er den Scheck ausstellte. Er faltete ihn sorgfältig und gab ihn Hud quer über den Beifahrersitz.

»Das dürfte fürs Hotel und so weiter reichen«, sagte er. Hud hatte den Wagen bereits angelassen, und für eine Minute wünschte ich, ich wäre derjenige, der da wegfuhr. Großvater tätschelte Großmama auf die Schulter. »Jewel, du siehst zu, daß du so schnell wie möglich wieder bei uns bist«, sagte er. »Ohne dich kommen wir hier gar nicht klar.«

Großmama sah geradewegs vor sich hin, voller Ungeduld, endlich loszufahren. Ihre Augen hüpften herum wie die eines Vogels, und nach einer Unterhaltung war ihr jetzt nicht. »Scheuch du mich doch nicht gleich wieder heim«, sagte sie. »Kümmer dich lieber um deine Ranch. Ich werde mir für diese Operation Zeit lassen.«

»Wir fahren«, sagte Hud und knallte den Gang rein. »Paß du nur auf die Kinder und Krüppel hier auf und kauf nicht gleich eine ganze Serumfabrik.« Einen Augenblick lang drehten die Reifen auf der dünnen Kiesschicht der Straße durch, dann, mit einem Ruck, war der Wagen fort.

Jesse sagte, er müsse mal rasch weg, bei seinem Darm den Hebel ansetzen, und Großvater sagte, ich solle schon mal einige Pfosten auf den Laster laden, damit wir noch ein Stück Zaun ziehen könnten, wenn wir die Geschichte mit dem Veterinär hinter uns hätten. Ich setzte den alten weißen Pickup rückwärts gegen den Pfostenstapel und hatte vielleicht zehn oder zwölf der kleinsten Rotzedern aufgeladen, die ich finden konnte, als ich Newt Garrett in seinem verdreckten blauen De Soto aufs Haus zufahren sah. Großvater war noch drinnen, und so ließ ich die Pfosten liegen, um ihm zu sagen, daß Newt da war. Als ich die hintere Veranda erreicht hatte, war Großvater schon herausgekommen.

Der alte Newt saß noch immer in seinem Wagen, noch nicht mal den Motor hatte er abgestellt. Kein zweiter im Land ging so ungern zu Fuß wie er, und wenn es nicht unbedingt nötig war, ließ er es bleiben. Er war schon alt, fast so alt wie Großvater. Er war früher mal Texas Ranger gewesen, und seine Pension war ordentlich genug, um ihn über Wasser zu halten; dazu kam noch das Geld aus dem Öl, das ihn halbwegs reich machte. Er verbrachte die meiste Zeit mit Kartenspielen im Spielsalon von Thalia, betätigte sich jedoch immer noch hin und wieder als Pferdedoktor, wenn er einen leiden konnte. Er hatte bei einer Krebsoperation seinen Kehlkopf verloren, und wenn er etwas sagen wollte, mußte er sich einen elektrischen Summer gegen den Hals halten. Die letzten paar Jahre über war er derart verdrießlich geworden, daß außer Großvater keiner mehr was mit ihm zu tun haben wollte, und selbst Großvater holte ihn nur alle Jubeljahre, wenn sich eine Färse mit ihrem ersten Kalb schwer tat. Großvater schüttelte ihm durch das offene Autofenster die Hand.

»Regen gehabt?« fragte er. Das war stets die erste Frage.

Newt holte seinen Summer heraus und hielt ihn sich gegen den Hals. »Paar Tropfen«, sagte er. »Gestern abend. Grade genug, um den Staub von den Hühnern zu waschen.« Newt war trotz allem ein komischer alter Knacker, und die trockene Art, wie er seine Worte hervorsummte, zum Totlachen.

»Mach deinen Motor aus und komm raus«, sagte Großvater. »Wir nehmen meinen Pickup. Ich glaub nicht, daß wir mit deinem Wagen über die Wege da oben kommen.«

Jesse kam aus dem Haus, und als Newt endlich ausstieg, stellte Großvater die beiden einander vor. Newt schüttelte Jesse die Hand und deutete dann auf den De Soto.

»Das hier ist wirklich kein Wagen«, sagte er. »Schau ihn dir an. Der reinste Schlitten. Jedenfalls nicht mehr Bodenfreiheit als ein Schlitten.« Er holte seine Arzttasche vom Rücksitz und machte sich auf den Weg in Richtung Scheune.

Jesse und ich folgten den beiden den Fußweg hinunter und stiegen dann auf die Ladefläche des Pickups, zu meinen Rotzedern. Gerade als er losfahren wollte, fiel Großvater Lonzo ein, der da draußen ohne Frühstück saß, und er fuhr nochmals ans Haus und schickte mich in die Küche, um ihm was zurechtzumachen.

In dem Augenblick, in dem Großmama aus dem Haus gewesen war, mußte Halmea das Radio im Wohnzimmer ausgesteckt und in die Küche geschleppt haben. Als ich zur Hintertür hineinkam, stand es auf dem Büffet und zersprang schier vor Rock 'n' Roll; Halmea gestattete sich ein Tänzchen für sich ganz allein.

»Hör dir das an«, sagte sie und klatschte in die Hände, während sie vor dem Ausguß die Zehen über den Boden zog. Sie spielten »Honeylove«, und das schnarrende Saxophon war so laut, daß sich praktisch die Tapete kringelte. Wäre Großvater nicht schon etwas taub gewesen, er hätte es bis in den Laster hinaus gehört. Aber unsere knackige alte Halmea grinste mich lediglich an und tanzte fingerschnippend weiter. Dann amüsierte sie etwas, ich weiß nicht, ob ich oder sie selbst, und sie begann zu kichern, bis sie sich kaum noch auf den Beinen halten konnte. Schließlich war der Song zu Ende, aber selbst dann noch tänzelte sie weiter zu irgendeiner Melodie in ihrem Kopf.

»Hör auf damit«, sagte ich. »Mach mir lieber schnell einen Teller für Lonzo zurecht. Großvater wartet schon.«

Sie hatte schon einen Teller in der Hand und ging zur Eistruhe hinüber. »Dieser Mista Bannon«, sagte sie. »Der Mann hetz sich zu sehr ab. Das Problem mit dem is, daß er einfach keine Bremsen eingebaut hat.«

»Er ist zweiundachtzig Jahre alt geworden, ohne sich auszuruhen«, sagte ich. »Hast du keine Hillbillymusik gefunden?«

»Ich tanz doch zu keiner Hillbillymusik«, sagte sie und belud den Teller mit Roastbeef, Wurst und hartgekochten Eiern. »Heut morgen, da tanz ich aus Spaß an der Freude.« Als der Teller ordentlich beladen war, legte sie eine Alufolie darüber und stellte ihn mir aufs Büffet. Ich war schon auf dem Weg zur Tür, als sie mich aufhielt. »Mista Lonzo braucht noch Kaffee«, sagte sie. Im Radio spielten sie was von Fats Domino, und sie tanzte langsam, die Kaffeemaschine in der Hand, durch die Küche.

»Wenn du den Kaffee fallen läßt, kannst du was erleben«, sagte ich. Und dann hätte ich ihn fast selber fallen lassen, als ich die Thermoskanne verkorkte. Als ich das Fliegengitter hinter mir zufallen ließ, hörte ich ihre bloßen Füße übers Linoleum patschen, als sie einsam und glücklich weitertanzte.

Newt saß da, seinen Sprechapparat in der Hand, und mir war klar, daß er Großvater eines seiner trockenen Gespräche angehängt hatte. Ich gab den Teller Newt und kletterte wieder auf die Ladefläche. Jesse saß da, gegen das Fahrerhaus gelehnt, rauchte eine Zigarette und machte eine bedrückte Miene. Ich erzählte ihm, wie Halmea sich in der Küche aufführte, aber es beeindruckte ihn nicht sonderlich. »Dolles Mädchen«, sagte er. Als ich ihn so beobachtete, während Großvater den Weg an der Viehtrift entlangkroch, mußte ich denken, was für ein seltsamer Mann Jesse doch war. In Nullkommanichts konnte sich seine Stimmung derart verdüstern, daß man sich unwohl fühlte in seiner Gesellschaft. Einen enttäuschten Ausdruck im Gesicht, starrte er auf die Weiden hinaus. Als wir an das Gatter kamen, das auf die Westweide führte, sprang ich ab, um es zu öffnen, aber es drehte sich so schwer, daß er absteigen und mit anpacken mußte, sonst hätte ich es nicht wieder zugekriegt.

Es ging noch vier oder fünf Meilen über die riesige Weide bis zu der Stelle, an der die Färse lag. Ich lehnte mich gegen die Ladeklappe und genoß das klare Blau des weiten Himmels und den Grasgeruch, den das Land verströmte. Schließlich brachte Großvater den Laster auf einem kleinen Kamm zum Stehen, und wir stiegen aus. Newt machte einen ziemlich mürrischen Eindruck. So berühmt, wie er für seine Faulheit war, fragte ich mich, ob Großvater ihn wohl dazu bringen konnte, den Rest der Strecke zu Fuß zu gehen, zumal die Weide noch naß war. Außerdem war es bereits später als geplant und wurde langsam heiß.

»Sie liegt 'n Stück weiter drüben«, sagte Großvater. »Ich versuch aber besser nicht weiterzufahren. Schaffst du das zu Fuß?«

»Aber ja doch, ja«, summte Newt. »Geh nur zu.« Jesse und ich gingen hinter ihnen her. Wir kamen uns reichlich überflüssig vor.

»Wir hätten genausogut den Zaun ziehen können«, sagte Jesse. »Keine Ahnung, wozu wir hier gut sein sollen.«

Wir wateten durch ein oder zwei große Flecken Präriegras und machten uns die Levis naß fast bis zu den Knien. Es war der dichteste Tau, den ich je erlebt hatte. Wir kamen auf eine kleine Anhöhe und sahen vielleicht fünfzig Meter weiter Lonzo unter einem großen Mesquitebaum sitzen. Er schlief, eine Kleinkaliberbüchse quer über dem Schoß. Der Kadaver der Färse lag vielleicht zwanzig, dreißig Meter südlich von ihm, und in den Bäumen ringsum mußten wohl an die fünfzig Truthahngeier sitzen. Als wir näher kamen, sprang einer der Geier auf den Boden und begann langsam und vorsichtig auf die Färse zuzuwatscheln. Die anderen blieben in den Bäumen, nickten nur hin und wieder mit ihren kahlen, schuppigen Köpfen oder schlugen mit den Schwingen.

Lonzo wachte auf, als er uns kommen hörte, und versuchte so zu tun, als hätte er sich bloß mal tot gestellt, um die Geier aus der Reserve zu locken. Er begann zu schießen. So schnell er nur konnte schob er den Vorderschaft des kleinen Gewehrs auf und ab, sechsbis achtmal, dann ging ihm die Munition aus. Die meisten der Kugeln ließen zu beiden Seiten des Vogels Grashalme und Erdklumpen tanzen, aber die letzte traf ihn und riß ihm ein Büschel pechschwarzer Federn vom Rücken. Er machte sich trotzdem aus dem Staub, stieg langsam höher, machte kehrt und flog direkt über uns hinweg, kaum fünf Meter über dem Boden. Fast hätte ich hochspringen und seine schuppigen Füße packen können. Auch die anderen Geier stiegen auf, wobei sie von ihren Ästen sprangen wie Turmspringer über einem Wasserbecken; nur daß sie nach oben sprangen und sich so hoch hinaufschwangen, bis sie sich wie Fliegen ausnahmen vor dem endlosen Blau des Himmels.

Lonzo stand auf und begann die Zweiundzwanziger nachzuladen. Er war ein hochgewachsener junger Bursche aus Oklahoma, hager und schlaksig, und arbeitete seit fast zwei Jahren für Großvater. Er behauptete immer, das einzige, wovon er im Leben je genug gekriegt hätte, das sei die Arbeit, aber wenn es dann ans Essen und Bumsen und Biertrinken gehe, komme er immer zu kurz. Er hatte jedoch keine großen Ansprüche und begnügte sich gegebenenfalls mit einer ordentlichen Mütze voll Schlaf.

»Schaut euch dieses feige Gesocks an«, sagte er und deutete mit dem Gewehr in Richtung der Geier. Newt trat hinter Großvater, so wie Lonzo mit dem Gewehr herumfuchtelte. Er hielt Lonzo offenbar für nicht ganz dicht und gefährlich.

»Schaut euch die Hasenfüße an«, ereiferte sich Lonzo weiter, und der Adamsapfel an seinem dünnen Hals zuckte auf und ab. »Und trotzdem könntste die nicht mit 'ner Kanone verscheuchen.« So mancher wunderte sich, warum Großvater Lonzo bei sich behielt; nicht nur, daß er von Cowboyarbeit keinen blassen Dunst hatte, er legte auch kein großes Talent dafür an den Tag. Hud sagte offen heraus, daß Lonzo nichts weiter drauf habe als quatschen, fressen, ficken, prügeln und an der Matratze horchen, und spitze sei er gerade mal beim Essen. »Schaut her«, sagte er und deutete auf die toten Geier auf dem Boden. »Ganz ordentliche Beute für 'ne Zweiundzwanziger. Und ich erwisch noch mehr, wenn die sich erst mal hinsetzen.«

»Mach mal halblang«, sagte Jesse, »und laß 'n paar übrig, die das Land sauberhalten.«

Ich reichte Lonzo seinen Teller und die Thermosflasche, und er wollte hinüber zu seiner Bettrolle, um zu essen, aber Newt hielt ihn auf. Newt hatte sich die toten Geier angesehen und holte sein Sprechzeug aus der Tasche.

»Das ist verboten«, sagte er und meinte tatsächlich, Lonzo damit auf seinen Platz zu verweisen. »Auf das Schießen von Geiern steht eine saftige Strafe.«

Lonzo hatte eines der hartgekochten Eier vom Teller genommen und würgte es hinunter, das Kleinkalibergewehr sorglos in der Armbeuge. Er hatte also den Mund voll, als Newt ihn ansummte und ließ sich deshalb mit seiner Antwort Zeit.

»Echt?« sagte er schließlich. Newt machte ihm Spaß. »Gibt's so 'n Gesetz wirklich?«

»Oh, ja«, summte Newt. »Oh, ja.«

Lonzo setzte sich auf seine Hacken und verdrückte ein weiteres Ei. »Na ja«, sagte er, »ich komm ja aus Oklahoma. Und da oben gibt's nicht so viel blödsinnige Gesetze wie anderswo.« Er hob den Kopf und grinste Newt an. »Ein Highwaypolizist, 'n wirklich prima Typ, der hat mir mal gesagt, daß man das Gesetz immer großzügig auslegen sollte. Und genau das versuch ich auch. Manchmal leg ich mich mehr auf die eine Seite, manchmal leg ich mich mehr auf die andere.« Er lachte über seine Worte, vielleicht auch über Newt, und entkorkte die Thermosflasche mit dem Kaffee. Newt tat beleidigt und ging hinüber zu dem Kadaver. Großvater stand schon daneben. Lonzo goß sich heißen Kaffee in den Becher. Von dem gläsernen Rand der Flasche stieg heißer Dampf auf. Lonzo zwinkerte und blies auf den Kaffee ein, um ihn abzukühlen. »Sieht mir ganz so aus, als sollten die Jungs in Austin sich 'ne sinnvollere Beschäftigung suchen, als Gesetze für irgendwelche verdammten Geier zu machen. Meinst du nicht auch?« Er nahm die letzten drei Stücke Wurst in die Hand und schleuderte den Pappteller dann über die Schulter hinweg in den nächsten Mesquitestrauch. Dann putzte er die Wurst in drei Bissen weg. »Ich mußte mich ganz schön ranhalten, um die Mistviecher zu verscheuchen«, sagte er. »Ich hab schließlich die Taschenlampe angemacht und so hingestellt, daß sie genau auf die Färse leuchtete, und immer wenn einer ins Licht kam, hab ich ihm eine verpaßt.« Er stand auf und stocherte mit dem Daumennagel in den Zähnen herum.

Wir gingen hinüber und sahen zu, wie der alte Newt sich der Färse widmete. Geschlagene fünf Minuten tat er nichts weiter, als vor dem Kopf des Tiers zu kauern und ihn sich anzusehen. Dabei bewegte er die Lippen, als unterhalte er sich mit dem Kadaver. Großvater kauerte sich neben ihn. Er hatte sein Taschenmesser herausgeholt und schabte die spröde dünne Rinde von einem trokkenen Holunderzweig. Die Falten in seinem Gesicht waren tiefer als sonst, wie die Radfurchen eines Feldwegs fast; schneeweiß leuchteten die Bartstoppeln auf seinem braungebrannten Gesicht. Er sah sich die Färse zwar neugierig an, schien aber nicht weiter beunruhigt. Er hatte schon öfter in seinem Leben Vieh verloren, viel Vieh; eine tote Färse brachte ihn noch lange nicht aus der Fassung.

Die Färse lag auf der Seite, zwei ihrer Beine staken geradewegs in die Luft. Sie war schon ganz aufgeschwollen, roch aber noch nicht so, daß es nicht mehr auszuhalten gewesen wäre. Hud hatte gesagt, sie wäre eben gestorben, als er sie gefunden hätte. Sie hatte keine Verletzungen, sah auch nicht verkrüppelt aus und hatte auch keinerlei Schwellungen, die auf einen Schlangenbiß hätten schließen lassen.

Schließlich stand Newt wieder auf und machte mit seinem Summer herum. »Ich weiß nicht«, sagte er. »Ich weiß nicht. Da werd ich nicht schlau draus. Wir könnten mal einen Blick in ihren Bauch tun.«

»Wär gut, wenn wir jetzt 'n paar Wäscheklammern hätten«, sagte Jesse und rollte sich die Ärmel hoch. Wir drehten die Färse so, wie Newt sie haben wollte, und er nahm ein langes Messer und brach sie auf. Es stank wirklich bestialisch, aber soweit wir das beurteilen konnten, war die Mühe vergebens gewesen. »Da werd ich nicht schlau draus«, summte Newt. Sein altes, sonnenverbranntes und sommersprossiges Gesicht hatte einen feierlichen Ausdruck angenommen. Er ließ die Färse liegen und ging zu dem einzigen Baum mit einem ordentlichen Schatten hinüber, unter dem Lonzo seine Decke liegen hatte. Wir anderen folgten ihm.

»Homer«, summte Newt. »Homer. Häng dich ans Telefon und ruf den staatlichen Veterinär an. Vielleicht weiß der Bescheid.«

Das überraschte jeden von uns, aber Großvater verschlug es glatt die Sprache. Es war das erste Mal, daß jemand gehört hatte, wie Newt Garrett einen Kollegen empfahl, und obendrein noch einen staatlichen Veterinär.

»Warum, was in aller Welt ist los?« fragte er. »Ist es was derart Kompliziertes? Ich hab mit den Burschen nie viel zu schaffen gehabt, außer wenn's gar nicht anders geht.«

Aber Newt gab nicht nach. »Ruf lieber an«, sagte er. »Ist womöglich was Ernstes. Ich weiß nicht. Ich kann's dir nicht sagen, Homer. Ruf lieber an.«

»Ich hab nicht gedacht, daß ich die Behörden da mit reinziehen müßte«, sagte Großvater. »Ich bin auch gar nicht sicher, ob ich das will, bloß wegen der einen Färse da.« Großvater war einer, der lieber eine Meile zu Fuß lief, als irgendwas mit den Behörden zu tun zu haben, aber verglichen mit Hud hielt er sie noch glatt für harmlos. Hud rastete schon aus, wenn in seiner Gegenwart das Wort fiel. So ziemlich das Schlimmste, was zwischen Hud und Großvater stand, war die Tatsache, daß Großvater ihn zum Militär hatte gehen lassen, obwohl er ihn hätte zu Hause behalten können.

»Geh auf Nummer Sicher«, summte Newt. »Womöglich werden dir alle krank, wenn du's nicht tust.«

»Wie kommst du denn da drauf?« fragte Großvater.

Aber auch der alte Newt hatte seine bockbeinige Ader, und so weigerte er sich, auch nur noch ein Wort zu sagen. Großvater brummte noch eine Weile herum, dann wurde es Newt zu bunt, und er steckte seinen Summer in die Tasche und ging zum Laster zurück. Großvater winkte Jesse und Lonzo herüber.

»Der will wieder in den Spielsalon«, sagte er. »Jesse, ich denk, du bleibst besser hier draußen. Ich nehm Lonzo mit rein, daß er 'n bißchen Schlaf kriegt. Komm mit zum Laster und hol dir den Wasserkanister, daß du mir hier nicht austrocknest.«

Jesse ging mit uns zum Laster und trug den grauen Metallkanister durchs Unkraut zurück. Als wir wegfuhren, hörten wir den scharfen Knall der Zweiundzwanziger. Es war heiß hinten auf dem

Laster, und Großvater schlich dahin wie eine Schildkröte; er fuhr gerade mal so schnell, daß er nicht herunterschalten mußte. Lonzo war das egal. Er nahm den Hut ab und ließ sich vom Wind den verschwitzten Kopf trocknen. »Da hab ich ja doch noch das bessere Los gezogen«, sagte er. »Tagsüber erwischt der von den Geiern keinen. Dazu sind die feigen Mistviecher viel zu clever.«

2

Nach dem Mittagessen füllte Halmea einige leere Eiskartons mit Bohnen, Fleisch und Tee, und ich verstaute sie in einer leeren Impfstoffkiste und brachte sie Jesse zu Pferde hinaus. Etwas von dem Tee schwappte über, aber mit dem größten Teil kam ich doch heil draußen an. Ich hoffte, Jesse wäre in Stimmung, sich zu unterhalten, so daß ich eine Weile draußen bleiben könnte, aber wie sich herausstellte, war genau das Gegenteil der Fall. Er sah verschwitzt und deprimiert aus und tat gerade so, als lege er keinen großen Wert darauf, mich bei sich zu haben. Also ließ ich ihn gleich wieder allein, ritt über die stillen, vom Unkraut überwucherten Weiden zurück nach Hause und dachte dabei darüber nach, wie ich den Nachmittag verbringen könnte.

Als ich zur Koppel kam, ließ ich das Pferd im kurzen Galopp zu unserem großen Wasserreservoir ungefähr eine halbe Meile nördlich der Scheune hinüberlaufen. Ich wollte das Tier tränken und mich nach der neuesten Generation Ochsenfrösche umsehen. Das Reservoir war groß und hatte einen Kiesboden. Gleich daneben stand ein hübscher Pappelhain, und am Ufer wuchs dichtes Bermudagras. Halmea und ihre farbigen Freunde kamen hier gern zum Angeln her. Es gab einige ansehnliche Welse und jede Menge Barsche, aber alles, was ich je gefangen hatte, waren einige der mickrigen Flußbarsche. Der Traum meines Lebens war, Halmea dazu zu kriegen, einmal mit mir hier schwimmen zu gehen, aber bislang hatte sie noch nicht mal hineinwaten wollen.

Ich sattelte das Pferd ab und beschloß, wieder mal einen Versuch zu starten. Sie war im Wohnzimmer und fläzte sich auf dem satinbezogenen Diwan, der Großmamas ganzen Stolz darstellte. Sie lag auf dem Bauch, summte vor sich hin und feilte sich die Fingernägel.

»Laß uns schwimmen gehen«, sagte ich. »Das Wasser im Reservoir ist das reinste Badewasser.«

»Ich bin keine große Plantscherin«, sagte sie und sah mich noch nicht mal richtig an. Sie hatte die roten Sandalen abgestreift und fortgeschlenkert; sie lagen gut zehn Meter auseinander auf dem Wohnzimmerteppich.

»Könntest aber eine sein«, sagte ich. »Bei deinen Füßen.«

»Von wegen, meine Füße tun's ja kaum zum Laufen. Aber wir könn angeln gehen.«

»Ist mir zuviel Hektik«, sagte ich. »Da müßt ich erst Köder organisieren.«

Sie setzte sich auf, schob sich das schwere, gekringelte schwarze Haar aus der Stirn und verstaute etwas davon hinter den Ohren. »Komm, wir gehn angeln«, sagte sie. »Ich bin eh schon zu lang hier drin. Wir ham noch Leber als Köder.«

An die Leber hatte ich gar nicht gedacht, aber ich wußte, daß ich keine Lust hatte, den ganzen Nachmittag über wertlose Flußbarsche aus dem Wasser zu ziehen, wenn ich doch eigentlich bloß Halmea im Wasser sehen wollte. Ich wollte wenigstens die Chance haben, sie ein- oder zweimal unterzutauchen.

»Es ist viel zu windig zum Angeln«, sagte ich. »Hab doch nicht solche Angst vor dem Wasser.«

Sie sah überrascht aus, dann bedachte sie mich mit ihrem trägen Grinsen. Sie hatte ein schlottriges weites Kleid an, und ihre Brüste rollten gegen den Stoff wie Melonen, als sie sich aufsetzte. »Von wegen«, sagte sie grinsend. »Ich un Angst vor Wasser?« Dann ließ sie sich mit einemmal gegen die Satinpolster fallen und brüllte los, ein kehliges, sorgloses Lachen, das ganz tief aus ihren Eingeweiden zu kommen schien. »Jetzt weiß ich, was du wills«, sagte sie.

»Gar nix weißt du«, sagte ich. »Ich dacht nur, du würdst gern 'ne Weile schwimmen gehen. Du schaust so gelangweilt aus.«

»Das kanns du deiner Oma erzählen«, sagte sie. »Aber nich Halmea, Schätzchen.« Sie lachte, als wäre ihr eben der größte Witz der Welt in den Sinn gekommen. Sie kriegte den Lachanfall ihres Lebens, schätze ich, und mußte sich die Tränen aus den Augen und von den Backen wischen. »Hör mal, Süßer, durch dich schau ich doch durch wie durch 'n Fenster«, sagte sie. »Also, wenn du nicht angeln wills.« Damit nahm sie eine Ausgabe von *Life* vom Boden und begann sie durchzublättern. Noch immer lachte sie ihr volles, aufreizendes Lachen. Danach konnte ich noch nicht mal mehr ihr Interesse am Angeln wecken. »Geh weiter, Mista Hosenspanner«, sagte sie kichernd.

Schließlich gab ich es auf und ging hinaus. Großvater hatte mir schon die ganze Woche über damit in den Ohren gelegen, dem Geißbart im Hühnerhof den Garaus zu machen, und so schärfte ich meine Schaufel und machte mich an die Arbeit. Ich schuftete wie ein Wahnsinniger, und innerhalb einer halben Stunde hatte ich wohl so um die zehntausend gekappt und nur noch ein oder zwei Millionen vor mir. Halmea kam aus dem Haus und machte sich auf den Weg zu ihrer kleinen Hütte. Sie lehnte sich für eine Minute grinsend gegen den Zaun des Hühnerhofs, und der Wind drückte ihr das lose fallende Kleid gegen die Beine.

»Finds wohl keine Köder nich?« sagte sie. Sie lachte und ging weiter, und ich machte mich wieder über den Geißbart her, daß mir der Schweiß übers Gesicht und in die Augen rann.

3

Großvater war nach Thalia gefahren, um zum Amtsveterinär zu gehen. Als er wiederkam, war er schweigsam und niedergeschlagen, und wir konnten ihn nicht davon abbringen, eine Wache bei der Färse zu übernehmen. »Du fährst«, sagte er zu mir nach dem Abendessen. »Ich geh raus und löse Jesse für 'ne Weile ab.« Also steuerte ich den Pickup über die in der Abenddämmerung liegenden Weiden, und er sah sich durch das Fenster die Rinder an, wann immer wir an einem Grüppchen vorbeikamen. Er sprach keine zwei Worte mit mir. Die Sonne hatte vielleicht noch eine halbe Stunde, als ich den Laster auf dem Kamm parkte und wir ausstiegen. Um diese Tageszeit, so fand ich, roch die Prärie immer besonders kräftig, scharf und saftig und grün.

Jesse hatte sich auf Lonzos Decke ausgestreckt und ruhte sich aus. Die Geier saßen auf den niederen Mesquitebäumen, zwei-, dreihundert Meter weiter.

»Aber ich kann doch heut nacht draußen bleiben«, sagte Jesse, überrascht, uns zu sehen.

»Nein, gehn Sie mal nach Hause und essen was und ruhn sich 'ne Weile aus«, sagte Großvater. Er ging hinüber und blickte feierlich auf die Färse hinab. Die grünen Fliegen surrten herum und krabbelten über die offenliegenden Eingeweide. Großvater hatte seine Levis-Jacke an gegen die Kälte der Nacht und trug seinen Stetson tief in die Stirn gezogen. »Morgen früh kommt der andre Veterinär«, sagte er. »Vielleicht haben wir das Ganze schneller hinter uns, als wir denken.«

Jesse und ich gingen zurück zum Pickup, und ich fuhr uns durch das zunehmende Dunkel über den Weiden nach Hause. Jesse war besserer Laune als am Nachmittag, also haute ich ihn an, mit ins Kino zu gehen. Er war einverstanden, und während er zum zweitenmal hintereinander sein Abendessen kalt aß, ging ich hinüber zur Schlafbaracke und scheuchte Lonzo aus der Koje. Er hatte sich aufs Bett fallen lassen, kaum daß er durch die Tür war, und war mitsamt seiner Levis und dem schweren Khakihemd eingeschlafen. Natürlich war er völlig verschwitzt. Ich bekam ihn soweit wach, um ihn davon zu überzeugen, daß er mitwollte, und er ließ sich ein paar Tropfen Wasser über den Kopf laufen und zog sich was Frisches an. Er war noch immer schlaftrunken und tranig und sagte keinen Ton. Wir gingen hinaus und setzten uns auf den Kotflügel des Lasters, wo es kühler war, und eine Minute später kam Jesse aus dem Haus und zündete sich, auf der Veranda stehend, seine abendliche Verdauungszigarette an.

Wir stiegen ein, und ich fuhr den finsteren Feldweg hinüber zum Highway, bog ab und scheuchte den alten Pickup mit allem, was er noch drauf hatte, in Richtung der Lichter von Thalia. Lonzo saß neben mir, immer noch halb im Schlaf. Einen Augenblick hatten wir die Lichter der Stadt geradewegs vor uns, strahlend gegen den dunklen Himmel, im nächsten tauchten wir auch schon wieder in eine kleine Senke, und sie waren nicht mehr zu sehen. Es gab nichts als die Lichter und den Highway und drüben im Westen ein paar Sterne am Himmel.

»Eine Nacht zum Einsamsein«, sagte Jesse. Ich warf einen Blick zu ihm hinüber. Die müden Linien in seinem Gesicht waren weicher oder ganz versteckt durch das schwache Licht des Armaturenbretts. Und wirklich hing eine große Einsamkeit über Jesse. »Fahr etwas langsamer«, sagte er. »Rauschst sonst glatt durch die ganze Stadt, bevor du anhalten kannst.«

Aber ich raste weiter, hinein in die Stadt, mit achtzig Sachen bis direkt auf den Platz. Dort wurde ich dann langsamer, drehte eine Runde und parkte dann vor den Glühlampen und der Pappreklame des Kinos. Der Laster rollte hart genug gegen den Bordstein, um Lonzo aus seiner Benommenheit zu rütteln, und wir stiegen aus und gingen hinein. Als ich in der Grundschule gewesen war, hatte es in Thalia noch zwei Kinos gegeben, aber in jenen Tagen war auch noch groß was los gewesen wegen des Öls, und Thalia war eine feuchtfröhliche und wilde Stadt gewesen, fast wie zu Zeiten des Goldfiebers. Aber bald ging die geförderte Ölmenge zurück, und die Ölleute packten ihre schmutzigen rauflustigen Kinder in ihre Autos und zogen weiter zum nächsten Ölfeld. Diejenigen, die blieben, stimmten dafür, die Kneipen zu schließen, und danach konnte man abends nirgendwo mehr hin als in die Kinos oder das Fernfahrercafé, das die ganze Nacht über offen hatte. Ein oder zwei Jahre später machte dann eines der beiden Kinos zu, und man benutzte die Reklameflächen, um für das andere zu werben, das sich noch über Wasser hielt. An jenem Abend lief ein uralter Streifen, *Streets of Laredo*, mit Gene Autry und Smiley Burnette. Wir kauften uns Popcorn und setzten uns, um uns die Vorschau anzugucken. Als der Hauptfilm begann, war Lonzo hellwach und zum Stänkern aufgelegt.

»Schaut euch den Sattel an«, sagte er wiehernd. »Das Scheißding würdet ihr nicht mit 'm Kran auf 'nen Gaul kriegen, bei dem Silber, was da dran hängt.«

»Ich bin Gene Autry mal begegnet«, flüsterte Jesse. »Vor zwei Jahren in Houston beim Rodeo. Schien mir 'n ziemlich komischer Typ zu sein.«

Ich wußte nicht, wie er beim Rodeo war, aber in dem Film war er ganz der alte mit seinen Pausbacken und haute die Bösewichter um wie Dominosteine. Zwischen Lonzos Kichern und den kleinen Kindern, die einander den Mittelgang auf und ab jagten, verstand ich kaum ein Wort. Nach *Streets of Laredo* gab es noch eine dieser albernen Komödien, in denen man im Rhythmus des hüpfenden Golfballs mitsingen soll. Lonzo wollte mitsingen, las aber nicht schnell genug, um mit dem Ball mitzuhalten, und schließlich lachte der ganze Saal über ihn. Ich stieß ihn in die Rippen, damit er aufhörte, aber er erwischte mich, ohne es zu merken, mit dem

Ellenbogen unter dem Kinn, so daß ich eine geschlagene Minute dasaß und den Atem anhielt, bis meine Zähne zu klappern aufhörten. Ich vergaß immer wieder, wie kräftig Lonzo war. Schließlich gab es noch eine Wochenschau, in der die New York Yankees in Florida auf einem Baseballplatz einliefen. Danach war es wieder Zeit für die Vorschauen.

Wir verließen das Kino und fuhren zum Drive-in, weil ich einen Hamburger wollte. Da Lonzo das Abendessen verpaßt hatte, kaufte ich drei. Ich lud Jesse zu einer Limonade oder so ein, aber er saß einfach da und rauchte. Ich ging hinüber, steckte einen Vierteldollar in die Musikbox und drückte den »Folsom Prison Blues« und »I'm in the Jail-house now«, und wir saßen da und hörten zu, während die Hamburger brieten.

»Was treibt man denn als Junge hier so, wenn man sich amüsieren will?« fragte Jesse und sah der Bedienung zu, die zwischen den Autos herumwieselte. Sie bediente eine Wagenladung Ölbohrarbeiter, die auf dem Weg zur Nachtschicht waren.

»Was grade so anfällt«, sagte ich.

»Was soll denn hier groß anfallen?« fragte Lonzo. »Mehr als 'n Groschen kannst du doch hier nicht loswerden.«

Wir machten wirklich nicht gerade viel. Es gab den Billardsalon mit den Snooker- und Acht-Ball-Tischen. Aber die meiste Zeit über kurvten wir durch die Gegend und quatschten oder hielten nach Mädchen Ausschau, denen wir nachstellen konnten. Hin und wieder fuhren wir bis an die Bezirksgrenze, um Bier zu kaufen.

»Ich schätze, die Kinder hier draußen sind ganz schön auf sich allein gestellt«, sagte Jesse. »In der Stadt ist das anders, nach dem was ich so gesehen habe.«

»Lonnie sollte mal nach Oklahoma kommen«, sagte Lonzo. »Teufel, was hatten wir da oben für Zeiten, als ich noch jung war. Die Mädchen dort haben nicht lange gefackelt, das kann ich euch flüstern.«

»Dich abblitzen zu lassen, meinst du«, sagte Jesse. Er schnippte seine Zigarette aus dem Fenster. »Aber ich schätze, so schlecht ist es hier auch wieder nicht. Gibt viele, die mit weniger groß geworden sind.«

»Teufel, dann sind sie aber im falschen Staat groß geworden«, sagte Lonzo. »Sie hätten's mal in Oklahoma probieren sollen.«

Weiter drüben, in einem anderen Wagen, entdeckte ich meine Kumpels, und eine Minute lang wollte ich, ich hätte Lonzo und Jesse zu Hause gelassen. Wenn ich jetzt allein gewesen wäre, hätte ich mich mit den anderen zusammentun und irgendwas auf die Beine stellen können. Ich nahm mir vor, das bei der nächsten Gelegenheit nachzuholen. Wir bekamen unsere Hamburger, und da unsere Songs gespielt waren, fuhren wir zurück auf die Ranch. Wir warfen eine Münze, um festzustellen, wer Großvater ablösen sollte, und Lonzo verlor. Er fuhr los, und Jesse und ich standen eine Minute am Gatter zum Hof.

»Hat mir gefallen, der Film«, sagte er, »aber hör mal, wenn's dir in den Sinn kommt, allein einen draufzumachen, dann sag das einfach, und ich und Lonzo, wir hauen uns dann aufs Ohr. Ich seh's nicht gern, wenn einer nicht macht, was er will.« Eine Minute lang war er still, dann sprach er weiter. »Ich erinnere mich noch, ich war so um die neunzehn«, sagte er, »und ich war schon allein rumgezogen und mußte wieder nach Hause, um endlich bei meinem Dad mitanzupacken. Wir hatten ein Baumwollfeld im Throckmorton County, gleich neben dem Highway nach Fort Worth und Dallas und was weiß ich wohin. Ich brachte meine ganze Zeit damit zu, auf diesem Feld hinter einem Paar Maultieren herzulatschen, und den ganzen Tag über zischten die Leute in ihren Autos vorbei und fuhren genau dahin, wo ich selber gern hinwollte. Kannst mir glauben, ich hätt das ganze heruntergewirtschaftete Stück Land am liebsten dem Nächstbesten gegeben, der's haben wollte, und wäre in eins von den Autos gesprungen und selber an irgend so 'nem armen Schwein vorbeigezischt, das arbeiten mußte. Ich kann es seitdem einfach nicht mehr vertragen, eingesperrt zu sein. Und ich kann's nicht sehen, wenn einer nicht macht, was er will.« Er klopfte mir auf die Schulter und schlenderte durch die Dunkelheit davon in Richtung Baracke. Ich fühlte mich ausgelaugt. Ich ging in meine Kammer und blätterte ein, zwei alte Magazine durch, aber als ich die Lichter von Großvaters Pickup den Prärieweg heraufkommen sah, warf ich die Hefte auf den Boden und schlief ein.

Kapitel drei

Als ich mich umdrehte, hörte ich Großvater auf der Treppe vor meiner Tür. Er kam herein und legte mir eine Hand auf die Schulter. »Lonnie, Junge«, sagte er. »Zeit fürs Frühstück.« Dann verließ er die graue Kammer wieder, und ich wußte, daß mir nichts anderes übrig blieb, als aufzustehen. Draußen sah es dunstig aus, und ich blieb, das Gesicht ins kühle Kissen gedrückt, noch einen Augenblick liegen. Dann, als Halmea ins Haus kam, um Frühstück zu machen, hörte ich von fern das Zuschlagen des Fliegengitters an der Hintertür, und es dauerte kaum eine Minute, dann ertönte aus dem Radio in der Küche auch schon »Let the Lower Lights Be Burning«, das Morgenthema. Jesse und Großvater unterhielten sich auf der Veranda gleich unter mir. Als ich die beiden hörte, schwang ich meine Füße auf die glatten, nackten Fichtendielen des Bodens.

Das Licht draußen im Hof gab sich noch zaghaft, aber ich sah das Funkeln des schweren Taus auf dem Bermudagras und roch in der Morgenbrise die Feuchtigkeit der grauen Trift. Während ich mein frisches, steifes Khakihemd zuknöpfte, hörte ich die Reibeisenstimme des Radiosprechers die Fünf-Uhr-Nachrichten verlesen. Ich zog mir Socken an und ging, meine Stiefel in der Hand, nach unten zum Klo. Ich fühlte mich noch ganz und gar nicht wach und erinnerte mich an jenen unseligen Morgen, an dem ich, die Augen halb geschlossen, die Treppe heruntergekommen und aus Versehen in der Abstellkammer neben der Küche gelandet war, wo ich verschlafen auf die Besen gepinkelt hatte.

Als ich in die Küche kam, stand Halmea am Herd und warf Fett auf die bratenden Eier. Sie trug ein sauberes blaues Kleid und sah viel zu gut aufgelegt aus, als daß ich mich mit ihr anlegen wollte.

»Ich wollt, ich könnt auch bis zum Mittagessen schlafen wie du«, sagte sie.

»Brat du nur deine Eier«, sagte ich und holte eine Packung Toasties aus dem Büffet. Großvater und Jesse saßen bereits am Tisch, aßen Eier mit Speck und schlürften den Kaffee aus ihren Schalen. Ich vermißte Lonzo, bis mir einfiel, daß er wieder draußen auf der Weide war. Ich goß Milch über meine Toasties und begann den Werbequatsch hinten auf der Packung zu lesen. Ich hatte ihn hundertmal gelesen, aber ich hatte sonst nichts zur Hand. Als ich bei Waffeln und Sirup angelangt war, hatten Großvater und Jesse ihre Teller schon zum Ausguß getragen und waren hinausgegangen, und mir blieb nichts anderes, als meinen Sirup schleunigst aufzuwischen und ihnen zu folgen.

Als ich von der rückwärtigen Veranda trat, kam eben die Sonne hoch und warf alle möglichen Farben gegen die tiefstehenden moosigen Wolken, die sich noch immer im Westen herumdrückten. Meine Aufgabe bestand darin, den Pferden ihr Heu vorzuwerfen, und so kletterte ich, während Großvater und Jesse das Melken besorgten, auf den Heuboden und kickte einige der staubigen Ballen herunter. Als ich das Heu in den Raufen hatte, warteten schon die beiden vollen Milcheimer darauf, zum Haus getragen und abgeseiht zu werden. Die Milch war noch heiß, und der Schaum obenauf zischte leise vor sich hin, als ich die Eimer auf die hintere Veranda schleppte. Halmea kam heraus und half mir, die Gaze über den blauen Milchfilter zu spannen; dann ließ ich die beiden Eimer langsam durchlaufen. Als ich zur Koppel zurückkam, standen Großvater und Jesse an dem großen Wassertrog und versuchten den Hahn freizukriegen. Ich ging hinüber, stand den beiden aber nur im Weg.

»Ich glaub fast, hier kommt unser Mann«, sagte Jesse und hob den Kopf. Ein schwarzer Chevrolet kam über die holprige Straße auf die Scheune zu; auf dem Vordersitz saßen zwei Männer.

Der Fahrer stoppte den Wagen neben dem Wassertrog, und der Mann neben ihm stieg aus. Er war klein, nicht einmal so groß wie ich, und trug, an die Brust seiner Gabardinejacke geheftet, irgendein Abzeichen, das ihn als Mediziner auswies. Er kam auf uns zu, streckte uns eine Hand entgegen und schaute so freundlich drein, wie es nur ging.

»Ich bin Jimmy Burris«, sagte er. »Guten Morgen, Leute. Sieht mir ganz so aus, als hätten Sie keinen Tierarzt nötig, sondern einen Klempner.«

»Och, nur ein verstopfter Hahn«, sagte Großvater. Der Veterinär schüttelte uns allen dreien die Hand, dann nickte er dem Fahrer zu, ebenfalls auszusteigen, aber der tat, als hätte er sein Nicken nicht gesehen, und blieb hinter dem Steuer sitzen. Wir standen dann eine Minute lang steif herum, während sich jeder den Kopf zerbrach, was er wohl sagen könnte. Ich fragte mich, warum der Mann im Auto so unhöflich war.

»Na denn«, sagte Großvater schließlich. »Ich denk, es hat wohl keinen Zweck, hier bis zum Mittagessen rumzustehen. Ich kann mir vorstellen, Sie haben heut noch mehr zu tun. Ich für meinen Teil hab Arbeit bis über beide Ohren. Schauen wir uns den Kadaver halt an.«

»Nehmen wir mein Fahrzeug oder Ihres?« fragte Mr. Burris.

»Nehmen wir meins«, sagte Großvater. Der Veterinär machte seinem Fahrer Zeichen, den Motor abzustellen, und der Mann stieg aus. Er war groß und machte eine verdrießliche Miene. Er hieß Thompson und nickte nur, als Mr. Burris ihn uns vorstellte. Der Veterinär holte seine Tasche, und wir fuhren los.

Aus irgendeinem Grund setzte sich Jesse zu Großvater und Mr. Burris ins Fahrerhaus und ließ mich mit Thompson auf die Ladefläche. Thompson kaute auf einem Streichholz herum und sagte kein Wort. Er hatte ein knallrotes Gesicht voller winziger Äderchen, die aussahen wie Hühnertritte, und seine Augen schienen nicht so recht aufeinander abgestimmt. Als wir an das klemmende Gatter kamen, hoffte ich, er würde abspringen und mir damit helfen, aber er machte keinerlei Anstalten. Ich kriegte es zwar auf, mußte mich aber furchtbar plagen, es wieder zu schließen. Ich hatte Angst, einer von den anderen würde aussteigen und mit anfassen müssen, weil ich dann den ganzen Vormittag über unten durch wäre. Ich schaffte es allein, schürfte mir aber dabei ordentlich die Hand auf.

»Da hast du's ja doch noch geschafft«, sagte Thompson. »Großer Gott, ich dachte schon, du würdst es offen lassen. Hast wohl heut früh deine Kraftflocken nicht gekriegt?« Ich sagte nicht ein Wort zu ihm.

Als wir diesmal bei der Färse ankamen, standen wir nicht erst lange herum. Lonzo war sauer, weil wir ihm kein Frühstück mitgebracht hatten, aber daran war jetzt auch nichts mehr zu ändern. Großvater ging hinüber und blieb, auf die Färse schauend, stehen. Der Veterinär folgte ihm.

»Da ist sie«, sagte Großvater. Die Färse stank mittlerweile gewaltig, und die grünen Fliegen holten sich, was die Geier nicht kriegten. Mr. Burris kniete neben dem Kopf des Tieres und besah sich den eingefallenen Kiefer. Er schürzte die Lippen.

»Wer hat den Kadaver denn aufgebrochen?« fragte er.

»Newt Garrett«, sagte Großvater. »War das falsch?«

Mr. Burris sah nicht auf. »Womöglich das Dümmste, was man hätte tun können«, sagte er. »Aber lassen Sie mich erst mal sehen.« Er zog sich Gummihandschuhe über und holte ein Messer aus der Tasche. Während wir drum rumstanden und ihm zuguckten, immer darauf bedacht, ihm nicht im Licht zu stehen, schnitt er der Färse die Zunge heraus und verstaute sie in einer Flasche, die er in der Tasche hatte. Er schaute nicht annähernd so vergnügt drein wir vorhin, als er aus seinem Wagen gestiegen war.

»Ich hätt's nicht geglaubt, wenn ich's nicht mit eignen Augen gesehen hätte«, sagte er. »Ich bin noch nicht mal sicher, ob ich's jetzt glaube. Aber wir werden sehen.« Er stand auf und wandte sich Großvater zu. »Mr. Bannon, ich fürchte, Sie haben sich da was Schlimmes eingefangen.«

»Ich hatt schon selbst sowas befürchtet«, sagte Großvater. »Deswegen sollten Sie sich das ja auch anschauen. Ich konnt mir nicht vorstellen, warum eine Färse so einfach tot umfallen soll. Sind Sie schon sicher, was es ist?«

»Na ja, ja und nein«, sagte der Veterinär. »Aber sehen wir erst mal zu, daß wir von dem Gestank wegkommen. Ich habe alles, was ich brauche. Gehen wir in den Schatten und reden in aller Ruhe drüber. Ich würd gern das ein oder andre wissen, wenn Sie Zeit haben.«

»Davon hatt ich schon immer mehr als sonstwas«, sagte Großvater. Er schien sich nicht halb soviel Sorgen zu machen wie Mr. Burris. Er ging hinüber zu dem großen Baum und kauerte sich neben Lonzos Decke. Während Mr. Burris die Gummihandschuhe auszog, suchte sich Großvater einen Stock und begann daran herumzuschnitzen. Er tat das immer, wenn er zwei Minuten stillstand. Wie er so auf seinen Fersen hockte, den Hut tief in die Stirn gezogen, sah er mit einemmal furchtbar klein und alt aus, aber andererseits auch furchtbar entschlossen. Wir gingen ebenfalls hinüber und in die Hocke. Lonzo legte sich auf seine Flickendecke. Thompson stand da, die Arme verschränkt, direkt am Rand des Schattens. Er tat so, als gehe ihn das Ganze nicht das geringste an.

»Mr. Bannon«, sagte der Veterinär. »Sie haben nicht zufällig letztes oder vorletztes Jahr mexikanisches Vieh gekauft, oder? Falls es das ist, was ich vermute, obwohl die Krankheit eigentlich selten so hoch rauf in den Norden kommt.«

Großvater hob den Kopf, nicht sonderlich überrascht. »Das ist nun fast schon drei Jahre her«, sagte er. »Ich hab zweihundert Kühe gekauft, von einer Ranch unten bei Laredo. Ich denk aber nicht, daß die Färse da eine von denen war.«

»Oh, das spielt keine Rolle«, sagte Mr. Burris. »Ich versuche nur, einige Möglichkeiten in Betracht zu ziehen. Ich hatte gehofft, wir könnten die Geschichte zurückverfolgen, aber wenn das schon so lange her ist, ist das wohl vergebene Liebesmüh.« Er klopfte sich mit der Faust gegen das Knie. »Mr. Barron«, sagte er, »wie lange würden Sie brauchen, um Ihr Vieh auf einen Haufen zu bekommen?«

»Mein Vieh?« fragte Großvater, nun doch überrascht. »Sie meinen die auf der Weide hier oder alles, was ich habe? Die hier hätte ich bis zum frühen Nachmittag beisammen.«

»Nein, ich denke an alle, wir sollten sie uns wenigstens ansehen«, sagte Mr. Burris. »Wir müssen sie inspizieren, und je früher desto besser.«

»Wozu?« fragte Großvater. »Was wollen Sie finden?«

Mr. Burris kratzte den Schorf von einer kleinen Wunde auf seinem Handrücken. »Das, was die Färse da umgebracht hat«, sagte er. »Mr. Bannon, ich hoffe ja, daß ich unrecht habe, aber ich fürchte, Sie haben da den schlimmsten Ärger, den ein Viehzüchter nur haben kann. Ich denke, die Färse hier ist an der Maul- und Klauenseuche gestorben. Nun ist meine Meinung zwar nicht das letzte Wort, aber so wie das hier aussieht, halte ich es für besser, der Sache auf den Grund zu gehen.«

»Du lieber Himmel«, sagte Großvater. Er nahm den Blick nicht von dem Stock. »Ich hätt nie gedacht, daß es gleich sowas wär.«

Einen Augenblick lang sagte keiner von uns etwas. Ich mußte an Hud denken und daran, wie fuchsteufelswild er werden würde, wenn er davon Wind kriegte. Hud hatte alles getan, um Großvater davon abzuhalten, das Vieh aus Laredo zu kaufen, weil er ganz Südtexas haßte wie die Pest, vor allem die Mexikaner, die dort lebten. Er hatte damals eine Herde in Colorado aufgetrieben, die seiner Meinung nach weitaus besser war als die Tiere, die Großvater gekauft hatte, und das rieb er ihm bei jeder Gelegenheit unter die Nase.

»Es wär mir recht, wenn Sie mir noch etwas mehr darüber sagen würden«, sagte Großvater. »Ich würd gern wissen, was da auf uns zukommt.«

Mr. Burris machte einen etwas nervösen Eindruck. »Schwer zu sagen«, meinte er. »Als erstes müssen Sie jemanden mit einem Kanister Kerosin rausschicken, der den Kadaver verbrennt. Ich würd Mr. Garrett am liebsten in den Hintern treten, daß er das Tier aufgebrochen hat. Das einzige, was er auf keinen Fall hätte tun dürfen. Und dann treiben Sie mal lieber Ihr Vieh zusammen. Wenn Sie 's bis morgen irgendwo hätten, wo wir's uns anschauen können, das wäre eine große Hilfe. Wir müssen eine Menge Proben nehmen.«

»Was für Proben?« sagte Großvater. Er sah den Veterinär durchdringend an.

»Proben von dem Bazillus hier«, sagte Mr. Burris. »Sehen Sie, es gibt drei Arten von dieser Seuche, oder jedenfalls drei Krankheiten, die sich ziemlich ähnlich sind. Die eine davon überträgt sich nur auf Rinder, und ich kann nur hoffen, daß Sie die nicht haben. Eine andere überträgt sich auf Pferde und Rinder, und die dritte auf Schweine und ein paar andere Tiere. Sie sind alle drei schlimm genug, aber natürlich ist die, die sich auf Rinder und Schafe überträgt, diejenige, bei der die Gefahr einer Epidemie am größten ist. Wir müssen also ein paar Schafe, ein, zwei Pferde und 'n paar Schweine mit dem infizieren, was die Färse hier gehabt hat. Wir müssen wohl auch einige Stück Vieh von Ihnen infizieren. Und dann heißt es halt abwarten und sehen, was passiert.«

»Na schön, Mr. Burris«, sagte Großvater. »Mal angenommen, es stellt sich heraus, es ist die Sorte mit Epidemiegefahr, was dann? Was tut man dagegen?«

Mr. Burris fuhr sich mit der Zunge über die Lippen. »Ich hatte gehofft, Sie wüßten das«, sagte er, »damit ich's Ihnen nicht sagen muß. Ich dachte, Sie hätten vielleicht was über die anderen Epidemien gelesen, die es gegeben hat.«

»Oh, ich denk schon, daß ich was drüber gelesen hab«, sagte Großvater langsam, den Blick auf dem Stock, an dem er herumschnitzte. »Aber das ist schon 'n paar Jahre her. Ich hab nicht versucht, auf dem laufenden zu bleiben. Sie meinen also, man bringt das Vieh noch immer um wegen sowas?«

»Wenn es die Maul- und Klauenseuche ist«, sagte der Veterinär. »Es bleibt einem da keine andere Wahl. Na ja, drüben in Europa versucht man sie in einigen Ländern durch Quarantäne aufzuhalten, aber wir hier, wir trauen uns das nicht. Bei der letzten großen Epidemie mußten die Behörden in den Vereinigten Staaten, wenn ich mich recht erinnere, 77000 Rinder töten, noch mal fast genauso viele Schafe und Ziegen und dazu noch ungefähr 22000 Stück Hochwild. Eine scheußliche Sache ist das.«

»Sie meinen, es gibt keinen Impfstoff dagegen?« fragte Großvater. »Habt ihr Burschen vom College denn in der ganzen Zeit über noch keine bessere Methode ausgetüftelt, als die Viecher umzubringen?« Er saß da, noch immer sein Messer in der Hand, und wartete.

»Mr. Bannon, wir vollbringen da keine Wunder auf dem College«, sagte der Veterinär. »Wir wissen noch nicht mal genau, was diese Krankheit auslöst, und das ist das mindeste, was Sie wissen müssen, wenn Sie was kurieren wollen.«

»Dann sagen Sie mir eins«, sagte Großvater. »Wie lang wird's denn dauern, um rauszufinden, welche von den drei Krankheiten die Färse umgebracht hat?«

»Wenn wir uns gleich morgen an die Arbeit machen, dann wird's nicht länger als 'ne Woche dauern, bis die Symptome an den von uns infizierten Tieren auftreten. Wenn sie in dieser Zeit weder an den Pferden noch den Schweinen auftreten, dann wissen wir's.«

»Verstehe«, sagte Großvater. »Und jetzt mal angenommen, es ist die schlimmste Sorte, aber es sind nur ein paar meiner Tiere infiziert. Was dann?«

»Tut mir leid«, sagte der Veterinär. »Eine oder alle, die Behandlung ist dieselbe. Und übrigens, während wir unsere Experimente machen, müssen wir auf einer strikten Quarantäne bestehen. Nicht eines Ihrer Tiere, egal welcher Art, darf die Ranch verlassen, und natürlich dürfen Sie auch keine neuen herbringen. Diese Krankheit breitet sich aus wie ein Steppenbrand. Nach allem, was wir heute wissen, könnten wir sie sogar schon auf der Kleidung haben, oder der Wind hat sie fünfzig Meilen weiter geweht, weil Garrett das Tier aufgeschnitten hat. Tatsache ist, daß ein einziges Tier die ganze Gegend infizieren kann. Und das Traurige daran ist, die Krankheit selber wird wohl kaum ein Tier töten – ich denke, die Färse hier ist eine Ausnahme –, aber wir, wir müssen beim geringsten Verdacht darauf jedes Stück Vieh töten, das auch nur damit in Berührung gekommen sein könnte.«

»Und Sie sind fest davon überzeugt, oder?« fragte Großvater. »Sie meinen, das hat sie umgebracht?«

»Ja, Sir, das meine ich«, sagte der Veterinär.

Großvater stand auf und klopfte sich dann langsam den Staub und die Mesquitespäne von den Hosenbeinen. »Na denn«, sagte er, »dann werd ich Ihnen mal gleich was sagen. Ich habe mein Vieh bis morgen beieinander, soviel wie ich nur finde. Ich helfe Ihnen, sie zu untersuchen, ich halte sie unter Quarantäne, ich arbeite mit Ihnen zusammen, so gut ich nur kann. Aber ich werde mir nicht meine Herde umbringen lassen, Krankheit hin, Krankheit her. Ich zäun mich ein und halt mich an die Quarantäne, so lang Sie nur wollen, aber ich werd Sie nicht meine Viecher in Gruben treiben und zusammenschießen lassen, wie sie das drüben in Mexiko machen. Ich weiß das, ich hab davon gehört, und schlimmer noch, ich hab's selbst gesehen. Und ich bezweifle nicht, daß so eine Epidemie eine scheußliche Sache ist. Aber die Rinder, bei denen ich gesehen hab, daß man sie umgebracht hat, die waren krank, und das sind die meinen nicht. Oh, ja, vielleicht ein paar davon, aber nicht viele, und es wird mehr dazu gehören als ein Telegramm aus Austin, um mich davon zu überzeugen, daß sie's sind. Ich bezweifle nicht, daß ich ein altmodischer Querkopf bin und in 'ner Menge Dinge unrecht habe, aber ich werd nicht zulassen, daß man mir wegen irgend 'ner Schulbuchkrankheit vor meiner Nase mein Vieh über den Haufen schießt. Ich halt nun mal nichts davon, gesunde Tiere zu erschießen. Gibt eh wenig genug davon.«

Der andere Mann, Thompson, lachte, als Großvater fertig war. Er schien das Ganze hier für ziemlich komisch zu halten. Großvater wandte sich ihm zu, den alten Hals gereckt.

»Was sind Sie denn für 'n Klugscheißer, Mister?« fragte er. Thompsons Lachen erstarb, und wir alle standen unangenehm berührt da. Schließlich stand Mr. Burris auf und nahm seine Tasche vom Boden.

»Na denn, ich denke nicht, daß es heute noch viel drüber zu sagen gibt, egal wie's nun steht«, sagte er. »Ich persönlich hoffe ja, es ist eine der weniger schlimmen Sorten, damit wir nie wieder drüber zu reden brauchen.« Aber es war leicht zu sehen, daß er nicht daran glaubte. Auf dem Rückweg saß Jesse mit mir und Thompson auf der Ladefläche und stieg bei dem klemmenden Gatter mit aus, um mir damit zu helfen.

2

Nachdem wir wieder vor der Scheune gehalten hatten, ging Großvater ins Haus, das Krankenhaus anrufen, um zu hören, wie es Großmutter ging. Mich und Jesse schickte er rüber zu Hank Hutch, um zu fragen, ob er uns das Vieh zusammentreiben half. Wenn wir den kompletten Bestand bis Einbruch der Dunkelheit auf der Pferdeweide haben wollten, würden wir eine Menge Hilfe brauchen und eine gehörige Portion Glück obendrein.

Ich fuhr, und Jesse, gegen die Beifahrertür geflätzt, tändelte mit einer Schachtel Zigaretten herum. Er hatte sich nicht rasiert diesen Morgen, und der Schweiß glänzte unter dem unordentlichen Stoppelfeld auf seinen hageren Backen. Wir waren schon halb drüben bei Hank, bevor er endlich den Mund aufmachte.

»Sieht ganz so aus, als wäre ich mal wieder beim falschen Verein gelandet«, sagte er traurig. »Mir läuft der Ärger aber auch wirklich hinterher.«

»Ich glaub nicht, daß es gleich so schlimm kommt«, sagte ich. Und glaubte es auch. Großvater würde nicht zulassen, daß auf seiner Ranch einer was tat, wozu er seinen Segen nicht gab.

Jesse seufzte. »Bist eben noch 'n gutes Stück jünger als ich«, sagte er. »Scheiße, ich seh doch, was sich da zusammenbraut. Ich hätt auf diesem Transporter bleiben sollen – bis rauf nach Wyoming.«

Ich steuerte den Laster vom Highway über den klapprigen Viehzaun und fuhr bis direkt vor Hanks Tür. Es gab weder einen Zaun, noch gab es einen Hof. Wir sahen Hank auf einer Seite des Hauses an einem alten Traktor herumbasteln, den er irgendwo eingetauscht hatte. Er winkte uns zu und kam herüber. Er war groß, rothaarig, ein regelrechter Schrank. Das alte Farmhaus, in dem er mit seiner Familie wohnte, hatte längst keine Farbe mehr, und überhaupt sah die ganze Bude aus, als wäre sie mit Heudraht zusammengebunden. In einem der brachliegenden Blumenbeete stand ein kaputtes Dreirad. Eines der Pedale lag auf der Veranda neben zwei Puppen, aus denen die Sägespäne quollen.

»Ich sag euch was«, sagte Hank, als Jesse ihm erzählt hatte, was über die Bühne gehen sollte. »Ich hab da noch 'n Klacks an 'nem Brunnen zu reparieren. Dauert keine Viertelstunde. Macht ihr schon mal zu und laßt mir einen Gaul in der Koppel. Ich komm dann nach. Ich kann sofort mitmachen.« Wenn er es nicht gerade eilig hatte, war Hank einer, mit dem man großartig herumflachsen konnte. Er wandte sich in Richtung Haus. »Mama«, sagte er laut. Seine Frau tauchte im Türrahmen auf, ein mageres blondes Weib mit einem Geschirrtuch aus Sackleinen in der Hand. Hanks barfüßige Kinder, alle drei kleine Mädchen, lugten hinter ihr heraus, zu schüchtern, um sich zu zeigen, solange wir vor dem Haus waren. »Ich komm erst heut abend wieder«, sagte Hank zu ihr. »Homer hat Arbeit für mich, ich denk, da eß ich gleich drüben im großen Haus.« Mrs. Hutch sah ziemlich abgewirtschaftet aus; außer den Kindern mußte sie sich noch um ihre Mutter kümmern. Die kleinen Mädchen versteckten sich flink wie die Eidechsen.

»Dann kommt doch rein und trinkt noch einen Eistee, bevor ihr in die Hitze rausgeht«, sagte sie.

»Nein, Mama, das geht nicht«, sagte Hank. »Homer hat bis Sonnenuntergang für drei Tage Arbeit zu erledigen.« Er ging hinüber zu seinem Pickup. »Ich nehm meinen«, sagte er. »Ich seh euch Jungs dann auf der Weide.«

Als ich wendete, um wieder zur Straße hinaufzufahren, sah ich die drei kleinen Mädchen mit ihren blonden Köpfen auf der Veranda stehen und hinter uns herschauen.

»Ist das nicht die Hölle, so leben zu müssen?« meinte Jesse. »Die arme Frau tut mir leid.«

Ich verstand nicht, warum Jesse so bedrückt war. Es hatte ganz den Anschein, als täten ihm die Leute immer mehr leid, als die sich leid taten. Aber ich schätze, am meisten tat er sich selbst leid, und das die ganze Zeit über. Hank und Janine hatten es wirklich nicht leicht, das schon, aber sie schienen trotzdem immer gut aufgelegt und taten, als gehe es ihnen gar nicht so schlecht. Hank war so lustig wie nur irgendeiner, reich oder arm. Aber Jesse hockte schweigend in seiner Ecke und brütete darüber, während ich wieder nach Hause fuhr. Ich drehte für eine Minute das Radio an und hörte »Driftwood on the River«, bevor wir wieder auf die Ranch kamen. Als wir durch den Viehzaun fuhren, sahen wir Großvater und Lonzo hinten bei der Koppel stehen. Sie hatten ihre Chaps umgeschnallt, die Pferde gesattelt und waren fertig. Jesse wurde wieder etwas fröhlicher.

»Ist wirklich ein prima Pferd, das dein Großvater da reitet«, sagte er. Er meinte Stranger, Großvaters ganzen Stolz. Halmea stand hinter dem Haus im Hof und hängte Wäsche auf, und als ich hupte, ließ sie einige Wäscheklammern fallen. Ich parkte den Pickup in der schattigen Scheune, dann gingen wir hinaus in das heiße, staubige Sonnenlicht, um uns zwei Pferde zu fangen und mit dem Zusammentreiben zu beginnen.

Kapitel vier

Wir verbrachten den Rest des Vormittags damit, über die heißen, vom Unkraut überwucherten Weiden zu reiten und Kühe und Kälber aus ihren schattigen Ruheplätzen zu treiben. Als wir anfingen, war es schon nach acht – eine ungünstige Zeit für die Arbeit mit Rindern, weil es schon viel zu heiß ist –, aber wir nahmen es so leicht wie nur irgend möglich. Großvater hatte vier kleinere Weiden und eine große. Seine alten Kühe waren den ganzen Winter über gefüttert worden und somit lammfromm; das Problem war nur, sie zwischen den Büschen aufzustöbern und auf einen Haufen zu bekommen. Hatten wir sie erst mal in Gruppen, war leicht mit ihnen umzugehen. Hank Hutch stieß zu uns, noch bevor wir mit der ersten Weide durch waren, und mit seiner Hilfe kamen wir ein gutes Stück schneller voran. Als wir so durch das kniehoch stehende Unkraut auf den Weiden im Tal galoppierten, wirbelten wir rund um uns Pollen auf, die uns zum Niesen brachten.

Gegen Mittag trieben wir die Kühe von der dritten kleinen Weide den Hügel hinauf auf das Haus zu. Unsere Pferde waren schweißbedeckt von der Arbeit des Vormittags, und den Rindern war es viel zu heiß. Den kleineren Kälbern hing die Zunge heraus, und aus ihren Mäulern hingen lange weiße Geifergirlanden in den Staub. Alle paar Minuten versuchten die alten Kühe stehenzubleiben und zu fressen. Wir selbst waren nicht weniger überhitzt und schlapp als die Rinder, unsere Levis waren durchgeschwitzt, und unsere Khakihemden sahen aus, als hätte man sie eben ohne Schleudern aus der Waschmaschine geholt. Die Tiere trotteten in das große Reservoir auf der Pferdeweide, und wir ritten zur Scheune. »Lassen wir die Gäule laufen«, sagte Großvater. »Wir nehmen für den Nachmittag frische.« Wir warfen unsere Sättel in den Schatten und sahen zu, wie sich die Pferde zu wälzen begannen, um sich den verschwitzten Widerrist zu kratzen.

Als wir zum Haus kamen, stand schon eine Waschschüssel voll kühlem Wasser auf dem Verandatisch; daneben lagen ein Stück Laugenseife und ein Handtuch. Lonzo wusch sich als erster und setzte sich dann auf die Betonstufen, um sich die Fingernägel zu säubern. Es dauerte kaum eine Minute, und Halmea rief uns zum Essen ins Haus.

Großvater brauchte lange, um von der Scheune herüberzukommen. Er kam erst, als wir anderen bereits am Tisch saßen. »Laßt euch beim Essen Zeit«, sagte er. »Womöglich kriegt ihr bis zum Dunkelwerden keine Gelegenheit mehr, euch auszuruhen.« Ausgelaugt und ernst sah er aus und ziemlich müde.

Also aßen wir. Halmea hatte sich ihr Geld diesen Vormittag wirklich verdient, selbst wenn sie nie wieder auch nur einen Finger krummgemacht hätte. Sie tischte Bohnen und Steaks auf, Mehlschwitze, Tomaten, Zwiebeln, Salat, Radieschen aus dem Garten, etwas gebratene Okra, Maisbrei, heiße Brötchen und Butter und zum Nachtisch Kirschauflauf. Es sah nach einer gewaltigen Menge aus, als wir uns hinsetzten, aber mit Lonzo und Hank, die einander gegenüber saßen, schmolz das alles nur so dahin. Wir anderen aßen natürlich unseren Teil, aber verglichen mit den beiden waren wir nur Amateure. Als wir uns zurücklehnten, waren sämtliche Schüsseln leer, und der Kirschauflauf war nur noch ein roter Fleck auf dem Boden der Auflaufpfanne. Halmea goß uns allen Eistee nach, und wir lockerten unsere Gürtel. Großvater stand auf, kaum daß er fertig war, und trug seinen Teller in die Küche.

»Trinkt ihr nur euern Tee und ruht euch 'ne Minute aus«, sagte er. »Ich muß eben mal telefonieren.«

»Der macht ja 'n ganz schön geknickten Eindruck«, sagte Hank, als Großvater außer Hörweite war. »Ihr meint doch nicht wirklich, daß die hier mit Gewehren aufkreuzen, oder?« Er sah Jesse an.

Jesse stieß eine dünne Rauchwolke durch die Nase, bevor er antwortete. »Ich hab schon von sowas gehört«, sagte er.

»Wenn mir einer auf mein Land kommen und Sachen sagen würde, wie dieser Pferdedoktor sie Mister Homer gesagt hat, dann gäb's aber flott 'n Krieg«, sagte Lonzo. »Ich weiß noch, wie sie damals mit dieser Quotenregelung für Baumwolle gekommen sind. Kommt so 'n Typ zu uns raus und meint zu Pa, er könnte ab sofort nur noch soundso viel anbauen. Pa sagt ihm, er würde soviel anbauen, wie's ihm paßt, aber der Bursche läßt nicht locker, bis Pa reingeht und die Flinte holt. Der Typ hat sich zwar aus dem Staub gemacht, aber Pa hat das auch nicht geholfen. Schließlich hat er doch nur noch soundso viel angebaut, und davon haben ihm auch noch zwei Drittel diese Scheißheuschrecken aufgefressen.«

Großvater rief nach uns, und wir standen alle auf. Ich war schon ein etwas steif von der Reiterei am Vormittag. Wir klaubten unsere Strohhüte auf und traten wieder hinaus in den Hof, wo der Himmel ganz weiß war vor Licht und Hitze. Ich stellte mich einen Augenblick unter unsere Platane, um meine Augen daran zu gewöhnen.

»Der Abend heut, der wird uns ganz schön zu schaffen machen«, sagte Jesse und zog sich die Krempe seines Huts in die Stirn. Es war ihm zur Gewohnheit geworden, allem und jedem mit Grauen entgegenzusehen. Wir verließen den kühlen Schatten der Platane und gingen hinüber zu den Koppeln, um unsere Pferde einzufangen. Ich führte das meine zur Tränke und ließ es saufen, bis es nicht mehr wollte. Es war ein wertloser, langbeiniger Brauner, den ich nicht besonders mochte. Das Wasser in der Tränke war tief und schwarz auf dem Grund, und obenauf trieben kleine grüne Flecken aus moosigem Schaum. Als wir aufsaßen, stand der Himmel hoch und weiß über uns, und nur am Horizont waren ein paar distelige Wolken zu sehen. Die Pferde schwitzten schon, noch bevor wir eine Meile geritten waren.

Trotzdem taten wir uns mit dem Zusammentreiben am Nachmittag leichter, als sich das einer von uns hätte träumen lassen. Wir hatten Glück auf der großen Weide und fanden die meisten der Tiere auf einem Haufen, so daß wir nicht soviel Zeit damit verplempern mußten, das dichte Mesquitegestrüpp durchzukämmen. Die Kühe standen im Schatten, aber wir scheuchten sie auf und drängten sie über die braunen, sandigen Pfade hinüber zum Reservoir. Die alten Kühe wateten gleich bis zu den Bäuchen hinein, während die Halbjährlinge sich am Ufer herumdrückten. Als wir sie alle in Richtung Ranch trieben, schickte Großvater Hank und mich los, um nach Streunern zu suchen. Ich trabte über die stufigen braunen Kämme, zwängte mich durch das dichte Gestrüpp und die Mesquitesträucher der Ebenen und nahm meinen Braunen einige Stunden lang hart ran. Ich fand zwei kleinere Gruppen und schaffte es, sie zur Hauptherde hinüberzukriegen, noch bevor diese die Weide verließ. Ich war deshalb ziemlich stolz auf mich. Gegen fünf trotteten sie dann alle ins Reservoir auf der Pferdeweide. Großvater schickte Hank und Lonzo los, einen Laster voll Heu rüberzuholen und die Tiere zu füttern; er, Jesse und ich holten frische Pferde und scheuchten sie dann im Galopp einige Meilen auf einem Feldweg zur Weide am Idiotenkamm, die einzige, auf der wir noch nicht zusammengetrieben hatten.

Es war eine offene Weide, kaum ein Baum war zu sehen, und im Vergleich zu den anderen hatten wir die Tiere rasch beisammen. Pech war nur, daß sie alle beim Windrad standen, also auf der von der Ranch abgelegenen Seite, so daß wir sie ein ganz schönes Stück zu treiben hatten, und das noch vor Einbruch der Dämmerung. Es begann etwas abzukühlen, aber da Großvater am Idiotenkamm die ältesten Tiere stehen hatte, kamen wir nur sehr langsam voran. Die Sonne ging eben unter, als wir sie über den hohen Kamm trieben und somit noch gut anderthalb Meilen vom Hauptquartier entfernt waren. Vor uns sank die rote Sonne völlig blank die letzte

Himmelsspanne hinunter, mitten hinein in das goldene Dickicht der Mesquitesträucher auf einer entfernten Anhöhe. Nicht eine Wolke war zu sehen da drüben, nichts was ihr Licht hätte aufhalten können. Die Weide lag reglos im stillsten, ruhigsten Licht des ganzen Tages; die Vollkommenheit des Anblicks glich dem eines Fotos auf unserem Serumkalender. Langsam zogen die alten Kühe dahin, ihr rotes Fell an den Flanken ganz grau vor Staub und die Köpfe gesenkt. Hin und wieder blieben sie stehen, damit die Kälber sich ein, zwei Schluck Milch holen konnten, dann trieben wir sie wieder an. Einige von ihnen waren noch trächtig. Ihre Flanken bauchten sich aus wie Fässer, und über ihre Hinterhände tropfte gelb die Pisse in die grasbewachsene Erde. Die Kleinen unter den Kälbern stakten steifbeinig nebenher und blökten, um ihre Mütter zum Anhalten zu bewegen. Der alte Hereford-Bulle und die beiden Longhorn-Stiere, Tiere, die Großvater um der guten alten Zeit willen behalten hatte, befanden sich ebenfalls in dieser Herde. Die Stiere gingen, den Pfad über den Hügel hinab, vornweg. Der alte Bulle trottete mit hängendem Kopf hinterdrein; hin und wieder vertrieb er mit einem Zucken seines Fells die dicken Fliegen von seinem Rücken. Wir selbst fielen zurück und ließen die Kühe den Stieren folgen, die den Weg genausogut kannten wie wir. Die Abendluft war kühl, aber der Staub und der Geruch von Rinderpisse und Präriekräutern machte sie trotzdem zum Schneiden dick. Das Gras wurde durch die langen Tage in der Sonne bereits braun. Der Pfad wand sich vor uns den Hügel hinab wie ein lose hingeworfenes Lasso. Er endete unten am großen Reservoir.

Großvater war müde; zusammengesunken saß er im Sattel. »Ich kann euch sagen«, sagte er. »Ich frag mich wirklich, ob die von der Regierung auch meine beiden Longhorns inspizieren. Da werden die sich nämlich schwer tun. Mit den Hörnern kriegen sie die nie in eine Box.«

»Wo haben Sie die beiden denn her«, fragte Jesse.

»Die hab ich selber aufgezogen«, sagte Großvater. »Ich hab sie behalten, damit ich nie vergesse, wie das damals war. Nur Tiere wie die geben einem das Gefühl, auch wirklich im Rindergeschäft zu sein.«

»Teufel auch«, sagte Jesse, »ich würd die zwei wieder in den Busch laufen lassen. Und wenn die vom Amt sie haben wollen, sollen sie sie sich doch suchen.«

»Tja, ich weiß noch nicht, was ich von der Geschichte halten soll«, sagte Großvater. »Ich werd mich auch nicht entscheiden, bevor ich nicht sicher sein kann, was meinem Vieh nun fehlt.« Er spuckte Tabaksaft ins Gras. »Kommt nie was bei raus, wenn man schon vorher die Pferde scheu macht«, sagte er. »Na jedenfalls, so schätze ich, wissen wir jetzt, was es mit dem Fußgrind von dem Tier oben in der Krankenkoppel auf sich hat. Nach 'ner Klauenentzündung hat mir das nicht ausgesehen.«

Dann trieben wir das müde Vieh durch die Dämmerung, und er sagte nichts mehr. Als wir sie am Reservoir ablieferten, schob sich im Osten eben der Rand des Mondes über den Highway – eine große geschwollene Grapefruit von einem Mond. Die Kühe wateten ins Wasser hinaus, und nur die beiden großen Stiere hielten an und begannen an den Heuballen zu zerren, die Lonzo und Hank überall verteilt hatten. Wir ließen sie stehen, und die Herden schoben sich fressend und trinkend ineinander. Ich mußte dran denken, was für eine Arbeit es wäre, sie wieder zu trennen. Das reichte dann, um auch mich auf die Behörden sauer werden zu lassen. Nachdem ich abgesattelt hatte, überließ ich es Großvater und den anderen Männern, Pläne für den nächsten Tag zu machen, und ging hinüber zum Haus. Ich wollte mich so rasch wie nur möglich sauber machen und dann noch eine Weile nach Thalia, um Billard zu spielen. Ich hatte mir gedacht, wenn ich Halmea allein erwischte, würde sie mir vielleicht dabei helfen, mir eine Ausrede zurechtzulegen.

Und so war es denn auch. Sie schrieb zusammen, was wir an Lebensmitteln brauchten, und es bedurfte keiner großen Überredungskunst, Großvater dazu zu bringen, mich sie holen zu lassen. Ich badete vor dem Essen und zog mir eine frische Levis und ein T-Shirt an; kaum hatte ich gegessen, stieg ich in den Pickup und fuhr von der Ranch in die kühle Abendluft hinaus. Als ich durchs Tor fuhr, sah ich Jesse und Lonzo auf den Stufen der Baracke sitzen, wollte sie aber nicht unbedingt dabeihaben, und da ich ohnehin nicht dachte, daß sie große Lust hätten, fragte ich sie gar nicht erst. Ich fuhr langsam, bis ich von der Pferdeweide runter war, um nicht in eine der alten Kühe zu bumsen, die auf dem Feldweg standen.

Als ich auf dem Highway war, drehte ich das kleine Fenster nach innen und ließ mir die kühle Luft um die Ohren sausen, während ich den alten Pickup in Richtung Thalia scheuchte. Gleich nach der Stadtgrenze bremste ich und fuhr vom Highway auf den knirschenden Kies der Auffahrt zum Lebensmittelladen. Ich dachte, ich täte besser daran, erst die Lebensmittel zu besorgen, bevor die beiden alten Leute, die den Laden führten, ins Bett gingen. In den beiden Schaukelstühlen auf der Veranda, direkt vor dem R. C. Cola-Thermometer und der Garrett-Schnupftabak-Reklame, saßen zwei alte Frauen. Ich kaufte Brot und Zucker, nahm für mich ein neues Paar Arbeitshandschuhe mit, drehte ein-, zweimal am Taschenbuchständer und ging wieder hinaus. Ich hatte die ganze Nacht vor mir, oder was davon zwischen jetzt und dem Aufstehen noch übrig war.

Thalia war abends ein stilles, ruhiges Nest. Langsam fuhr ich über die eine lange Hauptstraße und hörte dabei hin und wieder einen Fetzen Fiedelmusik aus einem offenen Fenster. Ein paar Leute waren draußen, den Rasen sprengen oder zu Besuch bei den Nachbarn. Im Sommer ist in diesem Landstrich der Abend die friedlichste Zeit des Tages.

Ich parkte auf dem Platz und stieg aus. Vor mir, auf den Holzbänken unter den großen Maulbeerbäumen vor dem Amtsgericht, saßen ein paar alte Männer, die sich, vor sich hinschnitzend, unterhielten und in die hereinbrechende Dunkelheit spuckten. Diese Alten saßen immer hier. Als ich noch kleiner gewesen war, hatte ich mir hier an den Samstagabenden immer meine saubere Wochenend-Levis schmutzig gemacht, als ich mich in die zertretenen Maulbeeren auf dem Boden setzte, um den Geschichten und Prahlereien der alten Männer zuzuhören. Aber nach einer Weile wurde man ihr Gerede leid. Alles was sie drauf hatten, waren uralte Geschichten, und davon konnte ich zu Hause bei Großvater bessere hören. Sie hatten damals dort gesessen, und sie sitzen wohl heute noch dort, schnitzend und spuckend, mit nichts mehr im Leben als diesen Bänken, den zertretenen Maulbeeren, ihren Stöcken zum Schnitzen und schwarzgebranntem Schnaps. Es wurde schon reichlich spät, und ich wußte, bald würden sie aufstehen und nach Hause zu ihren Töchtern schlurfen, bei denen sie eine Kammer hatten, und den Platz uns Jungs überlassen.

Eine Menge junger Leute standen hinten im Billardsalon um die Pooltische, Cokes und Queues in den Händen. An einem der Tische sah ich meinen Kumpel Hermy Neal mit einem Cousin zu Besuch aus Oklahoma City. Ich drückte mich an den vorderen Tischen vorbei, an denen die unbekümmerten Ölarbeiter um einen Dollar pro Runde spielten. Das waren richtige Kerle, diese Ölleute: Alles was die interessierte, waren ihre Autos und ihre Arbeit und hin und wieder ein Spiel. An einem der Snookertische stand Spinnerbilly, das blöde Waisenkind, das sich das bißchen, was es zum Leben hatte, mit Mistschippen in den hiesigen Viehhöfen verdiente. Er sah für sein Leben gern die Kugeln über den glatten, grünen Filz rollen. Lem der Löwe, der alte Neger, dem der Salon gehörte, huschte mit seinem Rack herum, immer sofort zur Stelle, wenn ein Spiel zu Ende war, um abzukassieren.

»He, Mann«, sagte Hermy. »Bist du mit 'm Pickup da?«

»Steht draußen«, sagte ich. »Wer spielt gegen den Sieger?«

»Scheiß auf den Sieger«, sagte er. »Laß uns lieber Bier holen, wenn wir schon 'n fahrbaren Untersatz haben.« Er war ein hochgewachsener Junge mit schwarzen Haaren und ein ziemlicher Draufgänger. Wenn er wollte, war er ein ganz guter Sportler.

Ich hatte eigentlich nicht vorgehabt, noch aus der Stadt zu fahren, aber je mehr ich darüber nachdachte, desto besser fand ich die Idee. Nicht daß ich dazu lange gebraucht hätte. Großvater würde viel zu fest schlafen, um zu merken, wann ich nach Hause kam. Er merkte es sowieso fast nie.

»Ich bin dabei«, sagte ich und sah zu, wie Hermys Cousin durch seine Brille die Viererkugel anvisierte. Er erwischte sie frontal und verfehlte die Tasche fast 'nen halben Meter.

»Der Tisch steht schief«, sagte er. »Schaut her, der wackelt ja.«

»Vermasselt hast du's, das ist alles«, sagte Hermy. Er grinste und versenkte die Achter. Sein Cousin kramte ein Zehn-Cent-Stück aus der Tasche und warf es Lem dem Löwen auf den Tisch. Dann gingen er und ich und Hermy und noch zwei andere Jungs hinaus und zwängten uns in den Pickup.

»Dreh erst mal ein oder zwei Platzrunden«, sagte Hermy. »Vielleicht gabeln wir 'n paar Schnallen auf.«

»Du träumst ja wohl, Mann«, sagte sein Cousin. Sein Cousin hielt Thalia für den Arsch der Welt und sang pausenlos Loblieder auf Oklahoma City. »Auf dem verdammten Platz hier könntest du Runden drehen, bis du schwarz wirst, und dir würde kein hübsches Mädchen über den Weg laufen«, sagte er.

»Wer sagt denn was von hübsch?« sagte Hermy. »Heut nacht würd ich noch nicht mal 'ner Färse 'nen Korb geben, wenn sie nur nett zu mir ist.« Würde er sowieso nicht. Es war noch gar nicht so lange her, daß die Hälfte der Jungs aus der Stadt unten am Fluß eine wüste Soiree mit einer blinden Färse veranstaltet hatten.

Aber wie sich herausstellte, hatte der Cousin recht. Ich düste also aus der Stadt, und wir sausten in Richtung Bezirksgrenze. Lachend balgten wir uns im Fahrerhaus, so daß ich immer wieder auf die andere Straßenseite geriet. Wir waren alle viel zu jung, um Bier zu kaufen, aber das war egal. Solange keine Bullen in der Nähe waren, verkaufte der Ladenschwengel auch an Sechsjährige, und wenn welche da waren, dann mußte man schon wie Großvater aussehen, um auch nur über die Schwelle zu kommen. Obwohl Hermys Cousin der Knirps unter uns war, schickten wir ihn hinein. Er mußte beweisen, daß er wenigstens zu etwas taugte. Tatsache war, daß ihm der Mann sogar den Laden verkauft hätte, wenn er nur genügend Geld mitgehabt hätte.

Auf dem Rückweg nach Thalia machten wir uns über die Sechser-Packs her. Hermy war Experte darin, die Dosen so zu öffnen, daß sie einem ins Gesicht spritzten, und verabreichte seinem Cousin eine regelrechte Bierdusche. Der war so aus dem Häuschen, daß es ihn gar nicht störte. Endlich machten wir mal ein Faß auf. Aufgeregt unterhielten wir uns darüber, wo wir wohl ein paar Mädchen auftreiben könnten, wenn wir wieder in der Stadt wären.

Aber als wir dort ankamen, waren die Drive-ins bereits geschlossen, und der einzige Mensch in der ganzen Stadt, der noch nicht schlief, war der alte Buttermilk, der Nachtwächter. Der hockte auf der Bordsteinkante vor dem Lebensmittelladen und unterhielt sich mit seiner popligen braunen Töle. Alles was wir tun konnten, war, in der Seufzerallee vorbeizuschauen und dann um den Stadtplatz und die beiden Geschäftsblocks zu kurven, bis das Bier alle war.

»Scheiße, Mann, steigen wir aus«, sagte der Cousin. Wir hatten das Fahren über, also stiegen wir aus, nahmen das restliche Bier mit hinüber auf die Holzbänke vor dem Amtsgericht und tranken. Es dauerte nur ein paar Minuten, und Buttermilk kam herübergeschlurft, um seine erste Runde zu machen. »Ihr Jungs holt euch doch keinen runter, oder?« fragte er. Es war seine Lieblingsfrage. Wir bejohlten ihn ein wenig, und er ging weiter. Der Mond stand hoch, und der Rasen vor dem Gerichtsgebäude war ganz weiß. Wir sahen zu, wie die einzige Ampel der Stadt von rot auf grün, von grün auf rot und dann wieder von rot auf grün umsprang.

»Mensch, bin ich spitz«, sagte Hermy. Er saß im Gras und spielte mit einer leeren Bierdose.

»Ich wollte, wir könnten irgendwo hinfahren«, sagte ich. »Ich würd gern nach Fort Worth oder so.«

»Hör mir auf mit Fort Worth«, sagte Hermy. Er versuchte die Dose mit beiden Händen zusammenzudrücken. »Ich will bloß eine Muschi innerhalb der nächsten halben Stunde.«

Sein Cousin schnaubte verächtlich. Er hatte langsam, aber sicher einen sitzen, und die Brille war ihm bis auf die Nasenspitze gerutscht. Er sah ganz so aus, als würde er sich bald übergeben.

»Ihr habt doch keine Ahnung«, sagte er. »Ihr solltet in Oklahoma City wohnen. Mann, da oben müßt ihr euch prügeln, wenn ihr eure Hosen anbehalten wollt.« Er hielt sich für einen ziemlichen Experten in Sachen Frauen.

»Bist du deshalb so 'n harter Bursche?« fragte ihn Buddy. Buddy war ein kleiner Kerl, aber er tat immer gemein und stänkerte einen an. Wenn er einen fand, der darauf reinfiel, konnte er ihm ganz schön zusetzen.

»Genauso isses«, sagte der Cousin. »Wann hast du's denn zum letzten Mal mit euern Milchkühen getrieben?« Er war schon ein bißchen hinüber und ziemlich überdreht. »Mann, die Stadt hier ist doch der Arsch der Welt«, sagte er. »Arsch der Welt, Kreis Tote Hose, Texas, U. S. A.« Seit Tagen hatten ihn alle auf den Arm genommen, und jetzt zahlte er es ihnen zurück.

»Großer Gott, ich hab mich schon gefragt, warum du so 'n harter Knochen bist«, sagte Buddy.

»Ich bin nicht der Härteste«, sagte der Cousin und schob sich die

Brille zurecht. »Aber ich weiß verdammt gut, daß ich dir den Arsch vollhauen kann«, sagte er und nahm die Brille ab.

Wir wurden wieder munter. Es sah zwar nicht nach einem großen Kampf aus, aber es passierte wenigstens was.

»Na dann versuch's doch mal«, sagte Buddy.

Sie waren beide zu voll, um noch vernünftig zu sein, und außerdem schon zu tief drin, um noch einen Rückzieher zu machen. Sie gingen für den Kampf hinüber ins Mondlicht und suchten sich eine Stelle auf dem Rasen, wo es keine Wasserhähne zum Drüberfallen gab. Als sie eine gefunden hatten, gingen sie in Stellung und starrten sich, die Fäuste gehoben, an.

»Fang doch an, du Hosenscheißer«, sagte Buddy. Geduckt wie ein Preisboxer stand er da, machte aber keinerlei Anstalten, auf den Cousin loszugehen.

»Du fängst an«, sagte der Cousin. »Ich sorge für das Ende.«

Hermy fand die ganze Geschichte so überflüssig, daß er noch nicht mal aufstand. Mir taten die beiden im Grunde ein bißchen leid. So wie sie sich im Mondlicht miteinander im Kreis drehten, war das Ganze halb zum Lachen, halb zum Weinen. Eigentlich war keiner wütend auf den anderen, und sie mußten sich längst fragen, wie sie in diese Patsche geraten waren. Schließlich brachte Buddy genug Mut auf, loszulaufen und dem Cousin eine zu verpassen, was zu einem kleinen Schlagabtausch führte, der etwa zehn Schläge dauerte. Dann trennten sie sich und standen da und versuchten wieder warm miteinander zu werden, damit sie sich nicht weiter zu prügeln brauchten.

Hermy stand auf und klopfte sich den Schmutz vom Hintern. »Ich geh nach Hause, bevor mich noch einer umbringt«, sagte er. Ich fuhr ihn und seinen Cousin nach Hause und ließ Buddy und die anderen auf dem Platz, den Kampf diskutieren. Als ich aus der Stadt fuhr, bemerkte ich, daß die Rodeofahnen in der Brise flatterten: Es war keine Woche mehr bis zum Rodeo von Thalia. Mir war ganz melancholisch, als ich so den leeren Highway hinunterfuhr. Der alberne Kampf hatte dafür gesorgt, daß ich mir ziemlich allein vorkam, und außerdem wurde ich das komische Biergefühl im Magen nicht mehr los. Ich machte das Radio an und hörte ein bißchen Hillbillymusik, aber die heiterte mich auch nicht auf. Ich hätte nichts dagegen gehabt, mit Hermys Cousin nach Oklahoma City zu fahren, um zu sehen, wie es dort so war; wäre wenigstens mal was anderes gewesen. Thalia war schon in Ordnung, es gefiel mir wirklich, aber ich mußte es nicht für immer und ewig haben. Das Muhen der alten Kühe auf der Pferdeweide hielt mich fast bis in den Morgen hinein wach, und so lag ich im Bett und dachte an die paar Mädchen, die ich in Thalia kannte, und an die vielen in Oklahoma City, die ich nicht kannte; und alle hatten sie Nachthemden an, während sie irgendwo da draußen in der Nacht schlafend vor sich hin atmeten.

Kapitel fünf

Die frühe Morgensonne glänzte auf Strangers fuchsrotem Fell, und als er den Kopf wandte, um nach Mr. Burris zu sehen, rasselte seine Kinnkette leise. Großvater war abgestiegen, um sich mit Mr. Burris zu unterhalten, während wir anderen im Sattel blieben und auf Anweisungen warteten. Die Sonne stand noch nicht mal eine halbe Stunde hoch, und trotzdem hatten wir die Pferdeweide bereits abgeritten, und das Vieh wogte unruhig und Staub aufwirbelnd durch den großen Pferch. Mr. Burris stand vor uns und ließ seine Handschuhe gegen das Bein knallen. Diesen Morgen war er mit einem großen Kombi gekommen, und außer Thompson hatte er noch vier weitere Männer und eine Menge tiermedizinischer Ausrüstung dabei.

»Ich denke, wo Sie sie schon eingepfercht haben, treiben Sie sie mir einfach durch das Gatter«, sagte er zu Großvater. »Wenn's Ihnen nicht zuviel Mühe macht. Aber so können wir uns in etwa eine Vorstellung davon machen, wie viele infiziert sind und wie weit die Krankheit schon fortgeschritten ist. Dann können wir ohne große Probleme die Proben ziehen, die wir brauchen.«

»Verstehe«, sagte Großvater. Er hatte sich diesen Morgen rasiert und ein sauberes Hemd und eine frische blaue Levis angezogen. »Uns soll's recht sein. Wenn Sie mit allen durch sind, können wir gleich noch 'n paar von den Kälbern brennen, falls das nicht gegen das Gesetz ist.«

»Nein, Sir«, sagte Mr. Burris. »Mit denen können Sie machen, was Sie wollen. Wir wären dann soweit, wenn Sie's auch sind.«

Wir nahmen unsere Pferde herum und ritten in die staubige Koppel. Zuerst bildeten wir zwei Reihen Reiter und ließen das Vieh tröpfchenweise zwischen uns durch, so daß wir es zählen konnten. Dann teilten wir es in Gruppen, die Kühe mit Kälbern die eine, die trocken stehenden die zweite und schließlich noch eine dritte mit den Jährlingen. Hank und Jesse und ein oder zwei unserer Nachbarn kümmerten sich weiter um das Trennen, während Lonzo und ich unsere Pferde anbanden und schon mal die ältesten Kühe durch das Schmalsteggatter trieben, damit die Veterinäre sie sich ansehen konnten. Dazu trieb Cecil Goad, einer unserer Nachbarn, jeweils einige Kühe in einen kleinen Pferch, wo es dann an Lonzo und mir war, sie in das Gatter zu bringen. Die Veterinäre warteten. Sie trugen allesamt graue Mäntel und hatten neben dem Gatter ein ganzes Arsenal von Flaschen und Gläsern aufgebaut. Wie sich herausstellte, packten sie ordentlich zu, ohne dabei zu viele Worte zu verlieren; jedenfalls erledigten sie ihre Aufgabe bei weitem rascher und effizienter als Lonzo und ich die unsere. Egal, wie man es betrachtete, es war ein beschissener und anstrengender Job. Das Gatter war allemal breit genug für Kälber, aber für einige der alten Kühe wurde die Geschichte schon ziemlich eng, und wir hatten höllisch zu tun, sie überhaupt hineinzubekommen. In den Pferch kriegten wir nur jeweils zehn, zwölf auf einen Schwung, und die drehten sich dann brüllend und keilend im Kreis, waren zum Teil schon halb im Gatter, nur um dann rückwärts wieder herauszukommen; dann steckten sie die Köpfe in eine Ecke des Pferchs und weigerten sich, auch nur einen Muckser zu tun, drehten sich aber schließlich doch um und schnaubten uns an; mit einem Wort, sie taten alles, was ihnen nur einfallen wollte, um uns die Arbeit zu erschweren. Innerhalb weniger Minuten waren Lonzo und ich von oben bis unten mit Staub bedeckt und ganz heiser vor lauter Schreien. Die Sonne kletterte derweilen höher, und der Staub stieg in einer großen Wolke aus dem sandigen Pferch, in dem das Vieh sich brüllend umherdrängte. Großvater arbeitete am Ende des Gatters und ließ die Rinder wieder heraus, nachdem die Veterinäre mit ihnen fertig waren.

Mehr als die Hälfte des Vormittags war vorbei, als wir die erste richtige Panne hatten, die dafür um so vertrackter war. Drei Kühe gerieten im Gatter übereinander und zerschlugen dabei einen Teil des Zauns. Nachdem der erst mal kaputt war, blieb uns nichts anderes übrig, als aufzuhören und ihn zu reparieren, wozu wir fast bis Mittag brauchten. Das führte dazu, daß wir, als wir zum Essen gingen, noch nicht mal die Kühe durch hatten und Kälber und Jährlinge an einem einzigen Nachmittag schaffen mußten. Also aßen wir rasch und machten uns wieder an die Arbeit, und das in der Gluthitze der Mittagssonne. Ich stellte mich an wie der erste Mensch, weil ich viel zuviel Eistee und Auflauf in mir hatte, und das brachte mich denn auch in die Bredouille. Wir hatten den Sammelpferch fast leer, nur noch eine alte Kuh war übrig, ein richtiges Luder mit einem Streifen auf dem Rücken und einem abgebrochenen Horn, der ein langer Faden schaumigen Geifers vom Kinn baumelte; wir konnten tun, was wir wollten, sie wollte nicht in das Gatter. Wir umzingelten sie, und schließlich steckte sie den Kopf hinein, ganz so, als wolle sie endlich durch. Als sie das tat, rannte ich hin, um hinter ihr das Gatter zu schließen. Aber mit einemmal drehte sie sich mit der Wendigkeit eines Luchses um und kam den westlichen Teil des Zauns langgeschossen. Als sie an mir vorbeikam, ließ sie einen ihrer großen gespaltenen Hufe sausen, und ich wirbelte herum, wie schon tausendmal zuvor. Nur daß ich diesmal den Bruchteil einer Sekunde zu langsam war und sie mich an der Hüfte erwischte. Alles, was ich spürte, war ein Stoß und das Klatschen auf meinen Chaps. Als ich mich wieder einblendete, stand ich nicht mehr im Pferch, sondern saß, mit dem Rücken an die roten Planken der Viehwaage gelehnt, auf dem Boden, und Großvater wischte mir mit einem nassen Stück Verbandsmull von einem der Veterinäre über die Stirn. Innerhalb des Pferchs tanzte noch immer der Staub.

»Bist du in Ordnung, mein Sohn?« fragte Großvater. Er goß etwas kaltes Wasser über die Baumwolle und fuhr mir damit über den Kopf. »Sie hat dich in den Zaun getreten«, sagte er. »Du hast dir an einem der Rohre 'n bißchen den Kopf aufgeschürft.«

Er schien der Ansicht zu sein, ich würde es überleben, denn er gab mir das Stück Mull und ging wieder ans Kopfende des Gatters. In meinem Kopf pochte es ein wenig, an der Hüfte spürte ich nichts. Während ich mir noch überlegte, ob ich wieder aufstehen sollte, kam Mr. Burris herüber und kniete neben dem Wasserkanister, um sich einen Schluck zu genehmigen.

»Du hast dir da einen ganz schönen Tritt eingefangen, mein Junge«, sagte er und lächelte mich an. »Einen alten Mann wie mich hätte das glatt umgebracht.«

Mir war im Augenblick nicht nach einer Unterhaltung, also nickte ich nur und bedachte ihn mit einem matten Lächeln. Er blieb einen Augenblick bei mir sitzen und versuchte, freundlich zu sein, aber keinem von uns beiden wollte so recht was einfallen. Schließlich legte er den Deckel zurück auf den Wasserkanister und ging, und ich stand auf und stellte mich wieder in den Sammelpferch. Ich wußte, die Cowboys würden mich eine Woche lang aufziehen, wenn ich Schluß machte, nur weil ich mir den Kopf etwas aufgeschürft hatte.

Und ich hätte überall mit anpacken können, nur nicht im Sammelpferch, die Hitze oder der aufgeschürfte Kopf hatten damit gar nichts zu tun. Wir hatten gegen zwei Uhr nachmittags, es war höllisch heiß, und auf jedem von uns sammelte sich, Schicht auf Schicht, der Staub und der Schweiß, und kaum waren wir frisch eingestaubt, begann auch schon wieder der Schweiß durchzusikkern. Aus Hemdsärmeln und Schweißbändern rannen verzweigt kleine Bäche und Flüßchen, und unter den Augen hatten wir dunkelbraune Schlammränder. Der Pferch glich einem Sandhaufen auf einem ungeheueren Ventilator, der uns den Sand ins Gesicht blies; und wenn er dann hoch genug stand, wehte ihn uns der heiße Südwind in den Nacken. Wir waren mittlerweile bei den Färsen, jede einzelne scheu wie eine Antilope und fast ebenso wild. Lonzo hatte einen elektrischen Treiberstock aufgetrieben, und so wie er die Färsen damit traktierte, hätte er uns alle umbringen können; die Tiere tanzten nur noch wilder und keilten dementsprechend. Nachdem ich eine weitere Stunde Staub geschluckt und Schlamm gespuckt hatte, wurde mir furchtbar schlecht, und gerade als wir einen neuen Schwung Kälber in den Pferch trieben, kam mir in einem ätzenden Schwall das Mittagessen hoch, das meiste davon durch die Nase. Mit pochendem Kopf stand ich da und würgte, und der Schweiß, der mir in die offene Stelle stach, machte alles noch schlimmer. Ich machte mich wieder auf in den Pferch, aber dann dachte ich mir ›Scheiß drauf‹ und ging zum Haus, und mir zitterten vor Schwäche derart die Knie, daß ich fürchtete, ich würde der Länge nach auf den Weg schlagen, mitten in die Hühnerscheiße und die roten Ameisen.

Als ich zur Hintertür hineinhumpelte, wälzte Halmea eben den Teig für einen neuen Auflauf. Sie sah mich nur einmal an, und schon kam sie herüber und packte mich am Arm.

»Du bis ja weiß wie 'n Laken, Kleiner«, sagte sie. »Setz dich mal her.«

»Laß mich in Ruhe«, sagte ich. »Ist doch kein Wunder, daß ich weiß bin, wenn du mich hier von oben bis unten mit Mehl einstaubst.«

»Na schön«, sagte sie und ließ mich los. »Dann knall nur ruhig auf 'n Boden. Wirs schon sehn, wer dich dann aufhebt.« Ich sah, wie sie sich mit der Hand das Haar zurückstrich und auf der Stirn einen weißen Streifen hinterließ. Ich stieg die Treppe hinauf und ließ mich auf die Tagesdecke plumpsen; mir war schlecht, und ich war müde. Mein Zimmer glich einem Backofen, und als ich nach einer kleinen Weile wieder aufwachte, lag ich in meinem Schweiß, und der Kopf drohte mir zu zerspringen. In der brütenden Gluthitze hörte ich das Brüllen von der Koppel. Ich dachte, daß alles viel besser gewesen wäre, wenn wir an so einem Tag wenigstens hätten reiten können; beim Reiten hat man wenigstens oben auf den Kämmen etwas Luft um die Nase, und der Schweiß, der einem die Rippen herunterrann, verschaffte einem etwas Kühlung. Ich nickte wieder ein, mir der Gluthitze und des beständigen Pulsierens in meinen Schläfen jedoch trotzdem bewußt. Als ich wieder aufblickte, war Halmea im Zimmer; sie setzte etwas auf meinem kleinen Nachttisch ab. Dösig wie ich war, sah ich sie wie durch einen Schleier; sie stand über mir, das weiße Band aus Mehl auf ihrer Stirn feucht vom Schweiß und bereits etwas verlaufen. Sie sagte etwas, was ich nicht verstand, und beugte sich vor, um mir mit einer kühlen Hand die Stirn zu fühlen. Als sie sich so vornüberbeugte, konnte ich zum Teil ihre Brüste sehen. Ich sagte nichts, und eine Minute später war sie wieder draußen. Ich stützte mich auf und fand auf dem Nachttisch ein großes Glas gesüßtes Zitronenwasser, in dem sich eben der Zucker setzte. Das kalte Glas war beschlagen, und das Zitronenwasser war blaß und voller Eisflocken. Ich setzte mich auf und trank langsam, den gesüßten Saft in mich hineinnippend, und spuckte die Kerne quer durchs Zimmer in Richtung Papierkorb. Dann fischte ich die dünnen, schmelzenden Eissplitter heraus und lutschte sie einen nach dem anderen, damit ich länger was davon hatte. Ich dachte, um wieviel schöner es doch war, hier Halmeas Zitronenwasser zu trinken, als da unten Rinder durch den staubigen Pferch zu scheuchen. In so mancher Hinsicht war Halmea wirklich prima; ach was, sie war prima, basta. Wenn ihr danach war, dann kümmerte sie sich um einen, ob man das nun wollte oder nicht. In diesem Augenblick war sie mir genauso lieb, wenn nicht lieber als irgend jemand sonst, den ich kannte. Während ich das Eis lutschte, stellte ich sie mir noch mal in meinem Zimmer vor, den weißen Fleck auf der Stirn und die dunklen Böschungen ihrer Brüste gegen das Kreppleinenkleid. Als ich mit dem Eis fertig war, ließ ich mir das Zuckerwasser auf dem Boden des Glases über die Zunge gleiten, dann stellte ich das Glas auf den Tisch zurück und sank in einen längeren und kühleren Schlaf.

2

Großvaters Hand auf meiner Schulter weckte mich. Auf dem Hof standen die Schatten der Dämmerung, und ich dachte zuerst, ich hätte die ganze Nacht durchgeschlafen. »Willst du nichts zum Abendessen, mein Sohn?« fragte er. Er saß auf der zurückgeworfenen Flickendecke am Fußende meines Bettes. An der Maske aus feuchtem Staub auf seinem Gesicht konnte ich sehen, daß er eben von der Koppel gekommen sein mußte. »Steh auf, mach dich sauber und iß einen Happen«, sagte er. »Dann fühlst du dich besser.« Seine Stimme war müde und langsam, aber voller Gefühl, und er hob eine seiner knubbeligen Hände von der Flickendecke und fuhr sich damit durch das staubsteife Haar. Ich blickte durchs Fenster in den Abend hinaus. Drei Scherenschwänze jagten eine zerzauste alte Krähe über den Himmel. Der Horizont im Westen war noch immer rosig, aber die Sonne hatte ihren Tag längst hinter sich. Großvater stand auf, und ich sah, daß der Schweiß dieses langen Tages seine Levis durchweicht und das Leder seines breiten, handgemachten Gürtels nachgedunkelt hatte. »Ein schöner Abend«, sagte er, »aber ein saumäßiger Tag. Hud und seine Mama dürften auch bald wieder da sein.« Er ging hinaus, und ich setzte mich auf, müde von dem langen Schlaf.

Als ich nach unten kam, hatte sich die Dunkelheit über die Prärie gelegt. Ich stand einen Augenblick auf der hinteren Veranda und atmete den abendlichen Grasduft des Landes ein. Jesse und Lonzo saßen schon beim Essen, als ich hineinkam. Zu mehr als einem Nicken reichte es bei den beiden nicht mehr, so fertig waren sie. Halmea kam mit einem Schmortopf voll eingemachter Aprikosen aus der Küche. »Lebs du noch, oder bis du 'n Geist?« fragte sie.

»Ich wette, der Appetit ist bei ihm das letzte, was sterben würde«, sagte Großvater. Ich war ziemlich hungrig, hatte aber keine Lust, mich zu unterhalten. Lonzo war so müde, daß er immer wieder einnickte, die Tasse auf halbem Weg zum Mund, von wo ihm dann der Kaffee auf die Handgelenke schwappte. Gleich nach dem Essen stolperte er davon in Richtung Schlafbaracke; ich und Jesse dagegen gingen hinaus und setzten uns auf die Kellermiete, solange Jesse rauchte.

»Sie sind ziemlich müde, was?« sagte ich.

»Das kannst du glauben«, sagte er. »Ich pack die Arbeit einfach nicht mehr so wie früher. Durch die lange Zeit beim Rodeo bin ich für alles andre total außer Form. Ich bin sogar zum Schlafen zu müde. Wenn ich hier 'ne Minute sitze, bring ich vielleicht die Energie auf, um ins Bett zu gehen.«

»Wie ist denn das so beim Rodeo?« fragte ich. »Ist das nicht ziemlich aufregend?«

Er zündete sich eine neue Zigarette an und schüttelte das Streichholz aus. »Eine Zeitlang ist es ziemlich aufregend«, sagte er. »Dann wird's auch bloß Arbeit. Es ist zwar nicht dasselbe, wie hier draußen zu arbeiten, als Cowboy, aber Arbeit ist es trotzdem.«

Ich hoffte, er würde weiterreden und mir was von seinen tollen Zeiten erzählen, aber er machte nicht den Eindruck, als wäre ihm nach Reden zumute. Jesse war nun mal so. Wann immer ich darauf brannte, daß er was erzählte, brachte er keine zwei Worte heraus. Und wenn ich lieber meine Ruhe hatte und nachdachte, da war er mit einemmal voller Geschichten. Ich schätze, wir hätten wunderbare Freunde sein können, wenn wir öfter zur richtigen Zeit hätten beisammensein können.

Wir saßen auf dem schrägen Steindach der Kellermiete und schwiegen vor uns hin. Der Mond stand hoch über uns im Südwesten, wie eine runde weiße Birnenscheibe. Vom Radio in der Küche tönte Rock 'n' Roll-Musik herüber, gerade so laut, daß ich sie genießen konnte, ohne richtig hinhören zu müssen. Einige Minuten später ging in der Küche das Licht aus, und ich hörte das Klatschen von Halmeas losen Sandalen auf dem Betonboden der hinteren Veranda. Sie kam in den Hof und blieb vor uns stehen, und noch immer tappte einer ihrer Füße nach der längst abgestellten Musik.

»Kommt ihr zwei beiden mit auf eine Partie Halma«, sagte sie. »Na komm schon, Lonnie, hast doch eh grad mal wieder nix zu tun.«

»Okay«, sagte ich und stand auf. »Aber ich werd dir das Fell über die Ohren ziehen.« Sie fragte Jesse, ob er mitkommen wollte, aber der trat seine Zigarette aus und schüttelte den Kopf.

»Ich würd jetzt noch nicht mal die Löcher für die Steine sehen, so müde bin ich«, sagte er. Zu dritt gingen wir aus dem Hof und weiter zur Schlafbaracke. Der Weg war wie ein schmales helles Seil zwischen dem dunklen Unkraut und dem Gestrüpp. Die alten Kühe hatte man wieder auf die Weiden getrieben, so daß diese Nacht kein Brüllen, sondern nur das Zirpen der Grillen zu hören war.

»Das letzte Mal, daß ich Halma gespielt hab, das war, bevor mein Großvater starb«, sagte Jesse.

»Ich spiel gern Halma«, sagte Halmea. Da sie Angst vor Schlangen hatte, ging sie so dicht neben mir, daß sie mir fast jeden zweiten Schritt auf die Fersen trat. »Die ganze Zeit über arbeiten, das macht einen ja ganz fertig.«

Wir waren noch nicht mal bei Halmeas Blockhütte, als ich das Röhren eines Wagens auf dem Feldweg hörte. »He«, sagte ich, »ratet mal, wer da kommt?« Ich konnte fast sehen, wie Hud den Lincoln über den planierten Feldweg scheuchte. Oma saß wahrscheinlich daneben, steif, als hätte sie einen Stock verschluckt, ganz erpicht darauf, über uns herzufallen.

»Hätt ich mir ja denken können«, sagte Halmea. »Wird nix aus dem Halma heut abend. Ich setz mal besser den Kaffee auf, wenn schon sons nix da ist.« Sie drehte sich um, und ging rasch zurück zum Haus.

»Vielleicht bremst die Operation die alte Dame ja 'n bißchen«, sagte Jesse. »Vielleicht ist sie nicht mehr ganz so schlimm.«

Halmea, schon ein Stück weg, hatte seine Worte gehört, und ein kurzes tiefes Lachen kam durch die Dunkelheit zu uns zurück. »Die haben sie nicht operiert«, sagte ich. »Sie hat sich das von Anfang an alles nur eingebildet. Sie hat nur so lange gezetert, bis Großvater sie losgeschickt hat, damit die so tun, als würden sie sie behandeln. Alles was die getan haben, war, sie einzuschläfern und ihr 'n paar Stiche zu verpassen. Die ist nicht schlechter dran als eh und je.«

»Na, da hab ich ja wieder genug gehört für heut«, sagte Jesse. »Jetzt seh ich aber wirklich besser zu, daß ich etwas Schlaf kriege.«

Ich stand im Dunkeln und lauschte auf den Lärm des Autos. Ich hörte die Rohre des Viehzauns scheppern; Hud mußte wohl mit hundert Sachen dagegengeprescht sein. Die Scheinwerfer klatschten gegen die Bäume im Hof hinter dem Haus, dann stieg er auf die Bremse und schlitterte bis direkt vors Tor. Als ich am Wagen ankam, hatte Hud Großmama schon ausgeladen und trug sie eben über den Hinterhof, wobei sie vor sich hin zeterte. Ich bepackte mich mit Schachteln und trat die Autotür zu; das Radio war noch an, aber ich hätte meine Last abstellen müssen, um es auszumachen. Hud erwartete mich an der Hintertür, ganz der alte. Er zerkaute einen Zahnstocher, und sein zerzaustes schwarzes Haar sah aus, als hätte er es seit seiner Abfahrt nicht mehr gekämmt.

»Wird aber auch Zeit«, sagte er. »Ma will 'n Nachthemd aus einer von den Schachteln da, also bring sie ihr lieber rauf. Denkt, sie hätt den ganzen Tag über richtig was getan, dabei hat sie nur dagehockt und hat mich dreihundert Meilen lang vollgequatscht.«

Ich stolperte in die Küche mit meiner Last, hätte aber beinahe alles fallen lassen, als ich Halmea sah. Sie saß über den Küchentisch gebeugt da und weinte, daß ihr die Tränen über die Handgelenke rannen und auf das weiße Öltuch tropften. Ich war so überrascht, daß ich noch nicht mal stehenblieb, und ging einfach weiter zu Großmamas Zimmer und überlegte, was in aller Welt wohl passiert sein mochte, um Halmea die gute Laune zu verderben. Oma saß auf der Bettkante, fächelte sich Luft zu und sprach laut mit sich selbst.

»Setz das Gepäck mal ab«, sagte sie. »Hol mir mein blaues Nachthemd aus der gelben Schachtel. Ich muß mich unbedingt hinlegen, bevor ich wegen dieser Hitze hier 'nen Rückfall kriege.« Es zerriß sie fast vor Freude, mit mir reden zu können. »Im ganzen Leben hab ich sowas noch nicht erlebt, wie dieses Krankenhaus«, sagte sie. »In so 'nem Saustall jagt ja eine Sünde die andere. Da ist man ja noch besser dran, wenn man daheimbleibt und auf den Herrn vertraut.« Ich konnte kein blaues Nachthemd finden, und ich wollte unbedingt raus und nachsehen, was mit Halmea passiert war. Aber Oma ließ nicht locker. »Versucht doch eine von diesen Schwestern glatt, mich auszuziehen wie 'n Baby, und das in 'nem Zimmer voller Mannsbilder. Aber der Schlampe hab ich Bescheid gesagt. So 'ne Schande aber auch.« Ich fand schließlich in einer der anderen Schachteln ein graues Nachthemd, das ich ihr zuwarf.

»Wo hab ich dir denn von Anfang an gesagt, daß du suchen sollst«, sagte sie.

Halmea saß noch immer am Tisch und wischte sich mit einer durchweichten Papierserviette über die Augen. Mit der anderen Hand hielt sie sich die Brust. Als sie mich kommen sah, ließ sie die Hand fallen und blickte an sich hinunter. In Abständen von ein, zwei Sekunden zuckte ihr Brustkorb, als hätte sie einen Schluckauf. Auf dem Tisch standen Bohnen und Fleisch für Hud, aber er war nicht da.

»Was ist denn, Halmea?« fragte ich. »Willst du, daß ich dir was hole?«

Sie schüttelte den Kopf, ihre Augen füllten sich wieder, und ihr Mund zuckte. »Wenn ich was brauch, dann 'n Gewehr«, sagte sie mit brüchiger Stimme. Mehr wollte sie nicht sagen. Ich sah, daß sie mich loswerden wollte, also ging ich.

Weil auf dem vorderen Hof ein Licht herumhuschte, ging ich hin, um nachzusehen. Es war Hud, der im Schein der großen Taschenlampe unter der Haube seines Cabrios herumhantierte. Er pfiff »The Wabash Cannonball« und fummelte am Keilriemen herum.

»Da«, sagte er, »halt mal 'n Moment die Lampe. Ich will mal nach den Batterien sehen.«

»Hast du gesehen, was mit Halmea los ist?« fragte ich ihn. »Als ihr heimgekommen seid, hat sie doch noch nicht geheult, oder?«

»Gib mir mal das Licht«, sagte er. Als ich ihm die Lampe gab, leuchtete er mir damit plötzlich direkt in die Augen, so daß ich den Kopf abwenden mußte. Dann knallte er mit beiden Händen die Motorhaube zu.

»Nee, als ich rein bin, hat sie nicht geheult«, sagte er. »Ich hab' ihr nur 'n bißchen die Titten gequetscht. Ich schätz, du bist alt genug, um zu wissen, wie das ist, oder? Hin und wieder ist einem Mann eben nach 'n bißchen Schokladenmilch.« Er setzte sich hinters Steuer und begann den Wagen anzulassen.

Ich ging um den Wagen herum zu seinem Fenster, gleichzeitig hilflos und wütend. »Der Teufel soll dich holen«, sagte ich. »Mach das ja nicht wieder.«

Er kicherte. »Zieh Leine«, sagte er. »Du hast hier keine privaten Melkrechte.«

Den Kopf aus dem Fenster gebeugt, ließ er den Motor im Leerlauf drehen. Keiner von uns sagte etwas. »Ich will dir mal was sagen«, sagte er nach einer Minute. »Ich hab von der großen Viehinspektion gehört, die ihr hier heut veranstaltet habt. Ich und dein sauberer Großvater, wir zwei werden dieser Tage ein Tänzchen auf die Bretter legen, und ich bin nicht derjenige, dem dabei schwindlig wird.« Er knallte den Gang rein und jagte aus dem Hof. Bevor er davonfuhr, lachte er und zeigte mir den Finger.

Ich ging hinüber zum Lincoln und fuhr ihn in seinen Schuppen. Dann stieg ich aus und setzte mich eine Weile auf den schwarzen Kotflügel, während ich mir schlüssig zu werden versuchte, was ich wegen Halmea machen sollte. Ich wollte sie irgendwie aufheitern, glaubte aber nicht, daß es mir gelingen würde, selbst wenn ich es versuchte. Es war gar keine so dunkle Nacht, aber unter den Sternen rasten, vom scharfen Südwind getrieben, wie eine Meute Windhunde eine Menge kleiner Wolken vorbei. Ich hätte fast Lust gehabt, nach Thalia zu fahren, aber ich ließ es bleiben.

Schließlich ging ich zu Halmeas Hütte hinüber. Innen war es dunkel, aber ich glaubte nicht, daß sie schon schlief. Einige Minuten lang stand ich vor ihrer Tür in der Hoffnung, sie würde mich durch das Fliegengitter sehen und etwas sagen. Als ich begriff, daß sie das nicht tun würde, ging ich um die Ecke zu ihrem Fenster. Immer wieder tauchte der Mond zwischen den vorbeigleitenden Wolken auf, und das Licht fiel blaß und mehlig auf die Wand der Hütte und den ganzen Hof der Ranch. Sie hatte ihr Bett direkt gegen das Fliegengitter geschoben, und ich konnte ihr weißes Nachthemd erkennen. Normalerweise hätte mich das scharf gemacht, sie in ihrem Bett liegen zu sehen, aber nicht in diesem Augenblick. »Halmea«, flüsterte ich. Ich flüsterte ihren Namen noch einige Male, aber ich mußte ihn lauter sagen, bevor sie mich hörte.

»Wer is 'n das?« sagte sie.

»Ich«, sagte ich. »Tut mir leid, daß ich dich aufgeweckt hab.«

»Was wills du?« fragte sie. Sie hörte sich nicht besonders freundlich an.

»Ich wollt mich nur für das Zitronenwasser bedanken«, sagte ich. Das war mir eben in diesem Augenblick erst eingefallen, aber es hörte sich gut an. »Das war alles.«

Sie sagte eine lange Weile nichts, und dann kicherte sie los und drehte sich um. »Is schon okay«, sagte sie. »Aber jetz wär ich froh, wenn du dich um dein eignen Kram kümmers und mich schlafen läßt.«

Das tat ich. Ich ging auf mein Zimmer. Aber ich schlief in jener Nacht noch lange nicht ein. Ich las ein bißchen in *Verdammt in alle Ewigkeit,* und dann lag ich hellwach auf meinem Bett, den Kopf voller alter Szenen und Halbträume, einige ganz nett, andere ziemlich unruhig. Mir fiel etwas ein, was Hud mir mal über meinen Daddy gesagt hatte: daß der meine richtige Großmutter umgebracht hätte. Hud hatte behauptet, eine Schlange sei auf die Kellermiete gekrochen und Daddy hätte auf sie geschossen und die Kugel sei abgeprallt und hätte Großmutter am Kopf getroffen. Großvater war draußen auf der Weide, und sie starb unter der Platane, noch bevor er nach Hause kam. Ich hatte nie den Mut gehabt, Großvater danach zu fragen. Aber ich wußte, daß es auf der Ranch nicht mehr so fröhlich zuging wie einst. Hud und Großvater kriegten sich zu oft in die Haare, und jetzt hatten wir diese Rinderkrankheit, die uns Sorgen machte. Manchmal, wenn ich eine der Szenen mit Karen Holmes las, mußte ich ans Militär denken, aber ich glaubte nicht, daß ich in dieser Hinsicht die gleichen Gefühle hätte wie Prew, und ich hatte nicht die Absicht, mich da Hals über Kopf in etwas zu stürzen. Dann dachte ich an Jesses Schwermut und Halmeas Tränen und an so vieles, was mir gar nicht gut aussah.

Irgendwann spät in der Nacht kam Hud in seinem Ford auf den Hof gerauscht. Er parkte ihn unter den Schattenbäumen am hinteren Zaun. Er hatte das Radio an, und das ziemlich laut, so daß ich selbst von meinem Zimmer aus noch Carl Smiths »Bonaparte's Retreat« hörte. Hud stellte es mitten in einer Zeile ab und sang selbst weiter. Es hörte sich ganz so an, als habe er Whiskey in der Stimme. Ich stützte mich auf einen Ellenbogen und beobachtete ihn, wie er sich neben dem Wasserhaus die Stiefel putzte. Das war Huds einzige gute Angewohnheit: jedesmal seine Stiefel sauberzumachen, nachdem er sie angehabt hatte.

Ich erinnerte mich nicht daran, daß er ins Haus gegangen wäre; womöglich hat er sie die ganze Nacht über geputzt. Ich nickte irgendwann um diese Zeit ein und träumte, Großvater und ich, wir wären zusammen draußen und ritten früh morgens über die Weide. Die Sonne war eben aufgegangen, und eine kühle Brise wehte uns um den Kopf, als wir über das Hochland ritten. Wir stoppten die Pferde am Rand eines Hügels, eines hohen, steil abfallenden Hügels, über einem Salzlager vielleicht, und ruhten uns, die Beine über den Hals unserer Pferde gelegt, aus. Unter uns lag Texas, grün und braun und in der Sonne ergrauend, weit hingebreitet unter dem riesigen, klaren Himmel wie die erste Einstellung in einem großen Western. Gegen Norden zu lag das Hügelland, hier und da grasten ein paar Rinder und unter den Schattenbäumen Grüppchen von Pferden. Dann begannen die kleinen grauen Wolken über uns fortzutreiben, nach Norden zu, wie Kojoten auf der Weide. Wir sahen Flüßchen sich über die Ebenen winden, dunkelgrüne Eichen an ihren Ufern. Kilometerweit, weit nach Süden und Osten hin, nichts als wogende grüne Mesquitesträucher. Ich sah Highways durch ungeschützt in der Sonne bratende Städte schneiden, und ich wartete und wartete, daß Großvater etwas zu mir sagte. Aber er war völlig entspannt, wie er so übers Land blickte. Schließlich schwang er die Füße zurück in die Steigbügel, und zusammen ritten wir hinunter ins Tal auf eine Ranch zu, die ich nicht sehen konnte, die Llano Estacado vielleicht oder die alte Matador.

Kapitel sechs

Am folgenden Morgen weckte mich Großvater, um zu fragen, ob ich mit ihm nach Wichita wolle, auf eine Rinderauktion. Er hatte die Woche zuvor einige Milchkühe gekauft und sich bereit erklärt, sie auf dem Markt abzuholen. Jetzt, mit der Quarantäne, konnte er sie nicht auf die Ranch bringen, aber Hank Hutch hatte sich bereit erklärt, sie ihm abzukaufen, wenn Großvater sie ihm rüberschaffen würde. Ich sprang in eine saubere Levis und eilte hinunter auf ein rasches Frühstück. Aber ich hätte mir meine Eile sparen können. Hud entschloß sich aus purer Bockbeinigkeit, selbst mitzufahren, und während wir darauf warteten, daß er sich umzog, bekam Großmama plötzlich Lust aufs Einkochen. So kam es, daß wir schließlich alle bis zehn Uhr im Garten arbeiteten, vom Boß bis zu den Knechten. Selbst Hud schickte sie in seinen Aufreißer-Hosen zum Erbsenpflücken. Als wir endlich losfuhren, hatten sie und Halmea eine ganze Wagenladung voll Gemüse zum Einmachen.

Essenszeit war schon vorbei und die bleierne Hitze schlimmer denn je, als wir zur Versteigerungsscheune kamen. Ich hatte vorgehabt, in Wichita auszusteigen und ins Kino zu gehen, aber Großvater hatte es nicht erlaubt. Er sagte, er würde womöglich nicht so lange bleiben und hätte keine Lust, mich erst suchen zu gehen. Er sah müde und niedergeschlagen aus, als wäre er nicht gerade bester Stimmung. Ich hatte damit gerechnet, daß Hud ihm auf der Hinfahrt die Hölle heiß machen würde wegen der Rinder und der Veterinäre, aber er sagte keinen Ton. Als wir auf den Markt kamen, begann Großvater zwischen den Pferchen herumzusuchen, um den Mann mit seinen Milchkühen zu finden, während Hud mit seinen Zockerkumpanen in der nächsten Pinte verschwand. Ich war also allein und konnte mir die Versteigerung angucken. Als hätte ich's nicht gewußt.

Eine Weile war es ganz lustig. Ganz vorn an der Manege stand eine kurze Reihe gepolsterter Sitze. Sie standen den privilegierten Käufern zur Verfügung, den Vertretern der Großmäster und Fleischkonzerne. Meiner Meinung nach waren sie ein Haufen abgefeimter Gauner, aber ihnen zuzugucken machte richtig Spaß. In ihren grauen Hemden und Zehn-Dollar-Strohhüten saßen sie da und machten ganz den Eindruck, als wären sie mächtig stolz auf sich. Sie unterhielten sich, fluchten wie die Bierkutscher und schütteten sich das Bier hinein, das ihnen die Kellnerinnen aus dem Café des Viehhofs heranschleppten; aber trotz ihres Geplappers entging ihnen nicht ein einziges der Tiere, das in die Manege kam, und neun von zehnmal war es einer von ihnen, der den Abschluß machte. Der Auktionator, über die oberste Planke gelehnt, ein Mikrophon in der Hand und das Hemd mit den Perlmuttknöpfen völlig durchgeschwitzt, ließ seinen typischen Versteigerungssermon ab. Hinter den großen Käufern stiegen die Tribünen bis hinauf zur Decke. Auf ihnen saßen die kleinen Leute, die kleinen Rancher, die sich übers Vieh unterhielten, sowie die armen Farmer in ihren flachen gelben Hüten und blauen Overalls, die vielleicht ein Kalb aus ihrem Milchstall verkaufen wollten. Ich sah einen der Großkäufer auf seiner Runde um die Manege, in der einen Hand eine Flasche Bier, in der anderen eine kleine Reitpeitsche. Er trug weiße Schweinslederhandschuhe und blieb immer wieder stehen, um dem einen oder anderen auf dem Fleischerring auf die Schulter zu klopfen und sich in Gespräche zu drängen. Pausenlos strömte das Vieh in die Manege, allein, zu zweien, zu zehnt, von jeder Farbe und jeder Sorte, und alle empfing sie der laute Singsang des Auktionators und geleitete sie wieder hinaus.

Nachdem ich fast zwei Stunden zugeguckt hatte – in der Zeit hätte ich mir leicht einen Film ansehen können –, sah ich Hud hereinkommen und den Arm um eine Kellnerin schieben. Er tätschelte sie etwa in Bauchhöhe, und sie hätte fast ein Tablett Bierflaschen fallen lassen. Als sie sah, wer es war, lachte sie nur und schlüpfte an ihm vorbei. Er entdeckte mich und kam herüber.

»Hat dich Homer nicht gesehen?« fragte er.

»Nicht seit wir hier sind«, sagte ich.

»Er hat die Milchkühe und wartet darauf, daß du sie aufladst«, sagte Hud. Er schob sich den Strohhut aus der verschwitzten Stirn. »Gute Milchkühe«, sagte er. »Wir sollten sie behalten und den Behörden was scheißen. Du kannst sie am Gatter Nummer fünf abholen. Ich muß noch mal schnell mit 'nem Typen reden.«

Ich ging hinaus in die Hitze und den Staub des Parkplatzes und fand unseren Pickup. Der Türgriff war so heiß, daß ich mir die Handschuhe anziehen mußte, um aufzumachen, und das Fahrerhaus war der reinste Backofen. Ich fuhr um die Halle herum zu den Verladeboxen und hoffte, ich bräuchte nicht zu warten, aber ausgerechnet an meiner Box war eben ein Farmer mit einem neuen International dabei, sich ein paar knochige Braune Schweizer abzuholen. Also saß ich im Fahrerhaus und schmorte eine Viertelstunde lang im eigenen Saft, während der Mann sein Geschäft erledigte.

Sobald er weg war, fuhr ich rückwärts vor. Während ich meine Ladeklappe öffnete, kam ein Bursche, etwas jünger als ich, durch das Gatter auf mich zu. Dem Entenschwanz und dem geblümten Hemd nach zu urteilen, ging er in der Stadt auf die High School, aber er hatte ein Stück Gummischlauch in der Hand, wie die Leute vom Viehhof es benutzten.

»Willst du Rinder abholen?« fragte er. »Wir laden sie dir auf. Das ist alles, was wir machen, Rinder verladen.« Der alte Andy, der normalerweise verlud, kam unmittelbar hinter ihm, und ich sagte den beiden, wer ich war und was ich wollte.

»Die kenn ich«, sagte Andy. »Die sind letzte Nacht aus Cache, Oklahoma, reingekommen.« Er schlurfte die staubige Gasse wieder zurück, um nach den Kühen zu sehen, während der Junge einfach stehenblieb.

»Ich heiße Marlet«, sagte er. »Ich hätt sie auch holen können. Ich hab genausogut gewußt, wo sie sind, wie Andy.« Er ließ das Stück Gummischlauch hin und her sausen. »Scheiße«, sagte er, »jeden Tag, den ich frei hab, arbeit ich hier auf'm Viehhof und helf beim Verladen. Ist mir schnuppe, ob sie mir was dafür zahlen oder nicht. Ich komm trotzdem her und helf mit.«

»Warum, verdammt noch mal?« fragte ich. »Mich würdst du bei dieser Hitze nicht rauskriegen, um umsonst zu schuften.«

Er ließ seinen Schlauch gegen den Bretterzaun klatschen. »Mir macht's nichts aus, wenn's heiß ist«, sagte er. »Wir haben mal auf 'ner Farm gelebt und die ganze Zeit so geschuftet, bis Ma und Pa sich getrennt haben. Dann sind wir hier rauf gezogen. Außer Sonntag und Dienstag arbeit ich jeden Tag in 'ner Fabrik, wo sie Dr. Pepper abfüllen.«

»Hast du 'n Pferd?« fragte er dann und fixierte mich mit seinen schwarzen Knopfaugen. Er fragte das, als hätte ich was Schlimmes angestellt. Ich sagte ihm, daß ich drei hätte und daß keines davon viel tauge.

»Eines Tages«, sagte er, »da komm ich her und jag sämtliche Viecher hier aus den Boxen, jedes einzelne, verdammt noch mal. Die machen Wiener Würstchen draus, hast du das gewußt?«

Etwa zu diesem Zeitpunkt kamen die drei Jersey-Kühe den Gang herauf. Andy schlurfte hinterdrein. Ich stellte mich hinter die Ladeklappe, so daß sie mich nicht sehen konnten, aber Marlet blieb stehen, wo er grade stand, und war damit genau im Weg. Eine nicht angezündete Zigarette zwischen den Lippen stand er da und starrte den Kühen entgegen. Natürlich drehten die sich um und wollten wieder zurück, so daß Andy wie ein Irrer herumspringen mußte, damit sie nicht an ihm vorbeikamen.

»Verdammt noch mal, Kleiner, du stehst im Weg«, rief er und fuchtelte mit seinem Treiberstock in Richtung Marlet. Der Junge würdigte Andy keines Blickes, stieg aber auf den Zaun, und die Kühe kamen die Planke herauf in den Pickup gerannt. Als die letzte von ihnen unter ihm vorbeikam, langte er hinunter und zog ihr, so fest er nur konnte, eins mit dem Schlauch über.

»Ich mag das, wenn's so knallt«, sagte er, noch immer die Zigarette zwischen den Lippen. »Hast du gewußt, daß die Wiener Würstchen aus denen machen?« Er hockte auf dem Zaun, und offenbar war ihm nicht so heiß wie mir. Ich verriegelte die Ladeklappe und hängte die Kette ein.

Da ich auf Großvater und Hud warten mußte, steuerte ich den Pickup rüber in den Schatten der Auktionshalle und machte beide Türen auf. Ich wollte mich eben auf dem Vordersitz langlegen, als Marlet auf der anderen Seite einstieg. Er hatte noch immer seinen Schlauch in der Hand.

»Die Polizei hat mir verboten, weiter mit Mädchen zu gehen«, sagte er. »Sie haben gesagt, sie könnten mich einsperren, wenn ich's noch mal tu. Ich bin kurz vor 'm Ersticken deswegen.« Er sah mich mit einem so ernsten Gesicht an, daß ich mich verpflichtet fühlte, mich ihm wenigstens zuzuwenden. Ich wollte wirklich, er würde wieder zu den Pferchen gehen und Andy im Weg rumstehen statt mir.

»Ich hab da 'ne Theorie«, sagte er. »Und nicht etwa von jemand anders, von den Nazis oder den Kommunisten oder sonst wem. Und nach der ist es okay, es sich einfach zu nehmen. Es ist genau das, was Gott von uns will.« Er beugte sich vor und dachte an seine Theorie. »Ich werd noch mal ein Lied drüber machen und zusehen, daß sie's im Radio spielen«, sagte er. »Da wird man reich bei. Es geht: ›Es i-hist doch keine Sü-hünde nicht, es sich zu ne-hehmehen...!‹« Dann senkte er die Stimme. »Ich hab's eh bloß siebenmal gekriegt«, sagte er. »In Ohio hatten sie 'n Puff, aber die Politiker haben ihn zugemacht, wegen der Wahlen.« Er klopfte mir aufs Knie, seine Augen zwei schwarze Murmeln. »Ich hab's nicht ein einziges Mal von 'ner Frau mit blauen Augen gekriegt«, sagte er. »Immer nur von welchen mit braunen. Ist das nicht schrecklich? Du verstehst, was ich meine, oder?« Dann quasselte er weiter. »Ich bin mal mit 'nem Mädchen gegangen, Rosalind Chatteau heißt sie, aber jetzt läßt sie mich nicht mehr mit sich gehen. Erst neulich war ich bei meinem Cousin, und der hatte gleich drei Frauen im Haus. Und alle hatten sie braune Augen.« Er schaute zu dem Gatter hinüber, wo Andy auf das Vieh einbrüllte. Ich dachte schon, er würde hinausspringen und ihm helfen, aber er überlegte es sich anders.

»Weißt du was Dibetes ist?« fragte er. Ich nickte. »Das hab ich«, sagte er. »Man muß dagegen drei Sorten Insulin nehmen. Und die richten mich derart zu, daß ich kurz vorm Ersticken bin.«

Er schwieg, und wir saßen so um die fünf Minuten in dem heißen, lauten Verladehof, ohne daß einer etwas sagte. Er holte die Zigarette von vorhin aus der Hemdtasche und steckte sie sich wieder zwischen die Lippen, ohne sie anzuzünden. »Ma putzt drüben in der Abdeckerei«, sagte er. »Wir wohnen da.« Plötzlich stieg er aus und stand, zu dem Gatter hinüberblickend, neben dem Laster, wobei er das Stück Schlauch gegen sein Bein knallen ließ. »Ihr habt wahrscheinlich 'ne Ranch?« fragte er dann.

Als ich ja sagte, schüttelte er den Kopf, als hätte er es die ganze Zeit über gewußt. »Ich wollte, wir hätten auch eine«, sagte er. Er tat ein paar Schritte in Richtung der Pferche, kam aber dann noch mal zurück und sah zu mir herauf. »Nimm's locker«, sagte er. »Oder wie immer du 's sonst kriegst.«

Ich dachte, er sei wohl der seltsamste Junge, den ich je getroffen hatte. Ich saß da und dachte über ihn und sein Ersticken nach, bis schließlich Großvater und Hud aus der Auktionshalle kamen. Hud kam zur Fahrerseite und machte mir Zeichen, rüberzurutschen. Sein Gesicht glänzte vor Schweiß. »Schau dir diese armseligen Jerseys an«, sagte er. »Machen wir, daß wir aus dem Ofen hier rauskommen.« Ich rutschte in die Mitte, wo es am heißesten war, und wünschte mir, wir hätten die lange Rückfahrt schon hinter uns.

Die ganze Strecke über fuhren wir direkt in die Sonne. In der Ferne sah ich die Hitzewellen aus dem braunen, brennenden Land steigen, und ständig hatten wir den nassen Flecken einer Luftspiegelung vor uns auf dem Asphalt. So eng aufeinander, wie wir saßen, hatten wir eine Affenhitze in der Kabine; die Sonne stand auf einer Höhe mit der Windschutzscheibe. Der wolkenlose Himmel war immer noch blaß vor Hitze. Großvater inspizierte die Quittung über die Kühe, als er einstieg; er faltete sie sorgfältig zusammen und schob sie in die Brieftasche. Mit seinen Gedanken schien er ganz woanders zu sein.

»Ich wollte, du würdest endlich fünfzig Dollar lockermachen und der Kiste hier getönte Scheiben verpassen«, sagte Hud. »Ich brat ja im eignen Schmalz.«

»Getönte Scheiben würden auch nicht helfen«, sagte Großvater. »Außerdem hab ich ja vielleicht gar nichts, wovon ich sie lokkermachen kann.«

»Na gut, aber gehabt hast du sie«, sagte Hud. »Fuffzigmal soviel.«

Großvater sagte nichts darauf, und Hud verfiel in Schweigen, als wir über das riesige Ranchland fuhren. Der Luftzug, der durch das kleine Fenster kam, peitschte die schwarzen Locken auf seiner Stirn. Weder er noch Großvater schienen unbedingt Lust auf Streit zu verspüren, aber wie ich so zwischen den beiden saß, wurde mir doch etwas ungemütlich, so als ritte ich bei Regen über einen hohen, schlüpfrigen Grat. Ein Wortschauer an der falschen Stelle, und ich wüßte nicht mehr, wo ich bin. Zum erstenmal wurde mir damals bewußt, um wieviel frischer und kräftiger Hud doch aussah als Großvater. Großvater war zäh und ruhig, schon, aber er sah schrecklich müde und alt aus.

»Ich hab dich 'ne ganze Weile am Telefon gesehen«, sagte Hud. »Hast du mit dem Veterinär gesprochen?«

»Hab ich«, sagte Großvater, »aber viel war aus dem nicht rauszukriegen.«

»Teufel auch, hast du das vielleicht erwartet?« fragte Hud. »Wenn so 'n Hurensohn von 'ner Behörde dir was zu sagen hat, dann ruft er dich an oder schickt dir 'n Telegramm.«

»Da wirst du wohl recht haben«, sagte Großvater. »Er hat gemeint, daß sie die Testtiere ziemlich genau beobachten, daß sich aber noch nichts gezeigt hat. Ich denk, daß es noch ein paar Tage dauern wird, bevor wir was wissen.«

Hud holte einen Zahnstocher aus der Tasche und begann damit in den Zähnen herumzustochern, während er fuhr. Es wollte mir einfach nicht einleuchten, warum er bei allem, was passiert war, nicht endlich den Mund aufmachte, und ich schätze, Großvater ging es ebenso.

»Was hältst du denn von der Geschichte, Scott?« fragte er. »Was meinst du, werden wir tun müssen?«

»Ich weiß doch gar nichts«, sagte Hud und grinste plötzlich. »Du bist der Boß. Wenn hier also einer was wissen muß, dann du. Was mich anbelangt, ich arbeit hier bloß von den Schultern an abwärts.« Wir hatten diesen Spruch schon tausendmal gehört, und so wartete Großvater einfach ab.

»Ich hab mich mit der langen Quarantäne einverstanden erklärt«, sagte er. »Meinst du nicht, daß sie damit zufrieden sind?«

Hud spuckte seinen Zahnstocher aus dem Fenster. »'n Scheiß werden die«, sagte er. »Die brauchen doch dein Einverständnis nicht. Die sind das Gesetz. Die machen genausogut was, womit du nicht einverstanden bist. Da kannst du dich einverstanden erklären, bis die Scheiße nicht mehr stinkt, nützen wird's dir 'n Dreck.«

»So schlimm sind die Burschen auch wieder nicht«, sagte Großvater, seine Augen fast geschlossen gegen das blendende Licht der Sonne. »Du hast sie ja noch gar nicht getroffen. Der Chef von denen scheint ganz nett zu sein.«

»Ich bin hier nur der Fahrer«, sagte Hud.

»Gottverdammtnochmal, ich hab dich was gefragt«, sagte Großvater. »Das hast du doch immer gewollt. Meinst du, die kommen und liquidieren sie?«

Hud nahm den Blick von der Straße und sah Großvater an; das Grinsen war verschwunden. »Teufel, ja, natürlich werden sie sie liquidieren«, sagte er. »Aber jetzt hör mir mal zu. Du brauchst dir erst gar nicht die Mühe machen, mich jetzt zu fragen. Den Zeitpunkt dafür hast du versäumt. Und das um zirka fünfzehn Jahre.«

Großvater seufzte. »Was zum Teufel willst du eigentlich?« fragte er. »Ich bezweifle ja nicht, daß ich dich hart rangenommen hab, und genausowenig bezweifle ich, daß ich Fehler gemacht hab. Man tut nicht immer das, was richtig ist. Aber das ist schließlich seit Jahren vergessen und vorbei. Das hat mit der Geschichte hier überhaupt nichts zu tun.«

»Ja, das denkst du«, sagte Hud. »Und es ist ja vielleicht auch vorbei, aber deswegen sind wir noch lang nicht fertig damit. Nicht ein bißchen.« Hud sprach langsam und achtete dabei auf die Straße, aber die Worte schossen in die enge Kabine wie Blut aus einem Hühnerhals. »Du bist zu alt, um zu wissen, was ich will«, sagte er. »Das warst du schon immer. Und nicht nur zu alt, sondern auch zu blind und knausrig und bockbeinig.« Großvater hörte zu, ohne eine Miene zu verziehen oder auch nur ein Wort zu sagen. »Du hast doch nicht einen Augenblick gedacht, daß ich womöglich mehr haben wollte, als du mir geben willst, oder?« fragte Hud. »Du hast dich unter den Mustang gelegt, der dich halb zerquetscht hat, und weil du gedacht hast, du würdst abkratzen, da hast du dir Ma geholt, damit sie sich um dich kümmert, und die hat dasselbe gedacht, und schließlich hast du sie geheiratet. Dann hast du dich wieder erholt und festgestellt, daß sie gar keine so gute Partie war. Und ich, ich gehörte nur irgendwie dazu. Für dich war ich bloß 'n Kaffer mehr, den du rumkommandieren konntest. Für dich war ich grade mal gut genug, um dir deinen Heuwagen zu fahren, anstatt mich aufs College zu schicken. Da wolltst du mich nicht ums Verrecken gehen lassen, aber als die Typen von der Einberufungskommission kamen und Leute für den Krieg gesucht haben, da konntst du mich nicht schnell genug loswerden. Aber natürlich warst du damals der wilde Homer ›Mustang‹ Bannon, und alles, was du getan hast, war richtig. Ich hab ja die meiste Zeit selber gedacht, du hättst recht. Wenn du's genau wissen willst, ich hab dich für 'n richtigen Gott gehalten. Aber jetzt nicht mehr.«

Großvater schien ihm längst nicht mehr zuzuhören. »Zurückzuschauen und Fehler zu sehen ist nicht schwer«, sagte er nach einer Weile. »Das hier ist ein anderer Tag, und ich seh nicht, was der Heuwagen mit dieser Seuche hier zu tun hat. Aber ich schätze, wenn die wirklich liquidieren wollen, dann können wir sie schon irgendwie hinhalten, mit 'nem Anwalt vielleicht.« Er blickte aus dem Fenster.

Hud sah zu ihm hinüber und stieß sein hartes Lachen aus, das wie eine Ohrfeige war. »Von wegen Anwalt«, sagte er. »Ich scheiß auf deine Anwälte. Aber wo du mich schon fragst, ich sag dir, was ich machen würde. Ich würd mich noch heut abend ans Telefon hängen und jedes Stück Zuchtvieh verkaufen, das ich habe. Immerhin haben sie dir noch keine Kette umgelegt, und wir könnten die alten Kühe rausschaffen, bevor ihr mit den Tests fertig seid.«

Wir sahen beide hinüber zu ihm, als wäre er verrückt, aber ich wußte, daß er's nicht war. Es war einfach seine Art, immer mit dem erstbesten Plan daherzukommen, der ihm in den Sinn kam, egal wie verrückt er sich anhören mochte.

»Du meinst, ich soll versuchen, irgend 'nem anständigen Kerl, der keine Ahnung hat, auf was er sich da einläßt, diese verdammte Krankheit anzudrehn?« fragte Großvater. »Da müßt es mir aber um einiges dreckiger gehen, bevor ich sowas tu.«

»Teufel, nein«, sagte Hud. »Verkauf sie einem, der blöd genug ist, sie zu nehmen, obwohl er die Lage kennt. Da gibt's so manchen, der dämlich genug wäre, nur auf die Chance hin, einen Reibach zu machen.«

»Oh, ich bezweifle nicht, daß es so einen gibt«, sagte Großvater. »Aber das ist nun mal keine Art, sich aus der Patsche zu helfen.«

»Na, dann laß mich dir noch was sagen«, sagte Hud. »Nämlich was das Ganze mit dem Heuwagen zu tun hat, wenn du schon nicht selber drauf kommst. Eines Tages, Mr. Bannon, da gehört dein Land mir, und womöglich ist es ja jetzt soweit. Du bist doch der senile alte Misthund, der die mexikanischen Kühe angeschafft hat, und jetzt sieh mal besser zu, daß du uns aus dem Schlamassel auch wieder rausbringst, wenn du nicht selber anfangen willst, bloß von den Schultern an abwärts zu arbeiten.«

»Ich glaube, du bist nicht ganz dicht«, sagte Großvater. »Was zum Teufel soll das denn heißen?«

»So ganz hab ich mir das noch nicht überlegt«, sagte Hud, »aber eine Vorstellung davon kann ich dir schon geben. Das Wichtigste dabei bist du, alter Mann. Du bist einfach zu alt, um es noch zu bringen. Heißt es nicht so in dem Lied?« Plötzlich schlug er mir auf den Schenkel, als teilten wir beide ein großes Geheimnis. »Ob die nun liquidieren oder nicht«, sagte er, »wenn das hier vorbei ist, dann setzt du dich mal besser gleich in den Schaukelstuhl, damit du mir nicht im Weg rumstehst.«

Großvater sah ihn an, als könne er seinen Ohren nicht trauen, und Hud schob sich den Hut auf den Hinterkopf und fuhr, mit seiner alten Wildheit in der Stimme, fort: »Deine Ranch krieg nämlich ich«, sagte er. »Eines Tages jedenfalls. Und dann hab ich das Sagen. Ich hab mir das noch nicht so bis ins Letzte überlegt, aber soviel jedenfalls kannst du dir schon mal hinter die Ohren schreiben. Mag sein, daß ich sie jetzt krieg, mag auch sein, daß ich noch 'n paar Jahre warten muß, aber kriegen tu ich sie.«

»Wie stellst du dir das denn vor, sie jetzt zu kriegen?« fragte Großvater.

Hud ließ eine Art Lachen hören. »Irgendwie«, sagte er. »Wenn ein Mann in deinem Alter hergeht und einen Haufen kranker Kühe kauft, dann heißt das, daß er zu alt und vertrottelt ist, um noch länger groß was zu leiten. Meine Mama hat schließlich einen Anteil an der Ranch, und der will geschützt werden. Du hast 'ne Menge von dem, was du hast, erst gekriegt, nachdem du sie geheiratet hast, und einiges davon gehört ihr. Du bist inkompetent, und unser Rennfahrer hier ist noch zu jung, um zu übernehmen. Die

Anwälte, von denen du da geredet hast, die knobeln ja womöglich was aus, wie ich an die Vollmacht komme. Ich weiß nicht. Aber wenn ich sie nicht auf die eine Art kriege, dann eben auf 'ne andere.«

»Wenn du dich da mal nicht ganz gewaltig täuschst«, sagte Großvater. »Solange ich nicht unter der Erde bin, bin ich der einzige, der die Ranch führt. Danach, da kriegst du womöglich was davon, das weiß ich nicht. Aber meine Vollmacht, die kriegst du nie und nimmer.«

»Und das ist ein Jammer«, sagte Hud. »Aber wetten würd ich an deiner Stelle lieber nicht drauf. Was ich gesagt hab war, daß ich dein Land kriege.«

»Du weißt ja noch nicht mal, was du willst«, sagte Großvater. Er sah Hud immer noch an, als wolle er seinen Ohren nicht trauen.

»Wen juckt das schon?« meinte Hud. »Hauptsache, ich werde der Boß.« Ein glänzender blauer Cadillac überholte uns, und Hud schlug mit der Faust gegen die Tür des Pickups. »Schau dir nur den Blondschopf da an«, sagte er und zeigte auf die teuer gekleidete Frau am Steuer. »Würdst du nicht mal gern mit sowas in die Falle steigen?« sagte er und schlug mir klatschend auf den Schenkel. Großvater runzelte die Stirn, und Hud lachte.

»Ich paß wohl besser auf, was ich rede«, sagte er. »Ich will ja schließlich keine Minderjährigen verderben.« Er lachte glucksend. »Aber ich sag dir eins: Wenn du die auf dem Rücksitz nimmst, die zerkratzt dir den Wagenhimmel wie 'ne Katze.«

Wir fuhren und fuhren, die ganze Strecke über mit nicht mehr als sechzig Sachen die Stunde. Großvater und Hud verfielen in Schweigen und dachten wohl beide an das, was sie noch erwartete. Als wir nach Thalia kamen, stand die Sonne schon tief im Westen, und es begann abzukühlen. Die Kaufleute waren dabei, ihre Läden zu schließen und zum Abendessen nach Hause zu gehen. Der alte Hurshel Jones stand vor dem Haus und sprengte seinen Rasen; als er unseren Laster sah, winkte er uns zu. Er war vor Zeiten selbst Cowboy gewesen und hatte auch mal für Großvater gearbeitet; er saß jetzt den Rest seiner Tage in der Spielhalle ab. Wir überquerten den Schienenstrang und sahen die Kleine des Weichenstellers vor dem Haus durch eine Pfütze waten, in die das lecke Hauptwasserrohr tropfte. »Die ist ja pitschnaß bis rauf zum Adamsapfel«, sagte Hud. Er fuhr weiter, aus der Stadt hinaus, am Schrottplatz vorbei und an der Entkernungsmaschine, die, soweit ich zurückdenken konnte, nie auch nur einen Ballen Baumwolle entkernt hatte. Die Sonne war ein großer roter Ball vielleicht einen Fuß über dem Horizont: Die Weißglut des Tages hatte sich gelegt. Hank war noch nicht zu Hause, und so sagten wir seiner Frau Bescheid und ließen die Milchkühe in seinem Pferch. Wir überquerten den Highway und fuhren die ungeteerte Straße zwischen den Mesquitesträuchern auf unsere Ranch. Als wir gegen den Viehzaun stießen, kamen bellend die Hunde herausgerannt und wedelten mit ihren Stummelschwänzen. Auf der Veranda war niemand zu sehen, aber im Wohnzimmer brannte schon Licht. Halmea stand im Hinterhof und mühte sich ab, einen großen Teppich von der Wäscheleine zu bekommen.

Hud parkte den Pickup am Gartenzaun. »Ich hab noch was zu erledigen, was nicht warten kann«, sagte er. »Ihr kommt ja wohl von hier an ohne mich zurecht.« Er ging hinüber zum Zaun, legte eine Hand auf einen Pfosten und sprang hinüber.

»Mein lieber Mann«, sagte Großvater. »Ich wollt, ich könnt auch noch mal so springen. Ich denk, ich steig auch gleich aus. Kannst den Pickup in die Scheune fahren.«

Er stieg aus und schloß sorgfältig die Tür. Als ich Hud so über den Zaun springen sah, mußte ich an die Jahre denken, wo er noch Wert darauf gelegt hatte, im Sport mitzumischen. Vor allem beim Rodeo war er mit von der Partie gewesen, und im Sommer fing er für das Baseballteam unserer Stadt. Einige von Thalias Sportbegeisterten hatten damals das Geld für eine Flutlichtanlage für den Baseballplatz zusammenbekommen, und die Jahre darauf waren Spiele am Abend die ganz große Sache gewesen bei uns. Hud fing mit nichts als seiner Maske und einem Handschuh zum Schutz, und die Hälfte der Zeit über trug er noch nicht mal die Maske. Eines Abends hätte ihm ein besonders scharfer Ball fast den Daumen abgerissen, aber er besorgte sich eine Büchse Kerosin, in die er während der Pausen den Daumen hielt; dann konnte es wieder weitergehen. Er beschimpfte die Schläger, bis sie so wütend waren, daß sie daneben schlugen. »Stich mal mit der Gabel rein, der ist sicher schon durch«, spottete er dann.

Ich fuhr weiter zu den Koppeln und stellte den Pickup in den Schuppen. Jesse war auf der Pferdekoppel und sattelte eben Großvaters junges Pferd ab. Er hatte sich entschlossen, es auf dem Rodeo für den Trennwettbewerb anzumelden, nur um der Erfahrung willen, und jetzt nahm er es ziemlich hart ran. Ich drehte am großen Trog den Hahn auf und setzte mich auf die eiserne Kante und plantschte mit den Händen, während er vollief. Ich konnte den Mond sich im Wasser spiegeln sehen, und über das Spiegelbild trieben, wie Gewitterwolken, kleine grüne Moosfetzen. Ich tauchte eine Hand hinein und versuchte den Mond herauszuschöpfen, aber er kam nur gewaltig ins Schaukeln. Der Anblick ließ mich an meine Cousine Marcia denken. Als wir noch Kinder waren, ließen wir immer Schiffchen aus Holzspänen über den Trog treiben, sie auf der einen Seite, ich auf der anderen. Ich hätte noch nicht mal sagen können, was aus Marcia geworden war. Der Tag hatte mich auf eine seltsame Weise ermüdet, und ich hatte gute Lust, das Abendessen ausfallen zu lassen und mich einfach in das kurze Gras zu legen und auszuruhen; einfach so dazuliegen und den weißen Mond hoch droben über den Himmel ziehen zu sehen. Ich wette, Marlet hatte noch nie an einem Wassertrog gespielt und mit einem Mädchen wie Marcia Schiffchen treiben lassen. Ich warf ein Stöckchen ins Wasser und sah zu, wie es auf dem steigenden Wasser hüpfte. Es erinnerte mich an »I'll Sail My Ship Alone«, einen alten Hillbillysong von Moon Mulligan. Mit allen Träumen, die ich habe, fahr ich raus aufs blaue Meer.

»Dreh das Wasser mal lieber ab«, sagte Jesse. »Das schwappt ja schon über.« Er ging zum Abendessen, und ich begleitete ihn bis zum Hof und hörte mir an, wie er mit Großvaters Dreijährigem prahlte. Nicht, daß er sich dabei ereifert hätte, er war ganz freundlich und offensichtlich bester Laune. Als wir ans Gatter kamen, kam eben Hud heraus, in Rodeokleidung.

»Mach mal Platz«, sagte er grinsend. »Ich fahr rauf nach Burk zum Rodeo. Wollt ihr zwei Heinis mit?«

Ich war so überrascht, daß ich nichts sagte, aber Jesse schüttelte grinsend den Kopf. »Nee danke, ich nicht«, sagte er. »Ich bleib hier und schau zu, ob ich jemanden für 'ne Partie Dame auftreibe.«

»Na das paßt ja wohl auch eher zu dir«, sagte Hud. Er stieg in sein Cabrio und fuhr los, und wir standen da und sahen ihm hinterher.

»Das ist das erste Mal in meinem Leben, daß er mich gefragt hat, ob ich irgendwohin mit will«, sagte ich. »Ich würd wirklich gern wissen warum.«

Jesse holte eine Schachtel Zigaretten aus der Tasche. »Fühlt sich wohl einfach allein«, sagte er. »Also versucht er sich ein bißchen Gesellschaft zu organisieren.«

»Der und sich allein fühlen?« sagte ich. »Ich sag dir, der kriegt mehr weibliche Gesellschaft auf die Beine als jeder andere hier.«

»Das muß nicht unbedingt viel sein«, sagte Jesse. »Und auch nicht unbedingt Gesellschaft. Frauen haben's nur ab und an gern gefährlich, ständig ist ihnen zuviel. Und auch wenn Scott so gemein nicht ist, es langt, um hin und wieder allein zu sein.«

»Du hättst ihn heut nachmittag hören sollen«, sagte ich. »Da hättst du ihn wirklich für gemein halten können.« Ich setzte mich auf die Treppe und begann meine Schuhe zu putzen, und Jesse ging rein, um sich fürs Abendessen zu waschen. Als es Zeit war, stellte sich heraus, daß ich doch Hunger hatte.

Kapitel sieben

Vielleicht lag es an Marlet, dem Jungen auf der Auktion, womöglich aber auch an Huds wildem Gerede auf der Rückfahrt, ich hätte es nicht sagen können, aber was auch immer es war, es schlug mir an jenem Abend ganz gewaltig aufs Gemüt, und egal, was ich tat, es wurde nur noch schlimmer. Nach dem Essen ging Halmea in ihre Blockhütte, und ich wanderte ins Wohnzimmer, um mir eine neue Zeitschrift zu suchen. Dort saßen Großmama und Großvater, jeder für sich an seinem eigenen Radio. Da sie sich nicht darauf einigen konnten, was sie hören sollten, kamen sie mit einem allein nicht aus. »In 'n paar Minuten gibt's Fibber und Molly«, sagte Großvater. »Setz dich her und hör zu.« Die Tapete tauchte den Raum in ein schwefelgelbes Licht. Großvaters Gesicht erschien mir noch schmaler als sonst; er hatte sich nicht rasiert und die kurzen silbrigen Stoppeln gaben ihm etwas Unordentliches. Auch was sein Tabakkauen anbelangte, war er längst nicht mehr so sauber wie früher. Keiner von beiden beachtete mich weiter, und ich lehnte mich an den Kaminsims und las in einer alten Ausgabe des *Cattleman*. Großmama hörte *Break the Bank*, und die beiden Programme plärrten derart laut gegeneinander an, daß ich fast mit den Zähnen geknirscht hätte. Die Szene gab mir das schreckliche Gefühl, daß meine Welt aus dem Lot geraten war und mit einemmal alles drunter und drüber ging. Aber ich schien die beiden Alten unmöglich allein lassen zu können. Ich setzte mich also an den Sims, direkt unter die Fotos meiner Familie, und las die alte Zeitschrift. Ich wollte, ich könnte Großvater hinaus auf die Veranda lotsen, in die kühle Abendluft. Ich saß kaum eine Minute da, als er umschaltete, aber wie sich herausstellte, hatte man Fibber und Molly für den Sommer abgesetzt, womöglich auch für immer. Also drehte er weiter, um eine Sendung zu finden, die ihm gefiel, und ich stand schließlich auf und ließ die beiden allein, niedergeschlagener denn je.

Meine Kammer war auch nicht gerade dazu angetan, mich wieder aufzuheitern. Ich las in gut einem halben Dutzend Büchern herum, brachte aber für keines von ihnen Interesse auf, und schließlich fischte ich ein paar alte *Playboys* heraus und blätterte sie durch. Ich sah mir die nackten, glänzenden Mädchen an. Aber was immer ich an jenem Abend auch anstellte, es schien meine Rastlosigkeit nur noch zu verstärken; es war wie ein Jucken an einer Stelle, wo man sich nicht kratzen kann.

Irgendwann mitten in der Nacht wachte ich auf, und einen Augenblick lang ging es mir ganz gut, weil es kühl und frisch war. Ich lag eine Weile da und genoß die Brise, aber dann, als ich nicht wieder in den Schlaf zurückrutschen konnte, war meine Rastlosigkeit zurück, und das stärker noch als zuvor. Je länger ich dalag, desto schlimmer wurde sie. Das Haus war still, aber meiner Schätzung nach mußte es schon gegen Morgen sein. Ich zog mich an und ging hinunter in der Absicht, zum Windrad hinüberzugehen. Aber als ich dann auf der hinteren Veranda stand, kam mir eine andere Idee: Ich suchte mir eine Taschenlampe, eine Kleinkaliberbüchse und eine Schachtel Hohlspitzpatronen.

Ich hatte es mir in den Kopf gesetzt, auf etwas zu schießen, egal was, das nächstbeste war gut genug. Auf halbem Weg hinüber zur Scheune verließ ich den Pfad und stapfte achtlos durch das hohe Unkraut, und es war mir völlig schnuppe, auf wieviel Klapperschlangen ich dabei treten mochte. Ich wollte, ich hätte einen Froschspeer mitgenommen, zu gern hätte ich irgendwas aufgespießt. Wenn man was aufspießt, dann hat man es auch. Aber ich setzte meinen Weg durch die Büsche trotzdem fort. Als ich am Reservoir ankam, trat ich zunächst auf eine große Wassermokassin, die an mir vorbei in den Teich glitt. Ich ließ das Licht der Taschenlampe wandern, bis ich am Ufer, kaum zehn Meter vor mir, einen großen Ochsenfrosch ausmachte. Ich setzte mich in das Hundszahngras, um den Frosch gleichzeitig anleuchten und übers Knie weg zielen zu können. Ich traf ihn, hörte wie das Hohlspitzgeschoß in seinen Körper klatschte, aber noch bevor ich ihn zu fassen bekam, sprang er ins Wasser. »Schlauberger«, sagte ich. »Jetzt kriegen dich die Schildkröten.« Ich schoß noch auf fünf oder sechs weitere Frösche, einige davon ziemlich weit weg, aber alle sprangen sie zurück ins Wasser. Dann schoß ich auf eine Schildkröte und zertrümmerte ihr den Panzer. Eine Wassermokassin verfehlte ich, dafür traf ich noch ein paar Frösche, und schließlich war das Gewehr leer. Ich fühlte mich beschissen; ganz so, als hätten mich meine Kugeln selbst getroffen. Ich mußte an Marlet denken, und ich wünschte, ich hätte auf ihn schießen können, verrücktes kleines Arschloch, das er war. Ein Kaninchen kam auf den Damm gehoppelt, und ich leuchtete es an und putzte es weg. Es trat noch ein paarmal mit den Läufen und starb. »Heut nacht erschieß ich euch womöglich alle«, sagte ich. Dann traf ich noch einen großen Frosch, und diesen erwischte ich sogar, bevor er ins Wasser springen konnte. Ich hielt ihn an den Beinen und ließ ihn zappeln. »Siehst du, das hast du davon«, sagte ich. Dann warf ich ihn hinaus ins Reservoir. »Fütter die Schildkröten«, sagte ich. »'n Frosch pro Tag erspart dem Doktor die Plag.« Ich zitterte am ganzen Körper, und dort, wo der große an mich drangekommen war, hatte ich lauter Froschblut am Hosenbein. Ich ging hinüber zu dem Kaninchen, hob es auf und schleuderte es, soweit ich nur konnte, hinaus aufs

Wasser. »Laßt es euch schmecken«, sagte ich zu den Schildkröten. »Ich hoffe, ihr holt euch die Kaninchenpest.« Dann ging ich hinaus in die Dunkelheit, hinein in die Sonnenblumen und Disteln, die mir bis an die Brust reichten. An einer Sonnenblume schrammte ich mir die Hand auf und verlor die Taschenlampe – ich ließ sie brennend liegen und ging weiter durch das Gestrüpp. Dann ging ich zurück und hob sie auf. Urplötzlich fühlte ich mich wegen des hohen Gestrüpps wie Marlet: Mir war, als müsse ich ersticken. »Scheiße«, sagte ich. »So viele Frösche platt zu machen.«

Ich schätze, mein Herumgeballere hatte Halmea aufgeweckt, jedenfalls brannte in ihrer Hütte Licht. Aber noch bevor ich hinübergehen und sie beruhigen konnte, ging es wieder aus, und ich ging zurück zum Haus und räumte das Gewehr weg. Ich kriegte es mit der Angst wegen dem, was ich getan hatte; es machte mich traurig, vor allem mein dummer Spaziergang durch das schlangenverseuchte Gestrüpp. Dann hörte ich immer wieder die Kugeln in die friedlich schlafenden grünen Frösche klatschen. Die Nacht um mich herum war still und schwer wie eine Decke, und ich wußte, ich wollte auf keinen Fall drunterkriechen, nicht in diesem Augenblick. Ich fühlte mich genauso, wie man sich manchmal bei hohem Fieber fühlt, wenn alles verschwimmt und in die Ferne treibt und die eigenen Hände mit einemmal die falsche Größe zu haben scheinen. Ich hörte die kleinen grauen Motten gegen das Fliegengitter der Verandatür klopfen und ging wieder hinaus. Die Sterne hatten sich in den Wolken verlaufen. Im Westen, irgendwo hinter der Scheune, hörte ich das heftig grollende Furzen des Donners. Die Hunde hatten sich dort, wo der Wassertrog überschwappte, Mulden in die kühle Erde gebuddelt, und ich mußte auf dem Weg zum Windrad über sie hinwegsteigen. Ich kniete mich neben den Wasserhahn und legte meine Backe gegen das kühle Eisen des Rohrs. Das Wasser lief mir über die Füße, erst langsam, dann in kurzen, kühlen weißen Schwällen, so wie es aus dem Rohr kam. Ich ließ es langsam laufen; auf meinem heißen Rücken und den Schultern fühlte es sich an wie Eis. Nach einer kurzen Weile wurde es mir zu frisch, und ich drehte es ab und machte mich an den Aufstieg zur Plattform. Auf halbem Weg hielt ich jedoch an. Es war einsam da oben. Die Lichter der Bohranlagen waren weit weg und kaum zu sehen. Ich dachte an Halmea, an das Licht in ihrer Hütte, und dachte, wie schön es wäre, wenn sie noch nicht wieder schlafen würde, so daß wir uns zusammensetzen und ein Weilchen plaudern könnten.

Das Wolkendickicht bewegte sich nach Westen; irgendwo dahinter steckte wohl der Mond. Es war so finster, daß ich auf eine alte Henne trat, die mitten auf dem Weg hockte. Als sie gackernd auffuhr, sprang ich schier einen halben Meter in die Luft. Dann stand ich, nun schon die zweite Nacht hintereinander, vor Halmeas Fliegengitter und lauschte auf ihren Atem. Aber sie hatte wohl nicht allzu tief geschlafen. Als ich flüsternd am Gitter kratzte, war sie auf der Stelle hellwach.

»Was soll 'n das werden, Nigger?« fragte sie.

»Nicht doch, ich bin's wieder«, sagte ich. »Ich dachte, du wärst wach.«

»Lonnie?« sagte sie. Ich schätze, sie erinnerte sich an die Nacht davor. »Geht das jetz jede Nacht so?« Dann drehte sie sich um und lachte so laut, daß man es noch drüben in Thalia gehört haben dürfte. »Du bis mir vielleich einer«, sagte sie, und ihre Worte ertranken fast in Gelächter. Sie hörte sich jedoch erleichtert an, und ich achtete nicht weiter darauf.

»Vielleicht bleib ich lieber hier draußen«, sagte ich.

»Wozu 'n?« sagte sie. »Komm schon rein, wenn du so scharf drauf bis, dich zu unterhalten.« Ihr weißes Nachthemd war kaum auszumachen, als sie aus dem Bett stieg. »Wenn das nich finster is, dann weiß ich auch nich«, sagte sie.

Sie rückte mir einen Stuhl zurück, so daß ich ihn finden würde, und ging wieder zurück ans Bett. »Setz dich hin«, sagte sie. »Wird dich schon keiner fressen.« Die alten Bettfedern quietschten, als sie sich hineinplumpsen ließ. Jetzt, so allein mit ihr, wurde ich langsam nervös.

»Du bis mir vielleich 'n Spinner«, sagte sie. Irgendwas schien sie zu amüsieren, aber sie änderte ihren Ton, als ich ihr von meinem Herumballern erzählte.

»Du wars das?« fragte sie. »Mir 's fas das Herz stehngeblieben.«

»Ich weiß auch nicht warum«, sagte ich. »Wohl einfach, weil ich nichts Beßres zu tun hatte.«

»Quatsch«, sagte sie, »das is doch kein Grund. Dir is nur was auf die Leber geschlagen. Das hab ich schon beim Abendessen gemerkt.«

»Ich hab das nur alles so satt hier«, sagte ich.

Ganz plötzlich knipste sie die kleine Birne am Kopfende ihres Bettes an, und das gelbe Licht kroch bis in den letzten Winkel. »Was has du denn satt, Kleiner?« sagte sie. »Erklär mir das mal 'n bißchen.« Mit ihren ruhigen schwarzen Augen, ein klitzekleines Lächeln um die Mundwinkel, sah sie mich an. Ich konnte nicht anders, als ich sie so sah, wurde ich ganz verlegen und hatte plötzlich einen Frosch im Hals. Ihre Brüste hingen schwer gegen das Nachthemd; ihre bloßen Beine hatte sie unter den Körper gezogen, während sie mich fixierte.

»Früher war's hier einfach besser«, sagte ich. »Mir ist so, als wünschte ich mir irgendwas zurück.«

»Was für 'n Jammer«, sagte sie. Sie nahm ihr Kissen und drückte es sich in den Schoß. »«Bis aber noch mächtig jung, um dir was zurückzuwünschen«, sagte sie.

»Es würd mir ja reichen, wenn Großvater und Hud 'n bißchen besser miteinander auskämen«, sagte ich.

Sie grinste ein bißchen, setzte dann aber eine ernste Miene auf.

»Wenn das Wörtchen ›wenn‹ nich wär«, sagte sie. »Mit solchen Wenns machs dich bloß verrückt. Ich hab diese Wenns schon 'n Zacken länger als du, und was hat's mir gebracht? Nichts außer was zu essen und 'n paar Klamotten zum Auftragen.«

Einen Augenblick saßen wir schweigend da, Halmea mit ihrem ernsten, abwesenden Ausdruck im Gesicht. Ihre Lippen waren ein wenig vorgeschoben. »Is nicht grade 'n dolles Gespräch, was?« fragte sie, und ich nickte. Draußen begannen die Hühner zu gakkern, der Hühnerstall nur ein Schatten im ersten Grau des Tages. Halmea zupfte braune Farbflocken vom Bettgestell und spitzte die Lippen, als wolle sie pfeifen. Es war eine Weile wunderbar friedlich: Ich hatte aufgehört, an irgend etwas zu denken. Sie knipste die Birne wieder aus, und wir saßen im grauen Zwielicht.

»Ich arbeit ganz einfach, wenn mir die Wenns kommen«, sagte sie. »Und wenn ich mit der Arbeit fertig bin, dann such ich mir noch 'n bißchen mehr.« Sie stand auf, gähnte und streckte sich. »Das erste, was bei mir mal nich mehr mitmacht, das is mein Kreuz«, sagte sie. »Dann werd ich mich wohl mit den Wenns rumschlagen.« Sie trat ans Fliegengitter und blickte in den grauen Morgen hinaus. »Wolkig«, sagte sie. »Nu mach aber mal, das du rauskommst. Du has ja mehr Macken im Kopf als ich im Kreuz.« Sie stand im Türrahmen, kratzte sich durch das weiße Nachthemd hindurch am Bein, während ich den Weg hinauf dem kühlen Morgen entgegenging. Sie würde bald zum Haus hinübergehen, um Frühstück zu machen, aber ich wußte, bis dahin hätte ich noch fast eine Stunde, und ging statt auf mein Zimmer rasch zur Koppel hinüber und holte mein Zaumzeug vom Nagel in der Sattelkammer. Dann ging ich zum Haferzuber und schaufelte etwas von dem gelben Hafer in einen Eimer. Ich nahm Eimer und Zaumzeug und ging, in der Hoffnung, unterwegs auf die Pferde zu stoßen, durch das taunasse Gras zurück zum Reservoir.

2

Am Reservoir waren sie nicht, aber ich stellte mich auf den Damm und sah sie schließlich drüben im Norden aus den Büschen kommen, auf dem Weg zur Morgenfütterung. Die Fische setzten ihre morgendlichen Atemringe auf die glatte graue Oberfläche des Wassers. Als die Pferde nahe genug waren, schüttelte ich den Hafereimer in ihre Richtung, und schon trabten sie der Reihe nach an. Mißtrauisch, voller Angst, gefangen zu werden, reckten sie die Hälse und schnappten sich ein Maulvoll. Als Stranger daherkam, stellte ich den Eimer auf den Boden und ließ ihn dran schnuppern, und während er den Kopf unten hatte, zog ich ihm die Zügel über den Hals. Ich zäumte ihn auf und schüttete den anderen Pferden in kleinen Häufchen den Rest des Hafers vor. Hinter dem Damm lärmte ein Schwarm Wachteln; ich wartete einen Augenblick und sah sie auf das Wasser zukommen. Dann hängte ich den leeren Hafereimer an einen abgebrochenen Ast.

Stranger ließ mich auf seinen bloßen Rücken rutschen, und wir trabten los in Richtung der großen Weide im Tal. Auf der anderen Seite des Gatters erstreckte sich das taunasse Gras vor mir, fast sechs Meilen bis zum nächsten Zaun. Die Morgenbrise kitzelte mich im Gesicht; der Himmel im Osten hellte sich auf. Etwa eine Meile vor mir durchbrach der Idiotenkamm die eintönige Ebene. Ich brachte Stranger zu einem gleichmäßigen Galopp, um dort oben auf die Sonne zu warten. Dutzende von fressenden Karnikkeln stoben vor uns davon, rasten hakenschlagend ein Stück zur Seite und blieben dann, die langen Ohren an die Köpfe gelegt, sitzen, um uns vorbeizulassen. Auf dem Ast eines abgestorbenen Mesquitebaumes saß ein großer Präriefalke mit braunen Schwingen und hielt nach Wachteln Ausschau. Einmal, als ich nicht achtgab, sprang Stranger über einen kleinen Mesquitestrauch, und ich wäre beinahe von seinem glatten Rücken gerutscht. Als wir an den

Kamm kamen, drosselte ich sein Tempo und ließ ihn sich seinen Weg über das lose graue Geröll ganz nach oben selbst suchen.

An der Nordkante des Idiotenkamms hielt ich an und stieg ab. Das Hauptquartier lag im Nordosten, wo sich gleich die Sonne in den Himmel schieben würde. Der gesamte lange Horizont hinter dem Haus und der Scheune war orange und rot; gegen Nordwesten zu trieb der Wind eine Lage Sommerwolken aus meinem Blickfeld. Ich sah die Pferde, die wir unten am Reservoir zurückgelassen hatten, in Reih und Glied in Richtung ihrer normalen Morgenfütterung trotten. In wenigen Minuten würde sich Jesse um sie kümmern. Ein Stück weiter drüben schwebten zwei Falken tief im felsigen Hang des Kamms; immer wieder tauchten sie ein, um dann wieder hochzusegeln und fast reglos in der Luft zu stehen. Stranger wieherte und senkte den Kopf, um zu grasen. Der Himmel war, wie der Flecken Erde darunter, ein Land der wechselnden Farben: rot im Osten und immer noch nachtblau im Westen. Der Mond war am Verblassen. Jenseits des Fadens, als den ich den Highway sah, auf der Weide eines Nachbarn, brüllte, kaum daß mich die heiseren Laute erreichten, ein alter Bulle. Auf der Ebene im Süden sah ich einige von Großvaters Kühen. Mit einemmal hob Stranger den Kopf und schnaubte. Zwei junge Hundskojoten kamen die Kante des Kammes entlang direkt auf uns zugetrottet. Als sie auf vielleicht fünfzig Meter herangekommen waren, pfiff ich, und sie blieben, wachsam die grauen Köpfe hebend, stehen. Dann sprangen sie über die Kante den Hang hinunter davon, und ich verlor sie zwischen den Felsen und den Kakteen aus den Augen. Sonnenfinger kamen über den Kamm, tasteten sich auf uns zu und ließen Strangers braunes Fell leuchten wie ein Feuer. Einen langen Augenblick sah ich zu, wie das Licht das Weideland erhellte; dann stieg ich wieder auf und berührte Stranger kurz mit den Fersen. Ich lenkte ihn direkt in Richtung der Scheune, um nicht anhalten und das Gatter der Pferdeweide öffnen zu müssen.

Solange wir die steilen Felsränder herunterrutschten, hatte ich Angst, Stranger zuviel Zügel zu lassen, aber als wir erst mal unten waren, mit nichts als ebener Weide zwischen uns und unserem Zuhause, ließ ich sie ihm schießen. Nach hundert Metern wechselte er vom Trab in einen Kanter und verfiel schließlich in einen halsbrecherischen Galopp, bis er sich, die Beine unter ihm kaum noch auszumachen, tief in den Boden streckte. Ich konnte nichts sehen, da mir der Wind die Tränen in die Augen trieb, außerdem hatte ich Angst, jeden Augenblick herunterzufallen, aber ich ließ ihn laufen. Es schien fast so, als hätte ich eine ganze Woche lang auf den aufpeitschenden Kitzel seines Tempos gewartet. Wir rasten über das graubraune Gras, als wäre es eine Rennbahn. Stranger gab alles, was er in sich hatte, während ich mich, tief über seinen Hals gebeugt, an seine fliegende Mähne krallte. Urplötzlich, aus dem Augenwinkel, sah ich einen Zaun und wußte, wir waren fast schon dran und müßten anhalten. Es war der Zaun, der auf die Koppel führte, und mir fiel noch ein, daß die Koppel hier eine Ecke machte, Stranger würde um sie herumpeitschen müssen, und begann ihn zu bremsen. Aber es war schon zu spät, er machte die Kurve ohne mich, lief mir unter dem Hintern davon, war bereits um die Ecke und fort, und ich spürte nur noch das Brennen der Zügel in meinen Händen, der Boden irgendwo unter oder hinter mir. Dann schlug ich auch schon auf, rollte, knallte mit der Hüfte gegen einen Stein, und fand nichts, was ich hätte greifen können; dann war Schluß mit dem Rollen, und ich setzte mich auf und überlegte, ob ich wohl verletzt war. Mit einemmal hatte mich Jesse bei den Schultern und versuchte mich wieder auf den Boden zu schieben. »Halt still«, sagte er. »Halt still. Du hast dir womöglich was gebrochen.« Aber ich wollte aufstehen, ich fühlte mich viel zu gut, um stillzuhalten.

»Ich bin okay«, sage ich. Sein Gesicht war schmerzverzerrt, als wäre er derjenige, der sich weh getan hatte. Für einen Zuschauer mußte es ein scheußlicher Sturz gewesen sein. Stranger stand am Gatter der Koppel, die Zügel schleiften im Staub. Ich grinste, und Jesses Gesicht entspannte sich etwas. Er packte mich unter den Armen und half mir auf die Beine.

»Sah ganz danach aus, als würdst du dir beide Beine brechen«, sagte er.

Meine Hüfte schmerzte, wegen des Steins, aber ansonsten schien ich nicht einen Kratzer zu haben. Ich führte Stranger durch das Gatter und zog ihm das Zaumzeug ab, als er an mir vorbei zur Raufe ging.

»Der rennt wie 'ne Antilope«, sagte Jesse. »In all den Jahren, in denen ich beim Rodeo war, hab ich nicht einen Sturz gesehen, der schlimmer ausgesehen hätte.«

»So schlimm, wie's aussah, war's gar nicht«, sagte ich. Auf dem Weg zum Frühstück fühlte ich mich so gut wie seit Wochen nicht mehr. Ich hoffte sogar, einen Tag voll Arbeit vor mir zu haben.

3

Ich hatte eben meine Toasties gegessen, als die anderen fast schon fertig waren. Hud hatte den Mund voll Brötchen und goß sich einen dunklen Strom Sirup über ein Stück Butter auf seinem Teller. Er hatte eine gute Hose an und ein weißes Hemd, als hätte er vor wegzufahren. Großvater, der seinen Kaffee aus der Schale schlürfte, achtete nicht weiter auf die Unterhaltung am Frühstückstisch. Als er fertig war, holte er seinen Hut und ging zur Hintertür hinaus. Ich aß, so schnell ich konnte, und wollte eben hinaus zur Koppel, als Halmea mich aufhielt.

»Du hasses ja wirklich nich eilig«, sagte sie. »Hilf mir mal die Milch hier abseihen.«

Die beiden großen Eimer Milch, die Lonzo herübergebracht

hatte, standen auf der hinteren Veranda; obenauf stand schon die gelbe Rahmschicht. Halmea reichte mir ein Stück Gaze, das ich über den Milchfilter spannte. Sie hob einen der schweren Eimer und goß die Milch langsam durch das Gazetuch in den sauberen Filter. In einem quirligen weißen Schwall lief sie durch und ließ auf der nassen Gaze kleine Schmutz- und Kotreste zurück. Glasklare Schweißperlen standen auf der schwarzen Haut von Halmeas Hals und Nacken.

»Paß auf, was du machs«, sagte sie. »Wenn dir das Tuch wegrutscht, müssen wir noch mal von vorn anfangen.«

Als wir fertig waren, schnappte ich mir meinen Hut und ging hinüber zur Koppel, um zu sehen, was ich heute zu tun hätte. Großvater war im Werkzeugschuppen und schärfte das Blatt seiner Schaufel.

»Was machen wir denn heut?« fragte ich. »Mir ist ausnahmsweise mal so richtig nach Arbeit.«

»Du lieber Himmel, ich wollt, ich hätt welche für dich«, sagte er und wischte sich die Feile am Hosenbein ab. Er legte sein ganzes Gewicht auf den Schaufelstiel, damit sich das Blatt auf der Werkbank nicht bewegte, und schärfte es noch etwas mehr, während er überlegte.

»Hör zu, mein Sohn, ich hab für heut selber nicht viel vorgehabt«, sagte er. »Bloß hier und da rund ums Haus 'n bißchen Unkraut hacken. Geh du heut vormittag mal lieber mit raus und hilf den Jungs drüben auf der Westseite Zäune flicken. Ich denk nicht, daß wir heut nachmittag viel tun. Es ist mir irgendwie zuwider, gute Arbeit zu verschwenden, bevor wir nicht 'n bißchen mehr übers Vieh wissen.« Das Schaben der Feile machte die Unterhaltung für eine Minute unmöglich, also stand ich dabei und sah zu. Als ich ihn so über der Schaufel schwitzen sah, wünschte ich mir, ich könnte mit ihm hierbleiben und Unkraut hacken. Es kam mir nicht richtig vor, ihn hier mit der Arbeit allein zu lassen.

»Du machst dir doch keine Sorgen wegen Huds Plan, oder?« fragte ich ihn. Er legte die Feile aus der Hand und prüfte die Kante des Blatts mit dem Finger.

»Hud?« sagte er. »Was für 'n Plan denn? Allmächtiger, so wie bei mir die Sorgen Schlange stehen, bin ich dazu noch gar nicht gekommen. Ich glaub auch nicht, daß das Gerede von Scott so ernst gemeint war. Und daß der 'nen großen Plan hat, denk ich auch nicht.« Er schüttelte den Kopf und nahm erneut die Feile zur Hand. »Und wenn ich für mein Vieh kein Gesundheitszeugnis kriege, dann bleibt sowieso nicht viel Ranch übrig, auf der er den Chef spielen könnte.«

»Ach was, ich glaub nicht wirklich, daß die liquidieren«, sagte er, nachdem er wieder eine Minute gefeilt hatte. »Aber ich bin auch nicht mehr jung genug, um mich drauf zu verlassen, daß passiert, was ich für richtig halte – und nicht blöd genug, um damit zu rechnen, daß alles so kommt, wie man's erwartet.« Er räumte die Feile weg und verschwand um die Ecke der Scheune. In diesem Augenblick rief Jesse nach mir, und ich ging hinüber zum Pfostenstapel und half ihm und Lonzo, die Werkzeuge fürs Zaunziehen aufzuladen.

4

Keiner von uns arbeitete an diesem Vormittag richtig hart. Es schien keinen Grund dafür zu geben, sich anzustrengen. Gegen halb zwölf saßen wir bereits wieder auf der hinteren Veranda und warteten darauf, daß Halmea uns zum Essen rief. Während wir so warteten, kamen Lonzo und Jesse auf die Städte zu sprechen, die sie so kannten. Lonzos Reisen waren schnell erzählt – nachdem er aufgezählt hatte, wie oft er sich in Lawton, Ardmore oder Oklahoma City hatte vollaufen lassen, war er auch schon fertig. Aber

Jesse hätte den ganzen Nachmittag bis hinein in den Abend erzählen können und hätte noch nicht mal an der Oberfläche all dessen gekratzt, was er schon gesehen und gemacht hatte. Er kam auf die Orte zu sprechen, in denen er gewesen war, als er noch mit dem Rodeo durchs Land gezogen war, und allein schon die Namen genügten, um mich nervös zu machen. Groß oder klein, es gab praktisch keine Stadt in ganz Texas, in der er nicht gewesen wäre: Lubbock und Amarillo und Houston, Fort Worth und Dallas und San Antonio, Alpine und El Paso, Snyder und Olney, Vernon und Dumas und Newcastle und hundert mehr; und dann war er in New Mexico und Colorado, in Tucumcari und Clovis und Gallup und Cimarron, Raton und Walsenburg und Denver, rauf bis Cheyenne und Pendleton und Pierre und Calgary, rüber nach St. Louis und Sioux City, Chicago und Kansas City, New York und hundert anderen, die ich mir noch nicht mal merken konnte. Ich spürte an der Art, wie er sich die Namen auf der Zunge zergehen ließ, daß es ihm beim Rodeo gefallen haben mußte oder daß er zumindest gern auf Achse gewesen war. Aber das wollte er nicht zugeben.

»Das ist einfach kein Leben«, sagte er. »Ihr Jungs glaubt, es ist langweilig, immer an ein und demselben Ort zu bleiben. Na dann wart mal, bis du jeden Morgen diese gottverdammte Straße auf dich zukommen siehst. Und spät abends immer noch und manchmal bis tief in die Nacht hinein. Ich bin diese Straße zehn Jahre lang rauf und runter gejagt, und erwischt hab ich nie was.«

»Ich würd das Luder trotzdem gern rauf- und runterjagen«, sagte Lonzo. »Solang ich hin und wieder 'ne Muschi erwisch, so daß sich das Weiterjagen lohnt.«

»Wo Sie solang draufgeblieben sind, muß es Ihnen da nicht doch gefallen haben?« sagte ich. Er schüttelte den Kopf und spuckte.

»Ach was, es geht einem in Fleisch und Blut über wie alles, was man macht«, sagte er. »Für 'ne Weile ist es schon aufregend, freilich.« Er wedelte sich eine Fliege aus dem Gesicht. »Ich frag mich nur«, fuhr er fort, »wer wohl bei diesem Durcheinander am Ende mit mehr dasteht: die, die auf die großen Shows und die großen Preise aus sind und schließlich auf die Schnauze fallen, oder die, die sich mit dem abplacken, womit sie recht und schlecht fertig werden. Die Stubenhocker oder die Showleute. Da gibt's 'n Riesenunterschied.«

»Und was für einer sind Sie?« fragte ich.

»Ich teil mir sozusagen die Differenz«, sagte er. »So wie ich mich rumgetrieben hab, hab ich von beiden das Gute verpaßt.« So wie er das sagte, konnte ich nicht umhin zu sehen, wie sehr er sich leid tat. »Und ich hab noch immer was von 'nem Rumtreiber im Blut«, sagte er.

Halmea rief uns in diesem Augenblick, und so gingen wir hinein zum Essen. Danach, als sich alle zu ihrem bevorzugten Platz fürs Nickerchen aufmachten, ging ich in den Hof vor dem Haus und setzte mich unter die Zedern. Ich lehnte mich gegen einen der Stämme und ließ mir den heißen Wind ins Gesicht wehen. Die Bäume schwitzten klebrigen Saft, und ich hatte den sommerlichen Geruch des Flieders in der Nase. Ich mußte an all die gehaltvollen Namen denken, die Jesse sich auf der Zunge hatte zergehen lassen, und das wenige, was ich im Vergleich dazu zu bieten hatte. Meine Ausflüge in die Kneipen an der Kreisgrenze und ein paar Nächte in Fort Worth, das war alles. Und selbst da war ich nur ein paarmal abends durchs Zentrum gelaufen, dort, wo die Lichter der Großstadt blitzten. Mir selbst freilich waren diese Abende wie was ganz Tolles vorgekommen. Ich hatte Großvater in der Hotelhalle sitzen lassen und war eine Weile durch die Drugstores gewandert, wo ich, die Musik der Automaten in den Ohren, einen Ständer voll glänzender Taschenbücher nach dem anderen kreisen ließ. So nach und nach arbeitete ich mich dann nach Süden, ans feuchtfröhliche Ende der Main Street, wo sich die irrsten Typen rumtrieben. Alte Tippelbrüder kamen in Schlangenlinie den Gehsteig lang, Weinflaschen in braunen Papiertüten in der Hand, oder sie standen unter den gelben Glühbirnen der Spielhalle und warteten darauf, daß die Rowdies drinnen ihre Zigarettenkippen herausschnippten. An den Schießständen standen die Scharfschützen, die harten Knochen mit Tätowierung und Entenschwanz, und schossen auf die stillen weißen Enten, die sich seit Jahrzehnten im Kugelhagel drehten. Hin und wieder traf eines dieser Asse die Glocke über den Vögeln, und unter das Gehupe und das Geschrei mischte sich dann ein lautes *Piiinng!* Etwa hinter jeder zweiten Tür befand sich eine schummrige, finstere Bar, aus der der Lärm der Gespräche und Hillbillygitarren auf die Gehsteige der Stadt schwappten. In eine davon ging ich rein. Hinter der Bar standen drei Hillbillymusiker mit Strohhüten und machten Musik für alle. Der Gitarrist zupfte so laut und schnell er nur konnte, bis endlich auch der letzte zuhörte: die Bardamen, die Bohrleute, die Fernfahrer wie die ausgelassenen Cowboys, all die Männer und Frauen, die in den schummrigen, lederbezogenen Nischen Bier tranken und Süßholz raspelten, sie alle wandten die Köpfe, um zuzuhören und zu klatschen. Alle lachten und schrien und knallten klatschend ihr Silber auf die Tische, während sich im dunstigen blauen Zwielicht der Tanzfläche die Tänzer entweder in den Armen hielten oder herumwirbelten. Die einzigen, die sich nicht amüsierten, waren ein paar verloren dreinschauende Jungs an der Bar. Als die Musiker abtraten, um ein Bier zu trinken, legte die Musikbox los und spielte Hillbillytanzmusik, bis ich ging, alte Songs von Leuten wie Hank Williams, Ernest Tubb, Kitty Wells, Songs über kalte Herzen im Dunkel der Nacht, und die Tänzer rempelten einander an, fingen sich wieder und drehten sich bis zum nächsten Rempler. Die, die nicht tanzten, saßen in den Nischen und tranken aus beschlagenen Flaschen Bier. Hier dachte man weder an seine Arbeit noch an seine Einsamkeit, und die berufsmäßigen Bumslokal-Engel hauten ordentlich auf den Putz. Ich schlüpfte wieder hinaus und ging noch an einigen anderen Bars vorbei, an der Mission mit ihren lauten Predigern, an Pfandleihen, die Fenster voller Klappmesser und Gitarren, bis hinunter zum mexikanischen Kino. Gleich daneben war ein Tätowiersalon, wo ich sah, wie sie einem Soldaten ein großes, blaues Auge mitten auf die Stirn praktizierten. Als mir schließlich danach war, wieder zum Hotel zurückzugehen, war es schon spät und die Straße weniger freundlich. Von den Stufen der heruntergekommenen Hotels aus flüsterten mir farbige Männer was von Frauen und Zimmern zu. Einige der Tippelbrüder, die ich auf dem Weg vom Hotel hierher gesehen hatte, saßen, die gespreizten Beine weit von sich gestreckt, an die Häuser gelehnt da und husteten vor sich hin. Die einsamen Jungs aus den Bars standen gegen Telefonmasten gelehnt oder neben ihren Autos herum und hatten weder jemanden, zu dem sie gehen konnten, noch einen, der mitkommen wollte. In den Bars war es ruhiger geworden, aber noch immer griff dieselbe traurige Musik – Kitty, Hank und Ernest – draußen nach den Jungs, um sie wieder hineinzuziehen. Ich sah ein paar Keilereien und Polizisten, die in die Bars liefen, und einmal sogar Blut auf dem Gehsteig, wo man einen der Jungs mit dem Messer erwischt hatte. Aber sogar das Chaos dieser Abende ließ sich genießen: Es tat sich was rund um mich rum, und das war aufregend. An einem der Abende rannte eine blonde junge Frau mit einem rosa Rodeohut an mir vorbei und sprang in ein Oldsmobile-Cabrio, aber ihr Freund sprang hinter ihr her und erwischte sie, noch bevor sie sich aus dem Staub machen konnte. Er schlug ihr die Hand von der Zündung und schüttelte sie, bis sie den Hut verlor und ihr weißblondes Haar völlig zerzaust war. »Ich zieh dir gleich eins über«, sagte er, »du bettelst ja förmlich drum.« »Carl, nicht, gib mir meine Handtasche«, sagte sie, worauf er sie gleich wieder schüttelte. »Den Drecksack schlag ich zusammen«, sagte er. Ich ging weg, zurück in Richtung Hotel. Noch in derselben Nacht kam vor mir ein Haufen reicher junger Leute aus der

Stadt aus einem eleganten Restaurant und lachte mich aus. Die Jungs hatten Blumen an ihren weißen Jacketts, und die Mädchen trugen lange, rüschenbesetzte Abendkleider. »Ich find Cowboys süß«, sagte eines der Mädchen. Na wenn du meinst, dachte ich. Sie waren so albern, daß es sich nicht mal lohnte, ihnen den Finger zu zeigen. Ich ging auf mein Zimmer und legte mich ins Bett. Als ich mich umdrehte, sah ich immer noch die Lichter der Stadt durch die Jalousie blinzeln – rot und grün und gelb; und später, ich hatte schon eine Weile geschlafen, da hörte ich noch, weit weg, einen Krankenwagen durch die morgendlichen Straßen der alten Cowtown heulen.

Es war zwar nichts im Vergleich zu dem, was Jesse gesehen hatte, aber immerhin etwas. Ich stützte mich auf unter meiner Zeder und blickte über die Weiden im Süden, Richtung Fort Worth. Hitzeschlieren stiegen aus dem Land, so daß die Autos drüben auf dem Highway nur flirrende Wischer waren. Am Zaun klapperte ein loser Draht. Die Haustür schlug zu, und Großvater kam heraus, um seine Tabaksdose auszuleeren. Als er wieder ins Haus ging, hielt er sich einen Augenblick am Pfeiler der Veranda fest, um sein Gleichgewicht wiederzufinden. Ich stand auf und wischte mir den Schmutz und die Nadeln von der Hose. Ich dachte, eines Abends würde ich Großvater den Lincoln aus dem Kreuz leiern und mit Hermy und ein paar anderen Jungs eine Spritztour nach Fort Worth machen. Wenn wir früh genug losfuhren, konnten wir bis neun oder zehn drüben und bis Sonnenaufgang wieder zurück sein. Das wäre lange genug, um mehr anzustellen, als wir je zuvor angestellt hatten.

Kapitel acht

Einen Tag vor Beginn der Veranstaltungen zogen die Leute vom Rodeo in Thalia ein. Man brachte die Tiere in die Stadt, und außerdem kamen die Wettbewerbsteilnehmer, von denen nicht alle mit der Show übers Land zogen und einige auch nur von den umliegenden Ranches waren. Die Armen unter den Jungs kamen mit nichts als ihrem Sattel und einer zweiten Garnitur Wäsche, die Sieger in großen weißen Lincolns mit ausgefallenen Pferdeanhängern. Auch die Cowgirls trudelten ein, in großen Hüten und Reithosen, die ihnen paßten wie den Schlangen die eigene Haut. Ich glaube nicht, daß sie die vier Tage, die das Rodeo dauerte, auch nur ein Auge zumachten. Die ganze Zeit über tat man nichts anderes, als Bier trinken, übers Rodeo reden, Mädchen anmachen und tanzen; sogar Thalias Geschäftsleute zeigten sich in Westernkluft. Das Rodeo war das eine ganz große Ereignis im Jahr.

Und weil es wie Weihnachten nur einmal pro Jahr kam, achtete ich sorgsam darauf, mir auch nicht einen Augenblick davon durch die Lappen gehen zu lassen. Am Morgen des Tages vor Beginn der Show stand ich schon vor allen anderen auf, schlich mich aus dem Haus und machte mich mit dem Pickup auf den Weg in die Stadt.

Da ich nicht gefrühstückt hatte, hielt ich erst mal vor Bill's Café. Als ich hinkam, war der Laden schon gerammelt voll; schon standen zwanzig oder dreißig Autos davor, und ständig wurden es mehr. Die Leute liefen durcheinander wie Vieh in einem Pferch. Die Sonne machte sich eben an ihren langen Aufstieg, und ihre goldenen Strahlen blitzten auf dem polierten Chrom der Autos. Von der anderen Seite des Highway kam der Geruch der feuchten Weiden rings um die Stadt. Cowboys in Stetsons und ärmellosen Hemden kamen aus dem Café, während andere, in der gleichen

Kluft, hineindrängten. Ich spazierte eine Weile zwischen den Autos herum und ließ den Lärm und die Leute und den kühlen Morgen auf mich wirken. Ich kam an einem schlammverspritzten rosa Oldsmobile Baujahr '50 vorbei, in dem, wie eine achtlos hingeworfene Puppe, ein Mädchen auf dem Rücksitz lag; ich kannte sie. Ihr langes schwarzes Haar verdeckte ihr Gesicht, und sie hatte noch eine Bierdose in der Hand. Sie hörte das Knirschen meiner Schritte auf dem Kies und richtete sich, ohne den geringsten Ausdruck in den grauen Augen, auf. »Schatzi?« sagte sie. »Warum hast du mich denn nich mit reingenommen?« Sie erkannte mich nicht, aber ich öffnete die Tür und setzte mich einen Augenblick neben sie. »Wirf die mal raus, ja?« sagte sie und hielt mir die Dose hin. »Ich bin voll.« Sie hieß Irene. Sie sackte gegen mich und schlief wieder ein, und so lehnte ich sie zurück in die Polster und stieg wieder aus. Ich hörte Musik aus dem Café, schrill und laut, Automatenmusik; ich wollte unbedingt rein.

Ich hatte Glück, noch einen Platz am Tresen zu erwischen. Die Sitznischen waren allesamt brechend voll. Man traf Freunde, die man seit Jahren nicht mehr gesehen, oder lief Leuten über den Weg, die man erst am Abend zuvor kennengelernt hatte, und egal, was nun der Fall war, man setzte sich zusammen und sprach über die alten Zeiten. Am Tresen saßen einige magere Cowboys, die nicht so glücklich dreinschauten; sie erinnerten mich an Jesse oder die einsamen Jungs aus den Bars in Fort Worth; sie fanden das alles hier nicht besonders aufregend. Ich bestellte Kaffee und Eier und saß schaukelnd auf meinem roten Hocker, während ich der Musik und dem Tohuwabohu lauschte. Jedesmal, wenn ich mich umdrehte, konnte ich mich in der auf Hochglanz polierten Milchmaschine sehen; meine widerspenstige Strähne stand nach oben, und ich wußte, wenn Hermy mich so sah, würde er mich sofort wieder damit aufziehen und das Lied von Jennie singen, deren Haar hellbraun war wie das meine. Die große Musikbox stand nicht einen Augenblick still, und die Stimmen von Slim, Roy, Kitty, Ernest und Hank halfen den Cowboys beim Trübsalblasen wie beim Feiern. Die Kellnerinnen in ihren sauberen Morgenuniformen schlängelten sich, gallonenweise Kaffee und Riesenplatten mit Eiern jonglierend, zwischen den Tischen hindurch. Die Cowboys auf den Bänken erzählten von der Fahrt oder von Frauen oder einem langen Jahr voll harter Arbeit und redeten sich damit den Schlaf und den Suff aus den Stimmen. Einer von ihnen war so überdreht, daß er sein Wurfseil mitgebracht hatte, aber als er anfing, sich eine Schlinge zurechtzulegen, fielen seine Kumpane über ihn her und nahmen es ihm weg, bevor er damit was anrichten konnte. Als sie ihn hinaustrugen, lachte er über sich selbst, und das so sehr, daß er nichts mehr sah. Ich wünschte mir, Rodeo wäre öfter, damit man mehr solche wilden Frühstücke und komischen Leute zu sehen bekäme. Ich stocherte in meinen Eiern herum, um länger bleiben zu können. Neben mir hob ein Cowboy sein Mädchen hoch und trug sie hinaus; sie lachte und strampelte so heftig, daß ihr der blaue Hemdzipfel aus den Rodeohosen rutschte. Als ich hinauskam, versuchte er sie durchs Fenster in seinen Mercury zu stopfen, und um ihn herum standen eine Menge anderer Burschen, gaben ihm Ratschläge und feuerten ihn an. Er kriegte sie schließlich durch und stand, die Hände in den Taschen, lachend vor dem Wagen. Sie kurbelte indessen flink sämtliche Fenster hoch und sperrte ihn aus.

Ich ging weiter zur Rodeoarena, um beim Entladen der Bullen und allem, was sonst morgen bocken sollte, zuzuschauen, aber ich kam etwas zu spät. Als ich hinkam, standen die alten buckligen Bullen schon an den Heuraufen und zogen sich lange Strähnen Präriеheu heraus. Auf dem Zaun saßen zwei junge Burschen in Rodeokluft und beobachteten sie dabei. Ich kletterte neben sie und machte ihre Bekanntschaft. Sie waren aus Cimarron, New Mexico, herübergekommen, um die Bullen zu reiten.

»Saublöd, daß wir soweit weg müssen, um zu reiten«, sagte einer von ihnen. »Wenn mein Alter das rausbekommt, dann geht's mir dreckig.«

Der, der das sagte, sah mir nach einem eher stillen Jungen aus, jedenfalls nicht nach einem Bullenreiter. Der andere hieß Sandefer und hielt sich so ziemlich für den Größten.

»Wartet nur, bis ich auf einem von den Riesenviechern da draufsitze«, sagte er. »Dann fliegen die Fetzen.«

»Fragt sich nur, wessen Fetzen«, sagte der andere. Er sah wirklich nicht allzu begeistert aus bei der Aussicht, sich auf einen solchen alten Griesgram zu setzen, und ich konnte es ihm nachfühlen. Sandefer knuffte ihn am Arm, um ihn aufzuheitern. Rechts von uns, auf der anderen Seite der Arena, brachten die Leute mit den Bewirtungskonzessionen ihre Popcornautomaten und Eisstände in Stellung. Hinter den Schleusen hämmerte eine Handvoll Zimmerleute drauflos; zwei Bullen hatten sich in die Wolle gekriegt und das Gatter eingerissen. Die alten grauen und schwarzen Bullen wirkten wie lammfromme, träge Milchkühe, aber wenn man sie in eine Box drängte, wirkten sie gleich nicht mehr so sanftmütig.

Ich sah mir die Bullen wirklich gern an, hatte aber bald Sandefers Gequatsche über; er redete daher, als wäre er Jim Shoulders oder Casey Tibbs. Ich ließ die beiden auf dem Zaun sitzen und darüber spekulieren, welchen der Bullen sie wohl ziehen würden. Es waren kaum Leute in der Arena, und so ging ich zur Tribüne hinüber und stieg zu den obersten Sitzen hinauf, wo ich mich setzte und mir das Treiben ansah. Von hier aus sah ich über die Rodeopferche hinaus und konnte halb Thalia beim Aufwachen zugukken. Ich sah eine Frau im Morgenmantel zur Wäscheleine schwanken, um die erste Wäsche hinauszuhängen. In der Arena unter mir sah ich ein Cowgirl auf ihrem Schecken im Kreis reiten, und sie tat ganz so, als wäre es das einzige, wovon sie was verstand. Die Sonne stand bald hoch genug, um mir meinen Sitz unbequem werden zu lassen, und so stand ich auf, um zu gehen. Sogar morgens wurde ich schon rastlos. Unter mir, auf dem Parkplatz, versuchte ein Cowboy am hellichten Tag, sein Mädchen rumzukriegen, aber sie wollte nicht. Fast hätte sie's gemacht, aber eben nur fast. Kinder kamen die Straße herauf, um sich die Männer und die Pferde anzusehen; sie umschwärmten die Rodeoleute jedesmal wie die Fliegen, um jemanden zu finden, der sie auf seinem Pferd reiten ließ. Eine Weile sah ich dem Cowboy im Chevy zu, dann ging ich hinunter und kaufte mir eine Tüte Eis ohne, bevor ich wieder hinaus auf die Ranch fuhr.

2

»Das Telefon klingelt«, sagte Willie. »Mista Hack.« Wir waren eben mit dem Mittagessen fertig und saßen um den Tisch, um die letzten kühlen Schlucke Eistee aufzutrinken, und hörten Radio. Großvater lächelte, als er Willies Stimme hörte.

»Hack-berry Ho-tel«, sagte Willie. »Willie am Apparat.«

»Dieser Nigger«, sagte Halmea.

»Ist doch bloß 'ne Radiosendung«, sagte ich. »Woher willst du denn wissen, daß er kein Weißer ist?«

»Teufel«, sagte Hud, »so saudumm kann doch 'n Weißer gar nicht daherreden.« Er saß auf der Holzkiste und stocherte in seinen Zähnen herum. »Schalt mal um auf Fort Worth zum Rindermarkt.«

»Ist schon zu spät«, sagte Großvater. »Da kommen bloß noch die Baumwollquoten.«

»Ist mir auch recht«, sagte Hud. »Ich hör mir allemal lieber die Baumwollpreise an als das Gesabber von 'nem Nigger. Vielleicht steig ich ja dieser Tage selber ins Baumwollgeschäft ein.« Er streckte die Arme und stand auf, um aufs Klo zu gehen. Noch während die Sendung lief, hörten wir einen Wagen über den Rinderzaun klappern und ums Haus herumkommen. Ich ging zur Hintertür, um zu sehen, wer es war.

»Es ist Mr. Burris«, sagte ich.

»Sag ihm, er soll reinkommen«, sagte Großvater.

Mr. Burris kam zur Hintertür, und ich hielt sie ihm auf. »Sie haben grad das Essen verpaßt«, sagte ich. »Schlechtes Timing.« Er nickte und grinste mich an, aber es war ihm anzusehen, daß ein ziemlicher Druck auf ihm lastete. Sein Gang war bei weitem nicht so leicht und unbekümmert wie an dem Tag, als ich ihn das erste Mal gesehen hatte. Als er ins Eßzimmer trat, mußte er erst die üblichen Floskeln mit Großvater über sich ergehen lassen: Mr. Burris sagte, er hätte genug zu essen gehabt, und Großvater versuchte, ihm trotzdem was aufzudrängen. Hud kam herein, und Großvater stellte ihn vor. Er sagte »Wie geht's«, sah sich Mr. Burris aber ziemlich gründlich und unfreundlich an.

»Na ja, wenn Sie nichts essen wollen, können wir genausogut auf die Veranda gehen«, sagte Großvater. »Ich denk, da draußen ist es ein bißchen kühler. Ich schätze, Sie haben uns was zu sagen, sonst wären Sie wohl nicht hier.«

Mr. Burris rieb sich den Hinterkopf und schaffte es, erst mal nichts zu sagen. Lonzo schlich sich allein davon, zur Hintertür hinaus, aber wir übrigen gingen der Reihe nach auf die Veranda und setzten uns in den Schatten. Großvater drängte Mr. Burris in den Schaukelstuhl. Dann saßen wir alle da und kauten eine Weile auf unseren Zahnstochern herum, bis einer den Mund aufmachte.

»Nun, ich denke, Sie sind fertig mit Ihren Tests«, sagte Großvater schließlich. Er grub in seinen Levis nach dem Taschenmesser.

»Nein, Sir, eigentlich noch nicht«, sagte der Veterinär. »Jedenfalls noch nicht ganz. Es wird wenigstens noch einen Tag dauern, bevor wir mit Sicherheit sagen können, was Ihr Vieh hat. Aber wir haben doch schon eine ziemlich genaue Vorstellung davon, und so wie 's aussieht, dachte ich mir, ich komm besser mal raus und rede mit Ihnen. Bei den Pferden und den Schweinen, die wir infiziert haben, hat sich nichts gezeigt, aber ein paar von den Rindern haben schon Blasen entwickelt. Ich fürchte, das bedeutet, Sie haben das Schlimmste, was Sie nur haben können.«

Großvater fuhr leicht zusammen und schüttelte den Kopf. Er streckte die Arme, schnitt sich einen Zweig von Großmamas Hecke und begann ihn mit seinem Messer zu stutzen. »Schätze, ich hätt's wissen sollen«, sagte er. »Schätze, ich konnt mir nicht vorstellen, wie eine Herde so gut aussehen kann wie meine und trotzdem halbtot sein soll.«

»Ich weiß, das ist komisch«, sagte der Veterinär. »Aber sehen Sie, es ist nicht so, daß Ihr Vieh halbtot wäre. Selbst wenn die Krankheit auch das letzte von Ihren Tieren erwischt, sterben würden daran womöglich nicht mehr als dreißig Prozent. Das Problem ist nur, daß sie sich ausbreiten und dreißig Prozent des Viehs in der ganzen Gegend dran sterben könnten. Und die zu behalten, die nicht dran krepieren, das wäre der Mühe nicht wert.« Er verstummte und blickte auf die Weiden hinaus. Hud, noch immer sein Streichholz im Mund, beobachtete ihn.

»Und dagegen gibt's überhaupt kein Mittel?« sagte Großvater.

»Keins, das wir kennen«, sagte Mr. Burris. »Sowas ist wie 'n Blitz. Der macht auch nichts kaputt, solange er nicht einschlägt, aber dann dafür um so mehr.«

»Du lieber Himmel«, sagte Großvater. »Ich hab gehofft, es würde nicht dazu kommen. Und Sie meinen nicht, daß die Möglichkeit besteht, daß sich da noch was ändert?«

»Kaum«, sagte der Veterinär. »Ich fürchte, daran ist nicht mehr zu rütteln. Rein technisch gesehen, müssen wir natürlich noch einen Tag warten, aber Hoffnung hab ich keine zu bieten.«

»Dann machen wir's, wie ich gesagt habe«, fuhr Großvater fort.

»Ich versuch mit Ihnen zusammenzuarbeiten, soweit's mir nur möglich ist, nur mein Vieh laß ich mir nicht erschießen. Ansonsten alles. Sie lassen's mich wissen, und ich tu mein Bestes. Wenn Sie irgendwelche neuen Seren haben, die Sie noch nicht ausprobiert haben, Sie können mein Vieh jederzeit zum Experimentieren hernehmen, auch wenn dabei alle umkommen. Da haben Sie wenigstens noch die Möglichkeit, was Gutes zu tun. Aber sie so einfach in eine Grube treiben und abknallen, das bring ich nicht über mich.«

»Ich weiß, das ist eine schreckliche Geschichte«, sagte Mr. Burris und wandte sich Großvater zu. »Allein schon der Gedanke daran.«

»Das kann man wohl sagen«, sagte Großvater. »Ich nehm an, das ist auch alles, was Sie bisher gemacht haben, dran zu denken, stimmt's? Aber ich sag Ihnen, ich hab sowas selbst gesehen, während der Wirtschaftskrise, und sich das anzuschauen ist bei weitem schlimmer, als dran zu denken.« Großvater sah klein und grau aus, klein, grau und entschlossen, aber seine Stimme hörte sich längst nicht so endgültig an wie sonst. Er hörte sich ein bißchen alt und klapperig an.

Mr. Burris wartete höflich, bis er fertig war, und sagte dann, was er vorher hatte sagen wollen. Hud beobachtete ihn, machte aber nicht einmal den Mund auf. »Ich bin sicher, Sie haben da recht«, sagte Mr. Burris. »Ich bin sicher, sich so was anzusehen, ist noch schlimmer. Aber Mr. Bannon, das ändert nichts an der Situation. Man muß das tun, was in so 'ner Situation zu tun ist, und in diesem Fall sind Sie und ich einfach machtlos. Wir können nicht einfach tun, was wir gern tun würden.«

»Vielleicht«, sagte Großvater. »Ich weiß, es gibt Zeiten, da ist man einfach machtlos – ich hab meinen Teil davon erlebt. Aber der Mensch muß weitermachen und tun, was er kann, weil das die einzige Möglichkeit ist, festzustellen, ob er wirklich machtlos ist oder nicht. Ich hab da einen Anwalt, der sich die rechtliche Seite von der Geschichte anschaut, und vielleicht stellt sich ja raus, daß der was weiß, was Sie und ich noch nicht wissen.«

Mr. Burris schwieg einen Augenblick. »Ich fürchte, wenn Sie Hilfe vom Gesetz erwarten, werden Sie ziemlich enttäuscht sein«, sagte er. »Natürlich haben Sie recht dran getan, sich zu erkundigen. Aber über diese Gesetze ist schon hundertmal und mehr debattiert worden, und wenn's nicht was wirklich Neues gibt, von dem ich noch nichts gehört habe, dann wird Ihnen Ihr Anwalt auch nichts anderes sagen können als das, was ich Ihnen hier sage. Das einzige, was Sie tun können, ist liquidieren.«

»Das kann ich nicht zulassen«, sagte Großvater. Ich blickte hinüber zu Hud und sah eine Art verkniffenes Grinsen um seinen Mund. Ich hatte nicht die geringste Ahnung, was er wohl denken mochte.

»Aber Mr. Bannon«, sagte der Veterinär, »Sie werden es vielleicht zulassen *müssen*. Ihr Vieh ist im Augenblick Staatsfeind Nummer Eins. Natürlich ist das ein schlimmer Schlag, daß Sie Ihre Herde verlieren, das geb ich ja zu. Sie wissen natürlich, daß Sie für jedes getötete Stück Vieh den Höchstpreis kriegen. Ich schätze, das sind so um die dreihundert, dreihundertfünfzig Dollar das Paar. Aber egal was sie kriegen, es ist keine Entschädigung für all die Jahre, die es sie gekostet hat, diese Tiere zu züchten und zu dem zu machen, was sie heute sind – das wissen wir beide. Aber es ist besser, sie zu verlieren, Zucht hin, Zucht her, Entschädigung hin, Entschädigung her, als daß sich diese Geschichte ausbreitet und wir dann schließlich 75 000 Rinder töten müssen wie das letzte Mal. Möglich wäre es und sogar wahrscheinlich, wenn wir die Sache nicht rasch anpacken – sehr wahrscheinlich sogar.«

Danach erstarb die Unterhaltung für eine geraume Weile. Großvater saß vornübergebeugt da, als druckse er herum, um etwas loszuwerden. Wir übrigen warteten einfach ab. Großvater hob den Kopf und ließ seinen Blick auf den unter der Mittagshitze brütenden Weiden spielen, diesem weiten grauen Grasland, das sich vor ihm nach Osten hinstreckte. Schließlich versuchte es Mr. Burris auf eine andere Weise.

»Aber Sie werden wenigstens gutes Geld dafür kriegen«, sagte er. »Wie ich ja schon erwähnt habe. Und dann, Mr. Bannon, werden Sie auch nicht grade jünger. Sie können es sich leisten, mal für 'n Jahr kürzer zu treten – solange dauert die Quarantäne.« Großvater blickte auf, etwas überrascht, aber Mr. Burris sprach weiter. Er gab sich wirklich alle Mühe. »Ihrem Gras wird 'n bißchen Ruhe auch nicht schaden«, sagte er. »Um so besser wird es für die Herde sein, die Sie oder die jungen Männer hier danach draufstellen. Und während das Land leersteht, könnten Sie ein paar Bohrlizenzen oder was weiß ich vergeben. Eine Ranch ist schließlich mehr als nur das Vieh, das draufsteht.«

Er hätte lieber den Mund halten sollen, aber das konnte er nicht wissen. Großvater beugte sich vor und klappte sein Taschenmesser zusammen. »Öl«, sagte er und blickte nach unten auf seine Hände. »Womöglich würd ich sogar welches finden, aber ich glaub nicht, daß ich's probieren werde. Wenn's da unten wirklich Öl gibt, dann können es die Jungs hier raufpumpen, nachdem ich mitsamt dem Öl unter der Erde bin. Was die Krankheit anbelangt, da kann ich womöglich nicht viel gegen tun, aber mit Ölfeldern ist das was andres. Ich mag sie nicht, und ich hab nicht vor, hier sowas zu haben. Ich schätze, ich bin ein bockbeiniger alter Kauz, schön, aber solang ich noch bin, macht mir keiner Löcher in meinen Grund und Boden. Hier kommt mir keiner her und planiert mir Straßen durch, damit mich der Wind wegblasen kann.« Er blickte wieder auf, hinaus auf das Land. »Was hab ich denn von dem Öl?« sagte er. »Was kann ich schon anfangen damit? Mit einem Haufen verdammter Ölquellen. Ich kann nicht rausreiten und mich zwischen ihnen rumtreiben, wie ich das bei meinem Vieh machen kann. Ich kann sie nicht züchten, nicht fangen, nicht rumscheuchen, mich nicht um sie kümmern, nichts, gar nichts. Ich kann noch nicht mal 'n bißchen stolz auf sie sein, weil ich nichts mit ihnen zu tun habe. Geld, freilich. Aber auf so 'n Geld scheiß ich, verdammt noch mal. Ich hab mal gedacht, das wär alles, auf was ich aus wäre, aber ich hab meine Meinung geändert. Wär ich wegen dem Geld im Geschäft, ich hätt schon vor Jahren, noch bevor Sie geboren waren, aufgehört und Bleistifte oder sowas verkauft. Natürlich liegt mir am Geld noch immer soviel wie jedem andern auch, jedenfalls beinahe, und ich bin mit und ohne ausgekommen mehr als die meisten andern, und ich möcht auch gar nicht so tun, als wollt ich nicht einen möglichst großen Batzen davon haben. Aber ich will, daß es von was kommt, was einer sich mit seiner Hände Arbeit geschaffen hat.«

Er verstummte, und Mr. Burris saß schweigend da und machte einen hilflosen, nervösen Eindruck. Was hätte er auch groß sagen sollen.

»Wir sind Ihnen sehr dankbar, daß Sie rausgekommen sind, um uns zu sagen, wie's mit den Tests steht«, sagte Großvater. »Ich wollte, sie würden anders verlaufen, aber ich glaub nicht, daß wir hier jetzt schon die Hoffnung aufgeben. Vielleicht können wir nochmal zusammenkommen, wenn wir die endgültigen Ergebnisse haben, und tun dann, was richtig ist.«

»Ich bin sicher, das können wir«, sagte Mr. Burris und stand auf. Großvater begleitete ihn zu seinem Auto, wo die beiden sich noch etwas unterhielten. Ich blieb bei Jesse. Hud verschwand im Haus, ohne einmal den Mund aufgemacht zu haben.

»Hört sich nicht gut an«, sagte Jesse. »Das mit den Anwälten, ich nehm wohl an, das war geblufft.« Wir lungerten auf der Veranda herum und warteten auf Befehle, aber wir bekamen keine. Als Hud wieder aus dem Haus kam, ging er geradewegs auf seinen Wagen zu.

»Bis später, Cowboys«, sagte er. »Paßt auf, daß ihr euch keine Schwielen am Hintern holt.«

»Wo der Bursche immer hinfährt, das weiß auch keiner«, sagte Jesse.

Kapitel neun

Am nächsten Tag fuhr Großvater nach Wichita; um mit seinen Anwälten zu reden, nehme ich an. Lonzo kam auf die Idee, beim Sattelbroncowettbewerb mitzumachen, und fuhr per Anhalter nach Thalia, um sich anzumelden. Er hatte zwar eine alte Karre herumstehen, aber die sprang ihm neun- von zehnmal nicht an. Hud war die Nacht über nicht nach Hause gekommen, und kein Mensch hatte eine Ahnung, wo er stecken mochte. Es versprach, ein derart fader Tag zu werden, daß ich gegen neun Uhr früh in die Stadt fuhr und bis zum Mittagessen Billard spielte. Der Stadt sah man schon an allen Ecken und Enden das Rodeo an; überall lagen Pappbecher und Bierdosen herum, auf den Straßen trocknete haufenweise Pferdescheiße. Ich übte mich im Spiel über die Bande, bis ich das Vornüberbeugen leid war; dann fuhr ich nach Hause zum Essen.

Kaum hatten wir gegessen, lag Halmea mir und Jesse wegen einer Partie Halma in den Ohren. Sie machte zwar einen ziemlich erschossenen Eindruck, behauptete jedoch, geradezu auf ein Spiel zu brennen. Jesse erklärte, er hätte schon dreißig Jahre nicht mehr gespielt, aber da es nur um Halma und nicht gleich um Dame ging, überredete sie ihn schließlich dazu, mitzukommen.

»Das macht gar nix«, sagte sie. »Ich bin immer dann am besten, wenn ich mal was 'n Weilchen nich gemacht hab.«

»Dreißig Jahre sind ja wohl ein klein bißchen mehr als 'n Weilchen«, sagte er.

Wir gingen zu ihr, und sie nahm ihren Stapel Filmmagazine vom Kartentisch und warf ihn aufs Bett. Sie hatte ein billiges Foto von Lana Turner auf der Kommode, und an der Wand hing ein alter Kalender vom Sägewerk mit einem Bild von Jesus mit einem Lamm im Arm. Der Kalender war zwei Jahre alt.

»Ich muß nur ers diese Latschen loswerden«, sagte sie. Sie schob sie mit ihren bloßen Füßen unters Bett. Wir rutschten den Kartentisch vors Fenster, um wenigstens etwas von dem ohnehin kaum spürbaren Lüftchen abzukriegen.

»Dein Kalender ist nicht grad auf dem laufenden«, sagte ich.

»Mir is er grade gut genug«, sagte sie. »Die ein, zwei Tage, die ich damit daneben lieg.« Sie holte das Halmabrett hervor und legte es auf den alten grünen Tisch. Ich setzte die Steine in die Löcher. Wir kamen überein, zu zweit zu spielen anstatt zu dritt, und Jesse durfte beim ersten Spiel zuschauen. Er kippte seinen Stuhl nach hinten gegen die Wand. Ich legte los und übersprang Halmeas Steine, daß es eine Freude war.

»Hol's der Kuckuck«, sagte sie. »Du ziehs einfach zu schnell.«

»Das hab ich noch nie gespielt«, sagte Jesse. »Dame hab ich früher mal viel gespielt, als Großvater noch lebte. Ich weiß noch, daß wir mal bei Mineral Wells wohnten, ganz unten in der Nähe vom Brazos. Es war so 'n nasser Winter, und wir Kinder mußten viel drinbleiben. Ich hab in dem Winter mehr Dame gespielt als mein ganzes Leben zusammen. Na jedenfalls hat's Großvater, Gott hab ihn selig, bei Laune gehalten.«

Egal, was sie machte, ich zog mit meinen Steinen in Halmeas Dreieck ein. Sie seufzte. »Schätze, ich hab wohl auch irgendwo 'n Großpapa gehabt«, sagte sie. »Aber vielleich auch nich, ich weiß nich.«

»Ich erinner mich noch gut an meinen«, sagte Jesse. »Er ist noch im selben Winter umgekommen.« Ich war an Jesses Worten nicht weniger interessiert als an unserem Spiel, aber um Halmea zu schlagen, brauchte ich mich wirklich nicht groß zu konzentrieren. »Eines Morgens, da saßen wir beim Frühstück«, sagte er, »und Großvater war nicht dabei. Er ist immer schon früh aufgestanden und zu einem kleinen Lebensmittelladen am Highway, gleich unten am Fluß, gegangen, und da haben wir natürlich nicht weiter drauf geachtet, wenn er mal 'n paar Minuten weg gewesen ist. Der Fluß war an diesem Morgen kalt und neblig, und ich saß auf der falschen Seite vom Tisch, weg vom Feuer, und war halb am Erfrieren. Dann kommt ein Bursche reingelaufen, er hat in dem Laden gearbeitet, und der nimmt Pa mit nach draußen und erzählt ihm, daß Großvater tot unten am Highway liegt. Der Nebel am Brazos war ziemlich dick, und er ist wohl zu nah an der Straße langgelaufen, jedenfalls kam da so 'n Kerl aus Arkansas innem Chevrolet und hat ihn erwischt, ohne ihn überhaupt zu sehen. Er hat ihn um die dreißig Meter von der Straße weg geschleudert, und der Typ, der gefahren ist, der ist fast durchgedreht. Das war dann ungefähr die Zeit, als Pa mit uns nach Lamesa gezogen ist, kurz bevor mein ältester Bruder von Zuhause weg ist.«

Halmea schüttelte den Kopf. »Puuh«, sagte sie. »Aus den Familien von den Weißen werd ich einfach nich schlau. Ich weiß noch, daß ich meinen eignen Papi grad sechs-, siebenmal gesehen hab. Keine Ahnung, wo der Mann heut stecken mag. Womöglich ist er genauso tot wie Ihr Großpapa.«

»Haben Sie denn keine Verbindung mehr?« fragte Jesse.

»Wie wollen Sie denn bei so einem Verbindung halten?« sagte sie. »Als Mädchen kannste dem doch nich nachlaufen.«

Und so ging es zwischen den beiden weiter, hin und her, während ich Halmea vier- oder fünfmal schlug. Nach einer Weile kamen sie auf die Unterschiede zwischen den Parties von Weißen und denen von Farbigen zu sprechen, und Halmea amüsierte sich großartig dabei, sich all die komischen Dinge ins Gedächtnis zu rufen, die sie gesehen hatte, bis sie vor lauter Kichern und Lachen die Steine nicht mehr halten konnte. Sie begannen vom Brett zu hüpfen und auf dem Boden herumzukullern, aber sie konnte nicht mehr aufhören, und so mußte schließlich Jesse ihren Platz einnehmen. Er lachte zwar nicht ganz so schlimm, war aber mehr daran interessiert, sich zu unterhalten, als Halma zu spielen, so daß ich so gegen drei, als alles vorbei war, der unbestrittene Halmameister der Ranch war. Halmea und Jesse waren wohl in ihrem ganzen Leben nicht so guter Laune gewesen, und das viele Gekoller und die freundliche und gute Unterhaltung, ganz zu schweigen von den Spielen, die ich gewonnen hatte, hoben auch meine Stimmung beträchtlich an. Schließlich mußte Halmea los und noch etwas Wäsche aufhängen, und ich ging zurück zum Haus und warf mich, entspannt und träge, auf das Sofa im Wohnzimmer. Ich freute mich auch für Halmea und Jesse, und schließlich nickte ich ein.

2

Am selben Nachmittag, so gegen halb fünf, weckte Halmea mich auf, um mir zu sagen, sie gehe mit einem ihrer farbigen Freunde auf eine Grillparty. Ich sagte ihr, das gehe schon klar, und vergaß es wieder. Dann, so gegen halb sieben, ich zog mich eben fürs Rodeo um, kam Hud nach Hause. Großvater war noch immer nicht wieder zurück, und bevor er nicht da war, konnte ich nicht weg. Jesse hatte den Dreijährigen im Pickup mit in die Stadt genommen, so daß ich mit dem Lincoln fahren mußte. Ich war unten im Bad, als ich eine Wagentür zuschlagen hörte, und dachte, es könnte Großvater sein. Aber als ich die Badezimmertür öffnete und das Türengeknalle und Gescheppere aus der Küche hörte, wußte ich, daß es nur Hud und sonst keiner sein konnte.

Als ich reinkam, riß er gerade Küchenschubladen heraus und tappte im Brotkasten herum. Sein Hemd war bis zum Bauch offen, und er sah aus, als hätte er sich eine ganze Woche nicht rasiert. Auf dem Küchentisch stand eine Flasche Hiram Walker; sie war zu mehr als zwei Dritteln leer. Hud sah wohl wüster aus, als ich ihn je gesehen haben dürfte, sein Haar war zerzaust und sein Gesicht verkniffen und grimmig. Ihn bloß so zu sehen, machte mir schon ein wenig angst.

»Wo ist denn die Niggerschnalle?« sagte er. »Ich will mein Abendessen und zwar sofort.«

»Sie ist auf 'ne Fischparty gegangen«, sagte ich. »Das Abendessen steht im Herd.«

»Na, das ist mir ja vielleicht 'ne schöne Scheiße«, sagte er. »Ein netter Haufen ist das hier. Für was bezahlen wir die, wenn sie zum Fischegrillen rennt, wenn ich am Verhungern bin. Na warte, wenn ich das Luder zwischen die Finger krieg.« Oma mußte ihn bis in ihr Zimmer gehört haben, da sie in die Küche gehumpelt kam. Sie sah selbst ziemlich verängstigt aus.

»Es ist genug da«, sagte sie. »Ich mach dir was. Setz du dich mal hin.«

»Darauf pfeif ich«, sagte er. »Setz dich doch selber hin. Wenn ich von 'nem Ausflug heimkomme, dann will ich, daß mein Essen auf dem Tisch steht und nicht, daß man es mir erst herrichten muß. Da hätt ich genausogut wegbleiben können.«

»Wo bist du denn überhaupt gewesen?« fragte sie.

»Was geht das dich an?« sagte er und nahm seine Whiskeyflasche vom Tisch. »Wart's ab und laß dich zusammen mit den andern überraschen.«

Er war viel zu wild, als daß man sich hätte mit ihm anlegen können, und so hielten wir beide einfach den Mund. Er scharrte mit den Füßen wie ein Bulle, dem man zu nahe auf die Pelle rückt. »Na gut, stell schon was auf den Tisch«, sagte er. Oma begann herumzuspringen wie eine Fünfundzwanzigjährige, und ich ließ die beiden allein und ging hinaus auf die Veranda. Ich wollte in die Stadt, hatte aber keine Möglichkeit, von der Ranch zu kommen. Ich stand auf der Veranda und sah die Autos übers Land blitzen. Ich wünschte mir, ich hätte selbst eins. Dann hörte ich hinter mir Schritte im Wohnzimmer, und Hud kam heraus. »Jetzt muß sie auch erst noch Tee machen«, sagte er und setzte sich auf die Treppe. Er hatte seine Whiskeyflasche dabei.

»Es wird schon dunkel«, sagte er. Er hörte sich etwas lockerer an, aber immer noch eklig genug. »Ich sag dir mal was: Ich mag's möglichst hell. Ich war da drüben im Dschungel und mußte eines Nachts ganz allein da draußen liegen, es war stockfinster und überall um mich herum Japse. Seit dieser Nacht kann mir die Dunkelheit gestohlen bleiben.«

»Ich hab da was eingefädelt«, sagte er. »Das wird 'n paar Leute glatt aus den Socken hauen, und du dürftest da keine Ausnahme sein.«

»Um mich umzuhauen gehört nun wirklich nicht viel«, sagte ich.

»Das kannst du laut sagen«, sagte er grinsend. »Und nun verpiß dich endlich. Ich kann nicht klar denken, wenn du hier rumlungerst.«

Ich widersprach nicht. Ich beschloß zu sehen, ob ich nicht vielleicht Lonzos Hudson in Gang bringen könnte; es machte ihm nichts aus, wenn ich ihn benutzte, solange ich ihn zum Fahren brachte. Er mußte es wohl selbst erst gar nicht versucht haben, denn der Wagen sprang mir schon beim ersten Versuch an. Auf dem Weg nach Thalia traf ich Großvater, der über den Highway schlich, so langsam es mit dem Lincoln nur ging. Er wußte, er wurde langsam zu alt zum Fahren, und so ließ er sich eben Zeit. Als ich acht Stunden später wieder auf die Ranch zurückkam, hatte ich mir den ersten Abend des Rodeos angeguckt. Die Vorstellung selbst war eher lahm gewesen, aber ich hatte eine Menge Spaß hinter den Boxen gehabt, wo ich mit Hermy und den andern Jungs rumhing und Blödsinn machte. Sogar ein Mädchen trieb ich auf, das mit mir zum Tanzen ging, und wir blieben bis zum Schluß. Als ich nach Hause kam, war ich ziemlich erschossen. Das Haus war dunkel und meine Bettlaken heiß. Ich ging ins Bad, holte mir ein Glas Wasser und besprenkelte sie, aber die Nacht war so schwül, daß die Kühle nicht lange vorhielt.

3

Ich setzte mich auf. Ein wilder Schrei hatte mich aus dem Schlaf gerissen. Erstmal war ich ganz tranig und dachte, ich hätte geträumt, aber dann hörte ich noch einen und wußte, es war Hud. Draußen schien zwar der Mond, aber ich hätte nicht sagen können, woher das Geschrei kam. Ich stieg aus dem Bett und tastete nach meinen Sachen. Ich dachte, er müsse wohl betrunken durch die Gegend gewankt und auf eine Klapperschlange getreten sein. Sobald ich meine Stiefel gefunden hatte, eilte ich hinunter in die Küche und zog sie an. Dann holte ich die große Taschenlampe aus der Speisekammer und die Zweiundzwanziger aus dem Gewehrschrank. Im hinteren Hof war es so hell, daß ich die Lampe wirklich nicht brauchte, und so schob ich sie mir in die Hosentasche. Die Hunde standen am Gartentor und lauschten grollend. Dann hörte ich wieder Huds Stimme; laut und roh klang sie durch die Nacht. Er schrie jedoch nicht mehr, sondern sprach nur einfach laut. Er war bei Halmea. Das Licht war an. Ich hörte ihn wieder und machte mich auf den Weg. Ich sah den gelben Lichtfleck auf ihrer Treppe. Mir zitterten die Beine, als ich das Gewehr durchlud. Ich wußte, was ich sehen würde, wenn ich dort ankam, hatte aber keine Ahnung, was ich tun sollte. Auf halbem Weg sah ich Jesse rasch ins Licht treten und in der Hütte verschwinden; er trug nichts weiter als Hose und Unterhemd. Dann hörte ich Halmea heulen; sie versuchte etwas zu sagen, aber ihre Stimme vermischte sich mit der Huds, und das Geschrei der beiden war in der Stille über den Weiden weithin zu hören.

Ich ging nicht zur Tür wie Jesse. Ich ging zum Fenster. Ich sah die beiden wie am hellichten Tag, sowohl Hud als auch Halmea, kaum zwei Meter von mir entfernt. Sie lagen auf dem Bett und Hud mit ihr ringend halb über ihr. Ich konnte Halmeas Gesicht sehen; sie versuchte sich zur Wand hin einzuigeln; sie hatte die Augen geschlossen, und die Tränen, die sich unter den Lidern hervorzwängten, näßten ihr die Backen. Sie versuchte Hud mit dem Ellenbogen zu erwischen und sich von ihm wegzurollen, aber er ließ sie nicht. Er hatte sie von den Füßen bis zur Brust entblößt und versuchte, über ihren braunen strampelnden Beinen liegend, ihre Hand zu erwischen. Er hatte seine Backe an ihre Seite gedrückt, und als er den Kopf hob, sah ich das gewohnte wilde Grinsen in seinem Gesicht. Immer wieder zerrte er an Halmeas Nachthemd, um es ihr über den Kopf zu ziehen, aber dazu war es um ihre Brüste herum zu fest eingerollt. Ich sah Jesse nicht, und so hob ich die Zweiundzwanziger und richtete sie auf Hud. Dann lachte Hud, und seine kräftigen Zähne leuchteten in dem unrasierten Gesicht. »Jetzt aber, du Schlampe«, sagte er, und ich wußte, ich mußte jetzt auf ihn schießen, wußte aber auch, daß ich es nicht konnte. Halmeas Augen waren geschlossen und ihr Mund verzerrt, aber sie versuchte nicht zu schreien. »Halt einfach still«, sagte Hud. Er drückte ihren Arm gegen seine Brust, holte mit der einen Hand über ihrer Schulter aus und schlug ihr mit dem Handballen hart ins Gesicht, so wie man eine Stute schlagen würde, und sie stöhnte vor Schmerz auf und knirschte mit den Zähnen, als hätte sie Angst, er würde gleich nochmal zuschlagen. Blut trat ihr aus dem Mundwinkel, aber sie versuchte immer noch, sich strampelnd wegzurollen. »Bist wohl 'n ganz wildes Luder, was?« sagte Hud und grinste wieder. Dann drehte er sie um und rammte ihr lachend sein großes Knie zwischen die nackten Beine. Mir pochte das Blut im Kopf, und ich konnte kaum einen klaren Gedanken fassen. Ich wollte Hud erschießen und endlich keine Angst mehr vor ihm haben, konnte aber noch nicht mal dran denken, und so stand ich einfach da und sah zu. Schließlich schob Hud seine Hand unter das zusammengerollte Nachthemd und bekam eine ihrer Brüste zu fassen, die er sofort drückte; und als er sie knetete, stöhnte sie auf. »Auuuaah«, machte sie, und ich drückte ab. Ich schoß, und die Kugel fetzte über den beiden durch das Fliegengitter und bumste auf der anderen Seite des Raumes in die Wand. Ich brachte es einfach nicht fertig, auf ihn selbst zu schießen, aber ich dachte wohl, daß ein Schuß genügen würde, um der Geschichte ein Ende zu machen. Er rollte sich von Halmea, und ich sah ihren braunen Körper sich krümmen, als sie sich zur Wand drehte. Dann spannte ich den Hahn und ging um die Hütte herum zur Tür, aber noch bevor ich dort ankam, war Hud auch schon draußen, packte mich, riß die Gittertür zur Seite und schob mich hinein in das gelbe Licht. Er grinste noch immer. »Du kleiner Wichser, du«, sagte er. »Komm doch rein und schau dir die Vorstellung an.« Ich landete stolpernd auf dem Linoleum, und er kam, schubsend oder mich mit dem Handrücken schlagend, hinter mir drein, bis ich gegen die Wand gekauert, halb unter dem Kartentisch, auf dem Boden saß, die Augen noch immer offen, mein Gewehr am Fußende des Bettes. Jesse lag auf dem Linoleum, gleich neben dem Bett, und rührte sich nicht. Hud, die Hände an den Knöpfen seiner Levis, schüttelte sich das zerzauste Haar aus der Stirn und blickte auf Halmea hinunter – mich oder Jesse würdigte er keines Blickes. Halmea hatte sich dicht an der Wand eingerollt; auf dem nackten Rücken hatte sie einen langen offenen Kratzer. »Und jetzt dreh dich um, Niggerweib«, sagte Hud grinsend und packte eine ihrer Fesseln. »Jetzt, wo schon die halbe männliche Belegschaft der Ranch hier ist, um dir zu helfen«, sagte er. »Die andre Hälfte ist 'n bißchen langsamer und fauler. Aber ich denk, die kreuzen auch gleich hier auf. Ich leg sie hier übernander, bevor ich mit dir fertig bin.« Ich setzte mich, gegen die Wand gelehnt, hin; in meinem Kopf rauschte es wie in einer Muschel. Ich fragte mich, wo nur Großvater blieb und ob er wach war. Halmea schnellte auseinander und begann mit beiden Füßen nach Hud zu treten; sie hatte die Augen offen und die blutigen Lippen fest aufeinandergepreßt. Aber Hud beugte sich vor und schlug ihr mit der offenen Hand klatschend in den Bauch, so daß ihr pfeifend die Luft ausging; dann packte er, noch während sie nach Luft rang, ihren anderen Knöchel und zog sie herum. Halmea wandte mir den Kopf zu, und in diesem Augenblick legte ihr Hud beide Hände aufs Gesicht und hielt sie aufs Bett gedrückt, während er sich gegen sie schob, und ich hörte sie nach Luft japsen und hörte Huds Schnaufen, weder das meine noch das von Jesse, nur das von Hud, und sah dabei das dunkle Blut von Halmeas Mund rinnen und dort, wo Hud auf ihr lag, in das Laken tröpfeln. Ich tat keinen Muckser, noch nicht mal mit einer Wimper zuckte ich, und dann stand Hud auf und grinste auf mich herunter; er schloß seine Gürtelschnalle mit den falschen Rubinen dran. »Issie nich 'n strammes Ding?« sagte er. Er pfiff und machte sich daran, die Hosenbeine in seine roten Wildlederstiefel zu schieben. Halmea hatte sich wieder an der Wand eingerollt, und das Blut auf dem Laken war verschmiert.

»Laß dir das 'ne Lehre sein«, sagte Hud. Er war ruhig und sah völlig gelassen aus. Er sprach mit Halmea, hielt aber mir eine Hand entgegen, als wolle er mir auf die Beine helfen. »Wenn du dich noch mal in der Gegend rumtreibst, ohne mir was zu sagen, dann kannst du Gift drauf nehmen, ich mach's noch mal. Weil, von jetzt an bin ich hier der Chef. Nicht Homer Bannon, nicht unser kleiner Wildfang hier, nicht Ma. Ich. Mister Scott. Der Chef.«

Er drehte sich um und ging zur Tür hinaus, ohne sich auch nur einmal umzusehen. Noch bevor ich mich bewegen konnte, sprang Halmea vom Bett, ihr Gesicht noch wilder als das von Hud.

»Wo is das Gewehr?« sagte sie. Sie schnappte es sich vom Boden, lief auf die Stufen hinaus und feuerte drei Schüsse in die Dunkelheit. Sie hörte auf damit, und ich hörte Huds Lachen. Sie schoß noch zweimal und drückte noch zwei-, dreimal ab, bevor ihr klar wurde, daß die Waffe leer war; dann ließ sie sie auf die Stufen fallen und ging wieder zurück zu ihrem Bett. Wir hörten das rauhe Röhren von Huds Auspuff, und das war das letzte Mal, daß ich es hörte.

Halmea wischte sich mit dem Laken das Blut vom Mund, und ich rappelte mich auf. Sie ging in die Hocke, beugte sich über Jesse und rollte ihn auf den Rücken. Als sie das tat, streckte er eine Hand aus, als wolle er, daß man ihm auf die Beine half, hatte aber noch immer die Augen geschlossen. Ich sah einen großen, rasch rot anlaufenden Fleck an seinem Kinn. Halmea setzte sich hin und legte seinen Kopf auf ihr Bein.

»Wenn du okay bis, Schatz, dann gib mir 'n nassen Lappen, ja«, sagte sie, ohne aufzusehen. Ich fand einen über dem Waschbecken und feuchtete ihn ihr an. Als sie Jesse damit übers Gesicht fuhr, zuckte er leicht mit den Wimpern, aber er war noch immer nicht bei Bewußtsein.

»Er hat sich ganz schön was eingefangen«, sagte sie. »Grad als er zur Tür reinkam.«

Ich feuchtete den Lappen noch mal an, und schließlich kriegten wir Jesse dazu, die Augen zu öffnen. Er sagte nicht ein Wort; er lehnte sich gegen die Bettkante und hob eine Hand, um sich vor dem gelben Licht zu schützen. Halmea ging zum Waschbecken, um sich das Blut vom Mund zu waschen. Als sie wieder bei uns war, halfen wir Jesse auf die Beine.

»Ich krieg meinen Kopf nicht klar«, flüsterte er. Ich ließ ihn sich auf mich stützen. »Ich muß mich 'n Weilchen hinlegen, dann geht's wieder, denk ich.« Halmea nahm ihn beim Arm, ich nahm den anderen, und zusammen bekamen wir ihn langsam und vorsichtig die Stufen hinunter. Er schien schließlich etwas weniger wacklig auf den Beinen, und Halmea ging wieder in die Hütte. Er hielt sich an mir fest, während ich ihm über den dunklen Hühnerhof zur Schlafbaracke half. »Mir kommt gleich das Bier hoch«, sagte er. »Ich krieg einfach meinen Kopf nicht wieder hin.« Als ich ihn auf seine Pritsche geschafft hatte, machte er sich daran, sein Unterhemd auszuziehen. »Firma dankt«, sagte er. »O Mann.« Er legte sich zurück, und ich machte das Licht aus und ging wieder in die kühle Nacht hinaus. Mir dröhnte selbst der Kopf, und mein Hals war ganz steif, aber klar denken konnte ich.

Halmea hatte in ihrer Hütte das Licht noch nicht wieder gelöscht, und so ging ich noch mal zurück, um zu sehen, ob ich was für sie tun könnte. Sie lag auf dem Bett, wo Hud sie eben gehabt hatte, das Gesicht in der Armbeuge versteckt. Die Nase hochziehend, sagte sie etwas, als ich sie durch die Tür hindurch ansprach, und ich ging hinein. Sie drehte sich nicht nach mir um, und ich wußte nicht, was ich sagen sollte. Ich setzte mich auf die Bettkante und wartete. Auf ihren Handgelenken und den Händen sah ich es feucht schimmern. Einen Augenblick später spürte sie, daß ich auf dem Bett saß, und sie blickte auf, die Augen rot und geschwollen.

»Ich bin fix un fertig«, sagte sie.

»Es ist ja vorbei«, sagte ich und tätschelte ihr behutsam die Schulter. Ich bemerkte drei, vier Schrammen an ihrer Schulter und an der Hüfte, wo Hud sie bei ihrem Kampf gekratzt hatte. An ihrem Baumwollnachthemd klebte Blut.

»Oh ja, vorbei isses«, sagte sie. »Un dassis ja ganz prima.«

»Es war nur, weil er so besoffen war«, sagte ich.

»Scheiße«, sagte sie und setzte sich ruckartig auf, die Unterlippe geschürzt, so daß ich die geplatzte Stelle sehen konnte. »Hör mir bloß mit so 'm Geschwätz auf, von wegen besoffen. Mista Hud war nich besoffen. Un besoffen heiß nich, dasser einfach reinkommen und jemand so was antun kann.«

Ihr Gesicht begann dort, wo er sie geschlagen hatte, anzuschwellen, und mir kam der Gedanke, daß sie womöglich wirklich schlimm was abgekriegt hatte. Ich stand auf und holte ihr den Waschlappen – es war alles, was es an Arznei in der Hütte gab –, aber sie war zu wütend und zu aufgeregt, um ihn zu benutzen.

»Soll ich dich in die Stadt fahren?« fragte ich. »Brauchst du 'n Doktor?«

»Sei still«, sagte sie. Sie stand auf und sah so durch die Mangel gedreht und müde aus, daß ich einfach nicht mehr weiter wußte. »Ich werd mir mal die Schrammen auswaschen«, sagte sie, ohne den sauberen Lappen zu sehen, den ich ihr angefeuchtet hatte. Sie holte sich einen anderen, konnte aber die Schramme auf ihrem Rücken nicht erreichen. Ich nahm ihr den Lappen aus der Hand und tupfte sie ab, bis sie sauber war, während sie sich das Nachthemd hochhielt.

»Ich pack jetz besser mein Koffer«, sagte sie. »Ich geh gleich morgen früh von hier weg.«

»Aber du brauchst doch nicht zu gehen«, sagte ich. »Die Polizei wird mit Hud schon fertig.«

Sie legte die Stirn in Falten und sah mich an, immer noch verletzt und wütend. »Hör bloß auf mitter Polizei«, sagte sie. »Keine Polizei wird mir das je erfahren, darauf kanns du dich verlassen. Sag so was der Polizei, un bevor du dich einmal umdrehn tus, geben die mir die Schuld. Ich hab gesehn, wie so was läuf.«

»Aber lauf doch nicht weg«, sagte ich. »Er wird dich in Ruhe lassen.«

Sie schnaubte. »Has ja gesehn, wie der mich in Ruhe läß«, sagte sie. »Der läß mich freilich in Ruhe, klar, jedesmal, wenn er mit mir fertig ist.« Dann wurde sie etwas milder und begann zu weinen.

»Schau her, ich bin doch total hilflos«, sagte sie. »Und das is das Schlimmste dran. Kommt einfach hier rein und tut mir das an. Und wenn ihn diesmal keiner aufhält, dann hält ihn sons keiner auf. Ich hab ihn noch zur Tür reinkommen sehn. Jetz bin ich dran, das hab ich genau gewuß. Er hat's mir ja oft genug gesagt, dasser kommt. Ich hab immer gedacht, so isser halt, der Mista Hud, der kommt schon nich. Aber er is gekommen, und jetzt isses passiert. Aber das sag ich dir, wenn er das noch mal machen will, dann wird er mir aber weit, weit hinterher müssen.«

»Halmea«, sagte ich. »Halmea, geh nicht weg, laß uns nicht allein. Wir brauchen dich doch hier. Ich jedenfalls. Ich möchte, daß du bleibst.«

Aber sie sah weiter weg aus als je zuvor. »Du komms schon zurecht«, sagte sie, und es war nicht ich, ihr alter Schatz, zu dem sie das sagte. »Wirs schon sehn.« Und so ließ ich sie denn allein. Ich hob das Gewehr auf und die Taschenlampe und räumte beides wieder dahin, wo es hingehörte.

Ich ging hinauf auf mein Zimmer, zog mich aus und ging ins Bett, aber an Schlaf war noch nicht mal zu denken. Mein Kopf hatte zu schmerzen begonnen, und mir war ein wenig schlecht. Ständig sah ich Halmea vor mir: nackt auf ihr Bett gestreckt und über ihr Hud, der sie unter sich zwang. Ich wußte, er hatte es nicht getan, weil er betrunken war. Er hatte es getan, weil er sie hatte unterkriegen und es ihr besorgen wollen. Ich wußte ja, daß er sie schon immer haben wollte; er hatte es mir oft genug gesagt. Ich erinnerte mich noch daran, wie sie geweint hatte an jenem Abend, als wir von Temple nach Hause gekommen waren; wie er sie in der Küche erwischt und in die Nippel gekniffen hatte. Was an mir nagte, war, daß ich mit Halmea so ziemlich dasselbe hätte machen wollen. Ich wollte es nicht bösartig, wie Hud alles machte, aber gewollt hätte ich schon. Ich zitterte, als ich so im Bett lag. Hud, der würde immer tun, was ihm grade paßte, egal, ob er jemandem wehtat oder nicht; Hud machte einfach, was er wollte. Ich hätte ihn umbringen sollen, anstatt zuzuschauen, wie er Halmea bumste, aber ich hatte es nicht getan. Ich hatte mich zurückgehalten und abgewartet. Zusehen hatte ich wollen. Das Zittern wurde schlimmer. Ich hatte Halmea doch so furchtbar gern; sie war einer der besten Menschen überhaupt, und ich hatte sie mir, als sie noch die Halmea war, die ich gern hatte, auf so vielfache Weise vorstellen können. Jetzt jedoch sah ich sie nur noch nackt, auf ihr Bett gedrückt – als hätte Hud eine Färse hingeworfen, um ihr ein Brandzeichen zu verpassen; ich sah ihren Hintern und ihre Brüste und Hud, der sie bei den Knöcheln packte. Ich hatte Mitleid mit ihr, wollte es gleichzeitig aber auch sehen; und je mehr ich mich hin und her wälzte, um bequem zu liegen, desto elender war mir zumute. Schließlich und endlich schob ich das Fliegengitter hoch und erbrach mich gegen die Hauswand. Ich dachte, daß ich Halmea doch immer nur Gutes hatte tun wollen und ihr nie was Gemeines hätte zufügen können, aber ich konnte nichts dagegen machen, ich hätte sie genausogern vernascht. Ich mußte an den Tag denken, als ich krank war und sie mir das Zitronenwasser ans Bett gestellt hatte; ich erinnerte mich noch an den Mehlstreifen auf ihrer Stirn. Ich wollte ihr dafür danken und ihr dafür einen Gefallen tun. Aber selbst wenn ich an das Zitronenwasser dachte, dann war es, mehr als das hohe beschlagene Glas oder der eiskalte Saft darin oder ihre kühlen Finger auf meiner Stirn, vor allem ihr dunkler, fester Brustansatz, an den ich mich erinnerte. Beim Gedanken an all das hätte ich am liebsten geheult, und ich warf mich hin und her und wünschte, ich könnte irgendwie Frieden finden. Ich wünschte, ich könnte zusammen mit Halmea irgendwo hinfahren, weit weg von der Ranch, und mich einfach mit ihr unterhalten. Dann würde ich vielleicht irgendeinen Weg finden, ihr zu sagen, was mir an jenem Abend in bezug auf sie alles durch den Kopf gegangen war; vielleicht hätte sie mir sagen können, was daran albern war und was richtig und gut. Wie auch immer, wir hätten uns unterhalten können. Schließlich gab mein Kopf wieder etwas Ruhe, und ich hörte auf, mich hin und her zu werfen und mir soviel Sorgen zu machen. Der Mond stand immer noch hoch oben im Westen und warf sein mattes weißes Licht auf Großvaters Weiden, und ich lag mit dem Gesicht zum Fenster und beguckte mir, bis ich endlich einschlief, die Nacht.

4

Halmea machte am nächsten Morgen das Frühstück in ihren Ausgehsachen. Wir sahen alle ziemlich müde aus, außer Großmutter; sie platzte vor Energie wie eh und je. Hud war nicht da, und Jesse fühlte sich zu elend, um viel zu essen. Großvater entging das natürlich nicht, stellte aber nicht eine Frage, während wir aßen. Wir tranken eben unseren Kaffee, als Halmea hereinkam und kündigte.

»Ich muß noch heut gehn«, sagte sie. »Wenn Mista Lonnie oder jemand mich in die Stadt fahren könnte. Wenn Sie nich ohne mich auskommen, kann ich noch bleiben, bis jemand anders kommt, aber ich muß noch heut hier weg.«

»Aber um Himmels willen«, sagte Großvater. »Warum willst du uns denn so auf einmal verlassen? Haben wir dich denn nicht anständig behandelt?«

»Manche schon«, sagte sie, ohne ihn anzusehen. »Aber ich muß trotzdem gehn.«

»Also ich würd das nicht tun«, sagte Jesse. »Ich denk, daß alles in Ordnung kommt. Kein Grund, sich Sorgen zu machen.«

»Ich mach mir ja keine Sorgen«, sagte sie. »Ich geh nur weg.«

Sie spülte das Geschirr, und ich fuhr sie nach Thalia. Großmama machte ihr Vorhaltungen, aber Halmea achtete einfach nicht auf sie. Während der Fahrt in die Stadt waren wir beide ziemlich still. Sie schien schrecklich weit weg und immer noch trübsinnig und innen und außen wund.

»Was willst du denn machen?« fragte ich sie schließlich. »Bloß daheim rumsitzen?«

»Ich such mir irgendwo Arbeit«, sagte sie. »Und als erstes mach ich 'ne Reise. Ich denk, ich fahr meine Schwester in Oklahoma City besuchen. Womöglich bleib ich auch gleich zum Arbeiten da oben.«

Einmal am Tag hielt der Trailways-Bus in Thalia, und der hatte Oklahoma City vorn auf dem Schild stehen. Aber für mich war es nur eine von vielen Städten irgendwo den Highway hinunter, die ich nie gesehen hatte, ein Ort, wo einige Straßen aufhörten und andere begannen. Ich konnte mir nicht vorstellen, daß Halmea da wohnen sollte.

Ich hielt vor dem kleinen farblosen Haus ihrer Tante und half ihr die paar Taschen und Schachteln auf die Veranda tragen. Ihre Tante war im Garten neben dem Haus und harkte zusammen mit dem Unkraut und dem Ziegenbart auch gleich die Tomatensetzlinge heraus. Sie war so blind und taub, daß sie uns die ganze Zeit über, die wir die Schachteln herumschleppten, nicht bemerkte.

»Issie nich 'n Anblick für die Götter«, sagte Halmea. »Harkt glatt die Erbsenranken mit weg, als wär's Unkraut.« Sie stand auf den Stufen, und ich stand, mit leeren Händen, unter ihr in dem braunen, saubergefegten Hof. Sie fummelte am Gürtel ihres blauweißen Kleides herum.

»Sag du mal deinem Großvater, dasses mir wirklich leid tut zu gehn«, sagte sie. »Und vor allem so schnell. Aber ich muß einfach weg. Hilf du ihm nur, er wird jetz alt und schwach. Es is deine Aufgabe, dich um ihn zu kümmern.« Sie schien so melancholisch, so traurig, und ich wußte, sie wünschte sich, ich würde endlich fahren, aber ich hatte einen Frosch im Hals und konnte einfach nicht so gehen. »Wenn du in die Stadt kommst, dann komm mich halt besuchen«, sagte sie. »Kanns gern kommen.«

»Wann fährst du denn weg?« fragte ich.

»Wohin denn?« fragte sie.

»Na nach Oklahoma City.«

»Allmächtiger«, sagte sie. »Das hab ich doch nur so gesagt. Womöglich geh ich überhaup nirgendwo hin. Aber vielleich ja doch. Na jedenfalls bin ich noch 'n Weilchen hier.« Sie schenkte mir ein verquollenes Grinsen und trat auf die alte Veranda. »Jetz geh und mach dich an die Arbeit«, sagte sie. »Und sei mir nich faul.«

»Nun, dann komm ich dich halt mal besuchen«, sagte ich. »Und nimm's nicht so schwer, ja?«

Sie nickte, und ich stieg ein und fuhr weiter in die Stadt zum Billardsalon. Ich hatte vor, den Vormittag über ein paar Kugeln zu schieben, aber bis auf Spinnerbilly war der Laden leer. Da mir nicht nach Üben war, fuhr ich wieder nach Hause.

Ich hatte nicht gedacht, daß Großvater Arbeit für uns hätte, aber da hatte ich mich getäuscht. Wie sich herausstellte, hatte ich ganz schön Glück gehabt, daß der Billardsalon leer gewesen war. Als ich auf die Ranch kam, stand mein Pferd schon gesattelt an die Raufe gebunden und von dem Nagel am Gatter zur Koppel, wo wir uns immer Nachrichten hinterließen, flatterte ein Zettel. Er war schnell gelesen:

> Lonnie –
> Komm raus auf die Westweide. Wir müssen das Vieh wieder zusammentreiben. Hol dir einen ordentlichen Schluck zu trinken, es wird ein elender Tag.
>
> Dein Großvater

Als ich im Sattel saß, bemerkte ich die Bulldozer. Es waren acht oder zehn, sie standen draußen auf dem überwachsenen Feld, auf dem wir nie was anpflanzten. Ich war vielleicht eine Meile von der Scheune weg, da hatte man sie angeworfen, und sie waren über die ganze Prärie zu hören. Mächtige Staubwolken begannen aus den Feldern zu steigen, und ich wußte, sie mußten wohl die Gruben ausheben. Aber selbst da konnte ich es nicht glauben. Ich glaubte einfach nicht, daß Großvater aufgegeben hatte, und ich glaubte es noch nicht mal, als ich ihn sah.

Aber ob er nun aufgegeben hatte oder nicht, was den Tag anbelangte, so hatte er recht gehabt. Noch einmal trieben wir sie alle zusammen und arbeiteten bis in die Dunkelheit hinein. Nur daß diesmal, als wir völlig fertig und hungrig nach Hause kamen, keine Halmea da war, um uns Steaks mit Bohnen und Kirschauflauf vorzusetzen.

Kapitel zehn

Es war noch dunkel im Zimmer, als ich Großvaters Hand auf meiner Schulter spürte. »Zeit zum Aufstehen«, sagte er. Ich drehte mich um, hielt es aber für schlechtweg unmöglich, aufzustehen und zu arbeiten, ohne noch ein bißchen weiterzuschlafen. Im Hof war noch nicht mal ein Zeichen des neuen Morgens zu sehen; der Mond hing noch irgendwo über dem Haus und verströmte sein milchig-schummriges Licht über die Weiden.

Ich schlief noch, stand aber trotzdem auf und zog mich, durchs Zimmer taumelnd, an. Als ich nach unten kam, stand Großvater am Herd und briet Eier; die Männer kamen eben zur Hintertür herein. Hank Hutch war unter ihnen, und der begann Großvater am Herd zur Hand zu gehen. Das Gebrüll draußen, das die ganze

Nacht über angehalten hatte, war spärlicher geworden, nachdem sich die alten Kühe endlich schlafen gelegt hatten. Ich trank etwas Milch und begann Eier mit Speck in mich hineinzustopfen. Großvater verließ den Herd schließlich und aß selbst etwas, ohne dabei ein Wort zu verlieren. Hud war nirgendwo zu sehen.

Großvater war als erster fertig, und dem Rest von uns blieb nichts anderes übrig, als unseren Kaffee hinunterzustürzen und ihm aus dem Haus zu folgen. Bis zur Morgendämmerung war noch immer eine Weile, aber im Osten zeigte sich immerhin schon ein erstes schüchternes Grau. Wir fingen uns unsere Pferde aus der noch finsteren Koppel und führten sie zum Satteln. Dann sah ich mehrere Paare Scheinwerfer über die Weide kommen; die Fahrer hupten, um die alten Kühe dazu zu bewegen, den Weg freizugeben.

»Da kommen sie«, sagte Großvater. »Na wenigstens sind sie pünktlich.« Er seufzte schwer und machte an seinem Sattelgurt herum. »Ich würd ja lieber 'ne Tracht Prügel einstecken«, sagte er.

Es blieb uns nichts anderes übrig, als in den Sattel zu steigen und das Vieh auf die Gruben zuzutreiben. Es war zu diesem Zeitpunkt gerade hell genug, das Gestrüpp auszumachen und das Vieh zu erkennen, das in Grüppchen beisammen im ersten Dunst stand. Ich arbeitete am äußersten Rand der Weide, gleich neben dem Zaun, und schob die Rinder in Richtung der Männer weiter drinnen. Die Pferdeweide war nur ein Teil, und es dauerte nicht lang, sie zu umreiten. Die Linie der Männer drinnen rief und schrie, um das Vieh in Bewegung zu halten, und die Kühe bewegten sich in Reihen auf das große Reservoir zu. Hinter mir rötete sich eben der Rand der Ebene, als die Sonne an die Kante des Horizonts kroch. Ich ritt auf einen kleinen Kamm, den höchsten Punkt der Weide, und sah unten den gesamten Auftrieb vor mir hingebreitet. Die ersten roten Lichtfinger griffen staubig und leuchtend nach den grünen Mesquitesträuchern. Dunstbänke erhoben sich aus dem taunassen

Gras und hängten sich um die Bäuche des dahinziehenden Viehs. Hank war neben mir, Jesse neben Hank, dann kam Lonzo, der die Zügel auf seine Chaps klatschen ließ; Cecil Goad und seine Jungs waren etwas weiter drüben; und schließlich Großvater, ganz klein, weil am weitesten drüben; er saß auf der anderen Seite des Reservoirs und sah seine Herde auf das Wasser zukommen. Ich hörte Cecil auf das Vieh einschreien: »Nun lauft schon, lauft.« Als wir ans Reservoir kamen, trotteten Kühe und Kälber ins seichte Wasser und zertrümmerten die klare goldene Oberfläche. Sie schleuderten jetzt schon den Geifer über die Schulter nach den Fliegen. Kaum eine Meile von hier warteten die Gruben. Das Ganze nahm sich aus wie ein Gemälde: ich, die Männer, die frische grüne Weide, die Bannon-Herde auf dem Weg zur Tränke und Großvater, der alles beobachtete. Ich ritt zum Reservoir und ließ mein Pferd zwischen den Kühen herumplanschen. Großvater saß über mir auf dem Damm, die Hände über den Sattelknauf aufeinandergelegt, sein Pferd völlig reglos. Die Sonne blitzte auf Strangers strahlendem Fell und ließ Großvater gestochen scharf erscheinen. Er winkte schließlich Hank und Jesse, und ich trieb mein Pferd durch das spritzende Wasser wieder an die Arbeit. Wir verließen das Reservoir, und in Nullkommanichts waren wir schon fast an den Gruben. Als wir an der Scheune vorbeikamen, verließ Großvater die Reihe der Treiber. Ich nahm an, er wollte seine beiden Longhorns und den alten Bullen holen. Er hatte sie am Abend zuvor eingeschlossen. Aber er kam nur mit den beiden Milchkühen zurück. Bei all der Hilfe, die wir hatten, war das Vieh leicht zu führen. Dann hatten wir die Gruben vor uns, die mitten in dem steinigen Feld klafften, jede mit einem sanft abfallenden und einem steilen Ende. Das Vieh achtete kaum darauf, es trottete einfach zum sanft abfallenden Ende hinein, neugierig, was es auf dem Grund wohl finden mochte.

Man hatte mich ans abschüssige Ende der vorletzten Grube ganz im Westen postiert. Ich sollte alles aufhalten, was wieder herauswollte. Der Junge von Cecil Goad hatte die Grube neben mir. Das Vieh stand ruhig auf dem Grund der Gruben, die Kälber tranken, die Kühe leckten sich und ihre Kälber. Dann kam von hinten einer der Leute vom Staat zu mir herüber und trat an den Rand der Grube. Er hatte eine Büchse mit einem Stabmagazin in der Hand, Kaliber Dreißig-null-sechs.

»Na, mein Sohn«, sagte er. »Ich hoffe doch, daß dein Pferd davon nicht zu scheuen anfängt.«

»Womöglich schon«, sagte ich. »Ich hab noch nie von ihm aus geschossen.«

Er war klein, grauhaarig und so nett, wie sein Job es eben zuließ. »Dann reit mal 'n Stückchen zurück, wenn ich zu schießen anfange«, sagte er. »Aus der Grube hier kommt eh nichts mehr raus.« Er breitete auf dem Boden einen Lumpen aus und legte einige extra Stabmagazine darauf, wobei er alle Augenblicke lang einen Blick auf das Vieh warf. »Ein herrlicher Haufen Rinder«, sagte er.

Dann erklang hinter uns der erste Schuß, und mein Pferd zuckte zusammen und bäumte sich auf. Der Mann ging mit einem Knie zu Boden und begann zu schießen, und die hungrigen jungen Färsen fielen um. Auf der Stelle war nichts mehr zu hören als der Lärm der Schüsse und das Gebrüll der Tiere; alles, was ich tun konnte, war, mein schnaubendes Pferd so nah wie möglich an der Öffnung der Grube zu halten. Pausenlos krachten die Gewehre, und mein Pferd war schier verrückt vor Schreck. Schließlich ließ es einfach den Kopf hängen und stand zitternd da, alle Muskeln angespannt. Staub stieg aus den Gruben, und das so dick, daß es ein Wunder war, daß die Schützen noch sahen, wo sie hinzuschießen hatten. Das Vieh unten drängte sich dicht aneinander, ein brüllendes, wogendes Chaos aus Blut und Staub. Aber nichts konnte ihnen mehr helfen. Der Mann mit dem Gewehr brachte den Tod über sie. Kaum hatte er ein Magazin leer geschossen, hatte er schon ein neues drin und legte wieder an. Die größten der alten Kühe krachten zusammen, als hätte man sie mit dem Vorschlaghammer getroffen; sie schlugen noch ein-, zweimal mit den Beinen, rülpsten Blut in den Staub, dann lagen sie da. Nicht eine in meiner Grube stand noch mal auf. Ein Kalb kam auf uns zugelaufen, und der Mann riß das Gewehr herum, und die Kugel stieß es zurück auf den Körper einer gehörnten Kuh; dann zuckten nur noch seine Hinterbeine. Die alten Kühe rollten mit den Augen und drehten sich wie wild im Kreis. Nicht einen Augenblick ließen der Lärm oder der Staub nach. Schließlich stand uns das letzte Tier in der Grube gegenüber, eine große Färse. Sie war halb eingeklemmt von den herumliegenden Kadavern. Sie machte einen Schritt auf uns zu, den Kopf gehoben, und der Mann feuerte, und die Kugel warf sie nach hinten, als wäre ihr ein Telefonmast zwischen die Augen geknallt. Sie lag auf der Seite, einen Vorderfuß hoch in der Luft. Der Mann nahm das Magazin heraus und ging rasch zu einer anderen Grube, um dort zu helfen. Ich war nicht weniger verkrampft als mein Pferd; mir war schlecht von der Hitze und dem Staub und dem Gestank des Schießpulvers und des dünnen Rinderkots. Ich versuchte den fauligen Geschmack aus dem Mund zu spucken, aber es gelang mir nicht. Schon summten die Fliegen um die heißen Kadaver, die Kotkäfer umschwärmten die grünen Pfützen. Goads Junge erbrach sich über einen jungen Mesquitestrauch. Meine Übelkeit war ganz anderer Art; ich war nur einfach am Ersticken wegen des Staubs und des Lärms, als füllte sich mein Hals langsam, aber sicher mit Sand. Ich sah Großvater auf Stranger am Kopfende der Grube. Er deutete hinein, und einer der Schützen schickte eine weitere Kugel in irgendein sich abmühendes Tier. Der Lärm begann sich zu zerstreuen, bis ein, zwei Schuß der Sache ein Ende machten. Großvater saß reglos da, die Hände auf dem Sattelknauf. Einen Augenblick lang war nichts weiter zu hören als das Schaben der Bolzen, als die Schützen ihre Magazine herausnahmen. Dann war es nur noch still und heiß.

Jesse saß auf seinem Pferd neben der dritten Grube; er unterhielt sich mit Hank Hutch. Ich ritt auf dem Weg zur Scheune an ihm vorbei und hörte ihn mit tränenerstickter Stimme sprechen, konnte aber nicht hören, was er sagte. Hank holte mich im leichten Galopp ein, noch bevor ich die Scheune erreicht hatte, und wir ritten nebeneinander auf den Hof.

»Hat ja nicht lang gedauert«, sagte ich.

Ich hatte ihn noch nie so still erlebt. »Es dauert nie lange, was umzubringen«, sagte er. »Jedenfalls nicht so lange wie's Wachsen.«

Der Rest der Männer kam hinter uns her. Sie banden ihre Pferde an, und wir gingen alle hinüber zum Wassertrog, um zu trinken. Die beiden alten Stiere und der alte Bulle standen in dem kleinen Futterpferch und zogen träge Stroh aus der Raufe. Mr. Burris und sein Fahrer kamen herüber, als wir gerade das kalte Wasser tranken, und ich bot ihm eine Tasse voll an. Er trank und reichte die Tasse Thompson. Einen Augenblick später band Großvater Stranger fest und kam herüber.

»Na ja, eigentlich wollt ich die drei ja behalten«, sagte er und deutete auf die alten Rinder. »Aber ich schätze, die würden mir auch nichts nützen; die würden bloß einsam werden. Drei Stück Vieh sind ja nicht grad 'ne Riesenherde.«

»Und Kühe sind auch keine dabei«, fügte er schließlich noch hinzu, während er sich die Handschuhe auszog.

»Aber es wär gut, sie auf der Ranch zu haben«, sagte Hank. »Erinnern einen schließlich an die Zeit, wo die Behörden einem noch nicht ins Handwerk pfuschen mußten.«

Großvater schüttelte den Kopf. »Teufel auch«, sagte er. »Wenn's bei mir erst mal so weit ist, daß ich meine Zeit damit verbring, rückwärts zu schauen, na dann guck ich mir die Radieschen lieber gleich von unten an. Ich hab noch nie große Freude an meinen Erinnerungen gehabt. Aber vielleicht lern ich's ja noch, wer weiß.«

»Gottverdammich«, sagte Thompson. »Wir haben ja drei übersehen. Bleibt ihr mal hier, ich nehm sie mir schon vor.« Er machte sich auf den Weg zu seinem Wagen.

»Wo glauben Sie, daß Sie hingehen, Mister«, sagte Großvater. Thompson blieb stehen und sah ihn an, seiner selbst nicht ganz sicher.

»Unsere Arbeit zu Ende bringen«, sagte er. »Irgendwer muß es ja tun.«

»Kommen Sie nur mal wieder her«, sagte Großvater. »Die drei erschieß ich schon selber, schließlich hab ich sie auch aufgezogen. Hol mir die Büchse, mein Sohn«, sagte er zu mir.

Thompson trat von einem Bein aufs andere. Er hatte nicht den Mumm, sein Gewehr zu holen, auch wenn er nichts lieber getan hätte. »Wir haben schließlich keine Garantie, daß Sie's auch wirklich tun«, sagte er.

»Ich hab grade gesagt, daß ich's tu«, sagte Großvater.

»Scheiße«, sagte Thompson und wandte sich in Richtung seines Wagens.

Er hatte schon die Hand an der Tür, als Mr. Burris sich einmischte. »Setz du dich in den Wagen«, sagte er. »Wir gehen rüber und sehen zu, daß die Kadaver verbrannt werden, dann fahren wir los. Mr. Bannon wird mit dem Rest auch fertig, ohne daß wir ihm am Rockzipfel hängen.«

Ich ging zum Pickup hinüber und holte die Dreißig-dreißiger, die wir immer hinter dem Sitz hatten, wegen der Kojoten. Sie war geladen, aber ich holte noch eine Schachtel Patronen aus dem Handschuhfach. Thompson stieg in den Chevy und hielt den Mund, aber Mr. Burris stand noch immer am Wassertrog und machte ein betretenes Gesicht. Er drehte an einem der Lederknöpfe an seiner Jacke. Jeder von uns spürte, daß er unbedingt etwas sagen wollte.

»Gehn Sie ruhig, Mr. Burris«, sagte Großvater ruhig. »Ich weiß, daß das hier nicht auf Ihre Kappe geht. Ich kann mir vorstellen, daß Sie genug Sorgen haben, auch ohne sich um die meinigen zu kümmern. Ich werd das schon überstehen. Kümmern Sie sich nur um das Verbrennen, und dann schauen Sie, daß Sie den Kerl da von meiner Ranch kriegen.«

»Nun ja, ich kann nur sagen, daß es mir leid tut«, sagte Mr. Burris. »Es tut mir wirklich leid.«

»Mir auch«, sagte Großvater. »Auf dieser Welt geht einfach alles verkehrt rum. Es gibt so viel Scheiße, daß man über kurz oder lang einfach reintreten muß, ob man nun aufpaßt oder nicht. Aber gehn Sie nur, wir sind nicht wütend auf Sie.« Er streckte seine Hand aus, und Mr. Burris schüttelte sie.

»Na dann, ich werd wieder vorbeikommen wegen der Entschädigung«, sagte Mr. Burris. Er stieg ein, und die beiden fuhren in einer Staubwolke davon.

»Gar kein so übler Kerl«, sagte Großvater. »Bloß 'n Scheißposten hat er.« Er kam herüber und nahm mir das Gewehr aus der Hand. Dann ging er zum Futterpferch und Jesse, Hank und ich hinter ihm drein. Die beiden alten Teufel standen auf der anderen Seite des Pferchs, so weit von uns weg wie nur möglich; auf ihren Hörnern blitzte die gleißende Morgensonne. Der höckrige alte Bulle stand noch an der Raufe und kaute langsam und mit geschlossenen Augen das gelbe Haferstroh. Winzige Strohbröselchen hingen an seiner weißen Wamme.

»Rinder wie die alten Hitzköpfe da kriegen die heut gar nicht mehr hin«, sagte Hank. Großvater stand da, eine Hand in der Tasche, in der anderen das Gewehr.

»Ich jedenfalls nicht mehr«, sagte er. »Gott, über wieviel Meilen ich die beiden Stiere da wohl gejagt haben mag.« Seiner

Stimme war nichts anzumerken. »Ich weiß nicht, ob ich's fertigbringe, die zu erschießen«, sagte er. »Aber ich schätz, irgendwie wird's wohl gehen. Gottverdammtnochmal. Ich tu's am besten gleich hier, und ihr Jungs macht ihnen einen Strick um und zieht sie irgendwo den Hügel runter, wo ihr sie verbrennen könnt. Geht schon mal zur Pumpe und zapft mir drei Kanister Benzin, damit sie rasch verbrannt sind. Ich kümmer mich um meinen Teil des Geschäfts.«

Die anderen Männer saßen an der Ecke der Scheune; keiner von ihnen sagte groß was. Auch wir sagten nichts zu ihnen, als wir vorbeikamen.

»Ich glaub nicht, daß er diese Tiere umbringt«, sagte ich zu Jesse. »Dazu hat er sie schon zu lang.« Im Räucherhaus fanden wir ein paar Kanister, dann gingen wir zur Benzinpumpe und warteten gespannt auf die Schüsse.

»Ich denk doch, daß er's tut«, sagte Hank. »Er tut's ganz sicher.«

Dann, wir hatten bereits zwei Kanister voll und füllten eben den dritten, hörten wir das Peitschen des ersten Schusses, dessen Echo vom Idiotenkamm zurückgeworfen wurde. Die Gerüche vom Morgen kamen wieder über mich, vor allem das Blut, und mir wurde ganz weich in den Knien. Ich stellte mir den alten Stier hinten im Pferch vor, wie es ihn zur Seite riß, die alten Hörner Stückchen für Stückchen näher dem Staub zugeneigt. Und Großvater, nicht weniger alt als der Stier, der zielend den schimmernden Lauf seines Gewehrs hinunterblickte. Ich setzte mich neben einen der Benzinkanister in das kurze staubige Gras.

»Hab ich euch nicht gesagt, daß er's tut«, sagte Hank.

Jesse achtete auf die Pumpe und sagte nichts. Dann kam der zweite Schuß, und wir brauchten nur noch auf einen zu warten.

»Jetzt ist bloß noch der Bulle übrig«, sagte Hank. »Scheiß drauf, wir können genausogut wieder hingehen.«

Also war nur noch der alte Domino übrig, der an der Raufe stand und gelbes Stroh fraß. Dann sah ich, daß Jesse und Hank fort waren, und ich stand auf, um ihnen zu folgen. Hank hatte meinen Kanister mitgenommen.

Wir kamen an den Wassertrog, als zwei weitere Schüsse fielen, so rasch aufeinander, wie es der Repetiermechanismus des Gewehrs nur erlaubte, und der Kamm schickte sie uns in einem einzigen Echo zurück. Wir fanden alle vier im Pferch. Großvater hockte neben dem zusammengebrochenen Bullen, die Hände zwischen den Knien aneinandergelegt, den alten Filzhut in die Stirn gezogen. Die Büchse lehnte an der Raufe.

»Hat zwei Schüsse gebraucht«, sagte Hank. »Diese alten Bullen sind nicht so leicht totzukriegen.«

Ich fuhr mit einer Hand durchs Wasser und machte mir den Ärmel naß. Wäre fast besser, wenn er tot wäre wie sie, mußte ich denken, die Herde und der Hirte, allesamt miteinander unter dem Staub bei Großmutter und Jericho Green, seinem alten Vormann. Dann kam Großvater, das Gewehr in der Hand, aus dem Pferch. Die Stiere und der Bulle lagen so, daß wir alle sie sehen konnten, und endlich konnten sich auch die Fliegen frei und ungehindert auf den reglosen Köpfen tummeln. Wir standen alle miteinander am Zaun: Jesse und Hank, Lonzo, Cecil und Clement, Silas und John. »Verbrennt mir die Mistviecher«, sagte Großvater. Er reichte mir die Dreißig-dreißiger und wandte sich an seine Nachbarn. »Ich dank euch vielmals, Leute«, sagte er. »Jedenfalls bis ihr 'n bessern Lohn kriegt.« Dann ging er auf das Haus zu.

Kapitel elf

Am Abend fuhr ich in die Stadt, in der Hoffnung, die zweite Vorstellung der Rodeoleute würde besser sein als die erste. Ich fragte Großvater, ob er mitwollte, aber er schüttelte nur den Kopf. Seit dem Töten seines Viehs hatte er keine zwei Worte von sich gegeben. Gleich nach dem Abendessen gingen er und Großmama zu Bett. Das Töten schien sie nicht weniger mutlos gemacht zu haben als den Rest von uns – aber vielleicht war es auch nur die Tatsache, daß sie ausnahmsweise mal kochen mußte. Sie war zwar in die Stadt gefahren, um jemanden einzustellen, aber keines der Mädchen hatte ihr zugesagt.

Als ich zur Rodeoarena kam, stand schon eine lange Schlange vor dem Kartenverkauf. Als ich an den Hunderten von geparkten Autos vorbeiging, sah ich, daß die Cowboys eben mit ihrem Abend begannen. Sie standen in Gruppen beisammen an den offenen Cabrios und tranken kaltes Dosenbier. Die Frauen standen dabei, schüttelten die sorgfältig gekämmten Köpfe und beguckten sich hin und wieder im Rückspiegel. Die Teilnehmer, die wegen des Geldes dabei waren, kauerten auf dem Boden und kontrollierten ihr Sattelzeug; aber die meisten der Jungs waren nur wegen des Biers da, und weil was los war. Ich sah Irene mit einer Gruppe Mädchen plaudern und dachte mir, ich sollte sie vielleicht später am Abend mal aufstöbern. Ich wollte die Ranch völlig vergessen.

Da ich meine Karte schon hatte, ging ich rein und machte mich auf den Weg zu den Bullenboxen. Ich wußte, dort würden die meisten der Jungs rumstehen, die Bullen abschätzen und sich unterhalten. Bullenreiten war etwas, womit man bewies, daß man ein richtiger Teufelskerl war. Als ich am Eiscremestand vorbeikam, lief mir Hermy über den Weg. Wir standen einen Augenblick beisammen und beobachteten, wie zwei betrunkene Cowboys sich mit der hübschen schwarzhaarigen Frau hinter dem Hot-dog-Stand zu verabreden versuchten. Hermy klopfte mir auf die Schulter.

»Wann zieht ihr denn aus?« fragte er.

Ich war mit den Cowboys beschäftigt und kapierte nicht. »Spinnst du, bin doch grad erst gekommen«, sagte ich.

»Nee«, sagte er. »Ich mein doch wegen Huds Geschäft.«

»Ach ja?« sagte ich. »Keine Ahnung, was du meinst.«

»Echt nicht?« sagte er. Er begann an seiner Gürtelschnalle herumzufummeln und trat mit der Stiefelspitze in die Erde. »Vielleicht sollt ich dann lieber keine Gerüchte verbreiten«, sagte er.

»Was hat er denn gemacht?« fragte ich. »Ist er im Gefängnis?«

»Ganz im Gegenteil. Er sitzt irgendwo drüben auf der Nordseite der Arena in 'nem nagelneuen Cadillac. Und das nicht allein.«

»Wer ist denn bei ihm?« fragte ich.

»Das tollste Weib, das du je gesehen hast«, sagte er. »Truman Peters Frau.«

Ich schüttelte nur den Kopf. Ich zweifelte nicht einen Augenblick daran. »Tja«, sagte Hermy. »Paß auf, das haut dich vom Sokkel. Es heißt, daß er Truman irgendwie übern Tisch gezogen und ihm einen Teil von der Ranch deines Großvaters verkauft hat. Er hat Truman beim Kartenspielen 'n ganz schönen Batzen Geld abgeknöpft, dann ist er los und hat sich den Wagen gekauft, ist wieder zurückgekommen, hat Truman langsam abgefüllt und ihm schließlich irgend 'ne verrückte Option auf eure Ranch angedreht.«

»Ach was, das glaub ich nicht«, sagte ich. »Er hätt ihm doch gar nichts verkaufen können. Noch nicht mal Truman Peters würd auf sowas reinfallen.« Truman war ein Ölmann, ein Multimillionär, der mit seinem Geld nur so um sich warf. Seine Frau war, bevor sie ihn geheiratet hatte, ein Filmstar gewesen.

»'ne Menge Leute sagen, es wär nicht legal«, sagte Hermy. »Aber 'n paar meinen auch, daß ein Fuchs wie Hud sogar damit durchkommen könnte.«

»Nee, das kann auch gar nicht legal sein«, sagte ich. Aber so wie ich Hud kannte, war ich mir gar nicht so sicher. Wenn der mal richtig Gas gab, dann war er nicht so leicht aufzuhalten – und so entmutigt, wie Großvater wegen der Herde war, ganz zu schweigen von seinem Alter, wußte ich nicht, ob er Hud noch einmal in die Schranken weisen könnte.

»Na jedenfalls«, sagte Hermy, »hat Hud angeblich von Truman schon allein beim Kartenspielen 80000 Dollar gewonnen.«

»Ich geh mal rüber, mit ihm reden«, sagte ich. »Komm doch mit.«

»Nee«, sagte er. »Ich hab in der ersten Runde 'nen Bullen zu reiten. Und paß du lieber auf. Es heißt, daß Truman bald mit 'm Schießeisen hinter Hud her sein wird, weil er mit seiner Frau losgezogen ist.«

»Paß du lieber selbst auf«, sagte ich. »Du bist der, der sich auf 'nen Bullen setzt.«

Ich hatte den Cadillac rasch gefunden. Es war ein langer cremefarbener Schlitten gleich neben der Bühne, wo sich eben die kleine High-School-Band warmspielte. Hud und die Frau saßen noch nicht mal mit dem Gesicht zur Arena.

»Hey«, sagte ich. »Kann ich mal 'n Moment mit dir reden?«

Er ließ von ihr ab und sah mich mit zusammengekniffenen Augen an. »Na sowas, unser Rennfahrer«, sagte er. »Was hast du denn?«

»Ich werd dich nicht lang aufhalten«, sagte ich.

»Darauf kannst du Gift nehmen«, sagte er. »Komm rüber und setz dich rein.«

Ich stieg neben den beiden auf den Vordersitz. Innen war es dunkel und kühl, es roch nach neuem Leder und Whiskey. Hud war eben dabei, an der Frau rumzuknutschen, hörte aber auf, als ich einstieg.

»Du erinnerst dich doch noch an seinen Vater, Lily, oder?« sagte er. »Dan Bannon. Der Stolz unserer beschissenen Prärie.« Sie und ich sahen einander durch das Zwielicht hindurch an. Was für eine schrecklich schöne Frau, dachte ich. Das lange Haar fiel ihr über die Schultern, und sie sah mich an, ohne zu lächeln. Hud hatte ihr vorn das rote Kleid aufgeknöpft, und ich sah ihren Brustansatz und die weißen Körbchen ihres Büstenhalters; die Lichter des Rodeos über uns brachten ihr Haar auf seltsame Art zum Leuchten. Sie war in einem kleinen Ort in der Nähe von Thalia aufgewachsen.

»Aber klar«, sagte sie. »Natürlich erinner ich mich an Dan. Er und ich, wir sind mal zwei Wochen mitnander gegangen.« Sie legte Hud eine Hand aufs Bein. Als ich sie meinen Vater erwähnen hörte, sträubte sich mir das Haar im Nacken.

»Wenn du sauer bist, dann schwing deinen Arsch raus hier«, sagte Hud. »Nein, ich hab die Ranch nicht wirklich verkauft, aber ich hab etwas Geld dafür gekriegt. Wenn ich sie von Homer kriege, dann werd ich mir überlegen, ob Truman sie kriegt oder nicht. Das Schöne dran ist, daß außer mir keiner weiß, was ich gemacht hab.« Das Kleid der Frau bauschte sich in ihrem Schoß, und Hud rieb ihr eines ihrer langen bloßen Beine; seine Hand glitt darauf auf und ab.

»Du schmeißt uns raus?« fragte ich, und er lehnte sich in den Sitz und lachte.

»Soviel Glück hast du nun auch wieder nicht«, sagte er. »Teufel, nein. Für den Fall, daß ich Truman das Land je verkaufen sollte, hab ich was ausgehandelt, daß ich's zurückpachten kann. Das ist verdammt das Komischste, was du je gehört hast. Bis die meinen Handel auseinandergetüftelt haben, bin ich womöglich so alt und fertig wie Homer Bannon. Niemand weiß, ob der Laden nun mir gehört oder Truman oder Homer.«

»Schatz, du könntest Truman den Himmel verkaufen, wenn du ihn nur besoffen genug machst«, sagte die Frau. Sie wandte sich Hud zu, und das seltsame goldene Leuchten der Lichter über uns fiel auf ihren weichen Brustansatz. Sie legte ihren Mund an Huds Hemd und kicherte. »Du solltest dich lieber hüten vor unserm kleinen Dan«, sagte sie. »Der hält dich für 'n Wüstling.«

Hud drückte sie an sich und zwinkerte mir über ihren Kopf hinweg zu. »Teufel noch mal, ich bin 'n Wüstling«, sagte er. »Hast du das nicht gewußt?« Sie sah zu ihm auf und küßte ihn, und ich stieg aus und ging weg.

Ich dachte, ich sollte zumindest hinausfahren und Großvater erzählen, was da vor sich ging. Hud benahm sich derart irre, daß es Großvater nichts schaden konnte, wenn er vor ihm auf der Hut wäre. Als ich wieder hinter den Boxen war, sah ich Hermy, der noch immer durch den Bretterzaun nach den Bullen spähte. Er machte einen nervösen Eindruck.

»Ich wollte fast, ich hätt mich auf diese Bullenreiterei nicht eingelassen«, sagte er.

»So jung lernst du's nie wieder«, sagte ich. Ich dachte, wenn ich ihn ein bißchen auf den Arm nähme, würde ihn das aufheitern. »Vielleicht brauchst du ja gar nicht so weit zu reiten.«

»Leck mich doch«, sagte er. »Ich fühl mich wirklich nicht allzu doll.«

Ich dachte, Jesse wolle womöglich mit mir zurück auf die Ranch, und so fragte ich ein paar Cowboys, ob sie ihn gesehen hätten. Er war nicht schwer zu finden, weil er gleich neben der Hot-dog-Bude stand und an einem Orangeneis leckend mit der schönen schwarzhaarigen Frau plauderte. Man brauchte keinen Feldstecher, um zu sehen, daß sie ihn nicht gerade ermunterte.

Als er mich sah, griff er nach mir und legte seinen Arm um mich; er war betrunken genug, um noch ein wenig freundlicher zu sein als sonst.

»Haben Sie schon von Huds Kuhhandel gehört«, fragte ich. Wir gingen hinüber zur Arena und lehnten uns gegen den Zaun.

»So um die zehn Versionen davon«, sagte er. »Schaut ganz so aus, als hätt da einer die Hosen runtergelassen, ich weiß bloß nicht wer.« Die Art, wie er sich aufführte, stank mir ein bißchen. Schließlich hatte er den Dreijährigen für den Wettbewerb der Trennpferde angemeldet, um ihm etwas Erfahrung zukommen zu lassen, und jetzt ließ er sich so vollaufen, daß er nicht mehr reiten konnte.

»Schau dir an, was der Junge für 'ne Abreibung kriegt«, sagte er mit einem Blick auf die Veranstaltung. Ich konnte sie noch nicht mal sehen; alles was ich sah, waren die weißen Brüste dieser Frau und Huds Hand auf dem fleischigen Teil ihres Beins.

»Ich fahr raus, um es Großvater zu sagen«, sagte ich. »Machen Sie, was Sie wollen.«

»Nein, ich würd jetzt nicht hingehen und dem alten Mann Kummer machen«, sagte er. »Der hat auch so schon genug am Hals, auch ohne das. Ich glaub sowieso nicht, daß Scott tatsächlich was verkauft hat.«

»Ich sag's Großvater doch besser«, sagte ich, aber Jesse achtete schon nicht mehr auf mich.

»Ich brauch noch 'ne Dose Bier«, sagte er.

»Wollen Sie sich besaufen, bevor Sie reiten?« sagte ich, und er lachte. Es war ein schmerzhaftes Lachen, so als hätte ihn innen drin was gestochen oder als wär ihm was gerissen.

»So besoffen kann ich gar nicht sein, daß ich nicht mehr reiten kann«, sagte er. »An einem dieser Abende werd ich dir mal von 'nem Ritt erzählen müssen, den ich gemacht hab.«

Im Grunde redete er mit sich selbst, und so ließ ich ihn stehen und ging. In der Menge glaubte ich, keine Luft mehr zu kriegen. Die Lichter und das Gekicher, die Kinder mit dem Eis am Kinn, die betrunkenen Cowboys – all das gab mir das Gefühl zu ersticken.

Jesse deprimierte mich, so wie er da am Zaun hing, halb betrunken; und Hermy, der Kopf und Kragen auf einem Bullen riskieren wollte, von dem er wußte, daß er ihn nicht reiten konnte, deprimierte mich erst recht. Man hätte meinen können, Hud sei der einzige, der wußte, was gut für ihn war. Ich stieg in den Pickup und fuhr aus der Stadt, und als ich über den finsteren Highway flog, fühlte ich mich nicht mehr so eingeengt und atmete irgendwie auf. Ich hatte schon öfter erlebt, daß Autofahren mir guttat.

Im Ranchhaus war alles dunkel, und ich wußte, es war dunkel, seit ich weggefahren war. Großvater dürfte schon fest schlafen, und ich würde wohl meine liebe Mühe haben, ihn wach zu kriegen und ihm beizubringen, was ich erfahren hatte. Einen Augenblick stand ich in der Küche und vermißte Halmea. Ich wünschte, ich hätte sie bei mir, um ihr alles zu erzählen, so daß ich Großvater nicht zu wecken brauchte. Aber da war ich nun mal, und so ging ich über den Korridor in sein Zimmer, bevor mich noch der Mut verließ. Das Mondlicht, das zu einem der offenen Fenster hereinkam, bildete eine weiße Pfütze auf dem Boden. Es fiel über die alte Spiegelkommode und streifte Großmutters Bild, das hier in seinem Silberrahmen stand, seit ich das Zimmer kannte. Großvater lag im Dunkeln auf dem Bett. Ich hörte das schwere Pfeifen seines Altmänneratems. Er lag auf dem Rücken, eine Hand auf der Brust.

Ich trat ganz nah an ihn heran. »Großvater«, sagte ich. »Großvater, wach auf.« Ich rüttelte ihn sacht am Arm, und er stützte sich mit dem Ellenbogen auf, die Augen geöffnet. »Bist du das, Annie?« fragte er, und mir sträubte sich zum zweitenmal an jenem Abend das Haar im Nacken. Er hatte die Frage Großmutter gestellt. »Was ist denn?« fragte er und rieb sich mit einer Hand die Augen.

»Nein, ich bin's«, sagte ich. »Lonnie. Ich muß kurz mit dir reden.«

»Oh«, sagte er. »Laß mich nur mal die Stiefel anziehen.«

»Du brauchst nicht aufzustehen«, sagte ich. Aber er stand trotzdem auf und kratzte sich durch das baumwollene Nachthemd.

»Wir müssen die Lampen anmachen«, sagte er und tastete sich hinüber zur Kommode. »Im Finstern kann man sich doch nicht unterhalten.« Wir hatten natürlich Elektrizität, aber er hatte eine alte Kerosinlampe auf der Kommode stehen, die er immer noch benutzte, wenn der Strom ausfiel. Er holte sie und zündete sie an. Das gelbe Licht füllte das Zimmer nicht; es warf hohe Schatten an die Wände.

»Setz dich hin, mein Sohn«, sagte er. »Zieh dir 'n Stuhl her.« Er griff in seine Tasche nach dem Tabak, aber er hatte ja sein Nachthemd an, und so war natürlich keiner drin. Im gelben Licht der Lampe sah er tausend Jahre alt aus. Er hatte dünne Arme, und seine Augen lagen in tiefen Schatten. Ich wünschte mir in diesem Augenblick, ich hätte ihn schlafen lassen.

»Was hast du angestellt?« fragte er.

»Nicht ich«, sagte ich. »Hud. Er versucht die Ranch zu verkaufen.«

»Huddie?« fragte er. Er neigte sein gutes Ohr in meine Richtung. Allein schon die Art und Weise, wie er das sagte, ließ mich schlucken, weil mir plötzlich aus irgendeinem Grund klar wurde, daß er gar nicht bei mir war, er steckte irgendwo in der Vergangenheit. Ich wußte, daß er mich für meinen Vater hielt.

»Hud«, sagte ich. »Er versucht die Ranch zu verkaufen.«

»Tatsächlich«, sagte er. »Ach was, Huddie könnte sie doch gar nicht verkaufen. Ich bin froh, daß du nicht in Schwierigkeiten steckst, Dan. Deine Mutter macht sich ganz schön Sorgen um dich.«

»Nein, Großvater«, sagte ich. »Hud versucht sie an Truman Peters zu verkaufen. Er versucht wirklich, sie zu verkaufen.«

Großvater lächelte mich an, als wäre das Ganze ein Scherz. »Huddie ist 'n ganz Wilder«, sagte er. »Seine Mutter war genauso.

Dem hat noch keiner 'n Strick umgelegt.« Er blickte in die Lampe, und das Licht färbte seine faltigen Backen gelb. Einen Augenblick lang, glaube ich, war er bei mir in der richtigen Nacht. »Er kann sie nicht verkaufen«, sagte er. »Das Land hier gehört mir. Ich laß es ihn vielleicht für 'ne Weile bewirtschaften, ich weiß nicht. Im Moment ist mir einfach danach, das Handtuch zu werfen und aufzugeben.«

Das war genau das, was ich hatte hören wollen. »Okay«, sagte ich. »Dann geh ich wieder zum Rodeo. Schlaf gut.« Ich dachte, er wäre zuerst vielleicht nicht richtig wach gewesen, aber dann wußte ich, das war es nicht.

»Ist schon recht«, sagte er. »Mach deiner Mutter nur keinen Kummer; sie hat auch so genug.« Er saß auf der Bettkante und lächelte mich an. Dann stellte er die Lampe wieder zurück auf die Kommode und blies sie aus. Das Mondlicht fiel wieder ins Zimmer, und Großvaters Schatten bewegte sich mitten hindurch. Die Federn des alten Bettes knarrten. »Nur der Junge«, sagte er, und dann war es still.

Unser Gespräch war einfach zu merkwürdig und traurig gewesen. Ich dachte, Großvater hatte womöglich geträumt und war die ganze Zeit über nicht aufgewacht. In der Küche sah ich das Geschirr vom Abendessen noch im Ausguß stehen, und einen Augenblick lang dachte ich daran, abzuspülen. Aber es überkam mich dasselbe Gefühl wie in der Menge beim Rodeo, nur daß es diesmal andersrum war. Ich wollte raus aus diesem finsteren alten Haus mit seinen Träumen und Gespenstern. Großvater war auf der anderen Seite eines hohen Stacheldrahtzauns, jedes Jahr seines Lebens ein Draht, und ich konnte weder drüberklettern noch unten durchkriechen. Aber wie auch immer, ein wenig war mir doch leichter, und ich hatte das Gefühl, ich könnte, wäre ich erst mal wieder in der Stadt, das Rodeo durchaus genießen. Nur, das Schlimmste an der ganzen Geschichte war, daß ich mich nach Halmea sehnte. Ich wollte mich eine Weile mit ihr unterhalten. Über Großvater machte ich mir nicht mehr soviel Sorgen wie zuvor; er schien irgendwo zu sein, wo Hud ihm nichts mehr anhaben konnte. Aber auf dem Weg durch die finstere Gasse zwischen den Mesquitebäumen dachte ich an Halmea und wünschte, ich hätte Hud irgendwie davon abhalten können, ihr das anzutun. Dann fiel mir Irene wieder ein, auf dem Rücksitz des Wagens am Morgen vor dem Rodeo, ihr Haar ausgelegt wie ein Schultertuch. Ich wußte, sie war irgendwo auf dem Rodeo, und entschloß mich, sie zu suchen. Sie war vielleicht nicht so aufregend wie Lily in Huds Cadillac, aber ich würde sie suchen. Nach der Vorstellung, wenn alle getanzt hatten und die Geiger einpackten, wenn die ausgelassenen Reiter alle schlafen gegangen wären, könnten Irene und ich ja vielleicht auf die kräftig duftenden Felder hinausfahren und eine Weile da bleiben. Ihr schwarzes Haar würde uns als Decke völlig genügen.

Kapitel zwölf

Der folgende Tag war der letzte Rodeotag, und es war mir eigentlich egal. Dieses ganze verrückte Karussell der Ereignisse wurde mir einfach zuviel. Als ich an jenem Morgen aufwachte, sah ich Jesse unten in der Koppel herumlaufen, und so stand ich auf, um mit ihm zu reden. Ich hatte ihn am Abend zuvor, nach dem Tanz, gesucht, ihn aber nirgendwo entdecken können, und ich schätze, er war wohl allein nach Hause gekommen.

Es war niemand da, mir Frühstück zu machen, und mir selbst war auch nicht nach Kochen. Ich aß eine Schüssel Cornflakes und ließ es gut sein. Als ich zur Scheune kam, war Jesse ganz gemächlich dabei, die Pferdeboxen auszumisten. Den Dreijährigen hatte während des Rodeos ein Freund von uns mit einer kleinen Weide in der Stadt. Jesse sah ziemlich kümmerlich aus.

»Haben Sie Großvater gesehen?« fragte ich ihn.

Er ließ von der Streu ab und stützte sich einen Augenblick auf die Heugabel. »Der ist auf und davon«, sagte er. »Er hat sich vor 'ner Stunde sein Pferd gesattelt und ist weggeritten, Richtung Westen.«

»Hat er denn nicht gesagt, wo er hin will?«

»Nein, hat er nicht«, sagte Jesse. »Aber er hat 'n paar andre Dinge gesagt. Daß er mich und Lonzo gehen lassen müßte. Und daß er für 'n Weilchen nicht vor hat, groß was zu arbeiten.«

»Hat er denn nichts wegen Hud gesagt?« fragte ich. »Ich bin gestern abend rausgefahren und hab's ihm gesagt.«

»Nee, hat er nicht«, sagte Jesse. »Er hat nur gesagt, daß es ihm leid tut, daß er sich 's nicht leisten kann, uns da zu behalten, bis wieder bessere Zeiten kommen. Hatt ich auch gar nicht erwartet. Er darf ja 'n ganzes Jahr kein Vieh auf den Weiden haben.«

Mir fiel ein, wie Großvaters Verstand gestern abend in die Vergangenheit abgeglitten war. »Schien er Ihnen heute morgen in Ordnung zu sein?« fragte ich. »Gestern abend hat er sich benommen, als würd er 'n bißchen nachlassen.«

»Na ja, besonders munter schien er mir nicht grade«, sagte Jesse. »Aber sonst ist mir nichts aufgefallen.«

Ich ließ ihn weiterharken und ging wieder rüber zum Haus. Großmama paßte mich an der Tür ab und setzte mir zu, sie nach Thalia zu fahren, damit sie sich nach einer Hilfe umsehen könnte. Tags zuvor war sie selbst gefahren, egal, ob sie dazu noch imstande war oder nicht, aber sie war nicht in Stimmung, es noch mal zu probieren. Mir blieb schließlich nichts anderes übrig, als sie zu chauffieren. Sie ging zu einer Frau, die schon vor Jahren mal für uns gekocht hatte, und die Frau empfahl ihr ein Mädchen, das uns vielleicht helfen könnte. Wir fanden das Mädchen schließlich und kriegten sie dazu, am nächsten Tag zu uns rauszuziehen, und Großmama war zufrieden. Ich selbst war nicht so glücklich darüber. Sie war eine träge, fette junge Weiße, und benahm sich dümmer, als die Nacht finster war.

Als wir zurückkamen, saß Großvater vor dem Radio. Ich fragte ihn, wo er gewesen sei, und er sagte, er hätte nur mal so rumreiten und sich sein Gras anschauen wollen – nur sehen, wieviel er davon hatte. Er redete so vernünftig und klar bei Verstand wie eh und je, nur daß er schrecklich trübsinnig und niedergeschlagen war.

»Ich weiß nicht, ob ich die Kraft hab, noch mal von vorn anzufangen«, sagte er. »Und die Zeit. Im Moment ist mir, als wär ich endgültig fix und fertig. Ich konnt heut morgen kaum noch meinen Sattel rumschleifen. Womöglich bleibt mir nichts andres übrig, als rumzusitzen, bis ich verfaule.«

»Das ist wohl das Schlimmste, was dir je passiert ist, oder?« fragte ich ihn.

Er fuhr sich mit einer Hand durchs Haar und schüttelte den Kopf. »Ach wo«, sagte er. »Bei weitem nicht. Daß deine Großmutter umgekommen ist, das war 'ne Tragödie. Über das hier komm ich schon weg, wenn mich meine Gesundheit nicht im Stich läßt.«

Ich versuchte ihn über Hud auszufragen, aber er meinte, er müßte erst mit ihm reden, bevor er eine Ahnung hätte, was los war. Er erwähnte, daß er Jesse feuern müßte, daß er es sich aber mit Lonzo anders überlegt hätte und ihn noch eine Weile behalten wollte, wenn es sich einrichten ließ. Er hatte sich entschlossen, ein paar neue Zäune zu ziehen. Schließlich achtete Großvater mehr auf das Radio als auf mich, und ich ging nach oben, um zu lesen. Als ich ein Weilchen später wieder runterkam, um einen Bissen zu essen, bemerkte ich, wie steif Großvater sich bewegte. Es war, als wollten ihm die Gelenke in den Beinen den Dienst versagen.

2

Als ich mich an diesem Abend auf den Weg zum Rodeo machte, war Hud noch immer nicht nach Hause gekommen. Es gab nicht das geringste Zeichen von ihm oder von seinem Cadillac, und wir hatten keine Ahnung, ob Truman Peters ihn erwischt hatte oder nicht. Jesse und Lonzo fuhren zusammen in die Stadt, in Lonzos alter Kiste, so daß mir der Pickup blieb.

Ich kam viel zu spät zur Vorstellung. Am Rande der Stadt, wie's in dem Lied so schön heißt, sah ich Buddy Andrews neben der Straße stehen. Er hatte eine Panne und fummelte unter der Motorhaube herum. Er war so stinksauer, daß es nicht mehr feierlich war. Irgendwas war mit seiner Lichtmaschine, und dabei hatte er eine Wahnsinnsverabredung fürs Rodeo. Ich hängte ihn mit einer Kette hinten an den Pickup und zog ihn nach Thalia hinein, aber wie sich herausstellte, waren natürlich sämtliche Automechaniker auf dem Rodeo und nirgendwo aufzutreiben. Buddy hatte in seinem ganzen Leben noch keine so miese Laune gehabt. Wir brauchten eine ganze Stunde, um einen schwarzen Mechaniker aufzuspüren, und dann noch eine, um den Mechaniker und den Wagen in die Werkstatt zu kriegen, wo er was dran machen konnte. Als ich die beiden schließlich allein ließ, hatte Buddy seine sauberen Klamotten voller Wagenschmiere und tat sein Bestes, den Mann anzutreiben. Die letzte Veranstaltung des Rodeos von Thalia war schon fast vorbei, da stand ich noch nicht mal richtig auf dem Parkplatz.

Ich sah, daß von der Show nicht mehr viel übrig war, weil die Musiker schon auf dem betonierten Rechteck standen und Fiedeln und Gitarren stimmten. Die Leute, denen das Rodeo nichts gab und die nur zum Tanzen gekommen waren, kamen eben von der Tribüne und gingen hinüber zum Tanzboden. Ich ging trotzdem noch rein. In der Arena waren noch die Trennpferde bei der Arbeit, und unser Dreijähriger war nicht dabei. Ich stand am Zaun und guckte zu. Als ich so dastand, kam ein Junge namens Pin zu mir herüber; er trug einen großen schwarzen Stetson und hatte eine Dose Bier in der Hand. Er sah aus wie das Rodeo: zu neun Zehnteln hinüber.

»Hey, Cowboy«, sagte er. »Hast du Hermy heute abend schon gesehen?«

»Nein, noch nicht«, sagte ich. »Ich bin grad erst gekommen. Ich hab Andrews mit seinem Wagen geholfen.«

»Oh, Mannomann, du hättst hier sein sollen«, sagte er und rülpste. »'n Bulle ist auf Hermy getreten. Gott, hat der vielleicht gebrüllt und geflucht.«

»Echt?« sagte ich. »Hat's ihn schlimm erwischt?«

Pin nickte und versuchte ein ernstes Gesicht zu machen, aber dazu genoß er es zu sehr, eine Geschichte zu erzählen zu haben. »Der Bulle ist ihm direkt in den Bauch getreten«, sagte er. »Er war aber nicht weg und hat sich die verdammte Seele aus 'm Leib gebrüllt. Es heißt, daß er innen drin total zermantscht ist. Scheiße, mich kriegst du auf einem von diesen Mistviechern nicht zu sehen.« Er ging und warf dabei seine Bierdose zu den Tausenden von anderen auf dem Boden. Ich sah, daß er sich einen Aufnäher aus Stoff hinten aufs Hemd gesteckt hatte, einen, wie ihn die Teilnehmer bekamen.

ICH BITTE UM IHRE AUFMERKSAMKEIT, sagte der Ansager. JESSE LOGAN MÖCHTE SICH BITTE SOFORT AN DER ARENA MELDEN. LETZTER AUFRUF FÜR JESSE LOGAN. WÜRDEN SIE BITTE IHR PFERD ZUR ARENA BRINGEN, IN DER DER TRENNWETTBEWERB STATTFINDET. FALLS NICHT, MÜSSEN WIR SIE STREICHEN. IHRE ANMELDUNG WIRD GESTRICHEN. LETZTER AUFRUF FÜR MR. LOGAN.

Ich rannte hinter die Boxen und fragte mich, wo in aller Welt Jesse wohl stecken mochte. Mit Sicherheit war er nicht abgehauen, ohne bei der letzten Veranstaltung dabei zu sein. Dann fand ich den Dreijährigen, gesattelt und bereit, an den Zaun gebunden. Nur Jesse war nirgendwo zu sehen. Ich war fast schon soweit, es selbst zu reiten, als ich hörte, wie der Ansager unser Pferd strich. Ich ließ es an den Zaun gebunden stehen und spazierte um die Arena, weil ich dachte, Jesse müsse wohl in eine Keilerei geraten oder getreten worden sein oder was. Dann rief jemand nach mir, und ich sah Hud und seine neue Frau von der Tribüne herunterkommen. Er führte sie am Arm.

»Na, wo steckt denn dein edler Ritter heute?« sagte er.

»Würd ich selbst gern wissen«, sagte ich. »Großvater hat ihn heut morgen gefeuert, womöglich ist er schon weg. Das Pferd ist da hinten angebunden.«

»Homer hat ihn gefeuert? Das gibt's doch nicht.« Er zog Lily an sich und flüsterte ihr kichernd was ins Ohr. Sie lächelte, über was immer er ihr sagen mochte. Hud sah wild aus und völlig verschlampt, als hätte er sich seit der Kartenpartie nicht mehr umgezogen, der Hemdzipfel hing ihm aus der Hose. Lily dagegen trug ein weiß-goldenes Kleid, und ihr honig-und-butter-farbenes Haar fiel ihr über den Rücken wie der Schweif eines Fohlens. Sie sah noch hübscher aus als im Cadillac.

»Na jedenfalls hat der Hurensohn 'ne Meldegebühr verschwendet«, sagte Hud. »Sag ihm, er soll ja nicht vergessen, daß er gefeuert ist. Wenn er mir übern Weg läuft, schneid ich ihm die Meldegebühr womöglich aus den Rippen.«

»Trag mich zum Auto zurück, Schatz«, sagte die Frau. »Ich kann unmöglich durch die Kuhscheiße hier waten.« Hud hob sie hoch, als wäre sie eine Puppe, und sie drückte ihr Gesicht gegen seinen Hals.

Sehr geehrte Damen und Herren, sagte der Ansager, damit ist unsere Show für heute abend beendet. Wenn ich Sie noch an den Tanz drüben auf dem Tanzboden erinnern darf, der ab sofort beginnt. Freddy Hill und seine Post Oak Valley Boys werden die Musik dazu liefern. Von jetzt bis ein Uhr. Der Eintritt beträgt nur fünfzig Cent pro Kopf. Also, ihr Burschen, schnappt euch eure Häschen und seht zu, dass ihr rüberkommt. Wir danken Ihnen, meine Damen und Herren, und wir hoffen, Sie nächstes Jahr alle wiederzusehen. Ach, entschuldigen Sie, sagte er dann, würden Sie noch einen Augenblick sitzen bleiben? Ich habe hier eine Nachricht, auf die Sie womöglich alle schon gewartet haben: Der junge Mann, der heute abend beim Bullen-Wettbewerb verletzt wurde, wird eben von einem Krankenwagen ins Krankenhaus von Wichita Falls gebracht, da man ihn hier nicht zufriedenstellend behandeln kann. Ich weiss, Sie alle hoffen und beten darum, dass der junge Mann wieder in Ordnung kommt, wir hier jedenfalls tun das. Falls sich etwas Neues ergibt, werden wir Sie während des Tanzes darüber informieren. Ich danke Ihnen. Gute Nacht.

Mir wurde ganz schummrig im Magen bei dem Gedanken, daß es Hermy so schlimm erwischt hatte. Sie rasten also gerade mit ihm im Krankenwagen über den finsteren Highway. Ich nahm mir vor, mich gleich am nächsten Morgen loszueisen und ihn zu besuchen. Aber erst mußte ich mal Jesse finden.

Der Tanzboden füllte sich rasch. Über dem Stimmengewirr und dem Schlurfen der Stiefel hörte ich, daß die Kapelle eben »Your Cheating Heart« spielte, und die Sohlen der Stiefel kratzten im Rhythmus dazu über den Beton. Ich kam an einer Keilerei vorbei und blieb einen Augenblick stehen, um zuzugucken. »Du bist 'n ganz falscher Drecksack«, sagte der eine der Jungs, und schon droschen sie wieder aufeinander los. Aber Keilereien konnte ich hier jederzeit finden. Ich drängte mich durch zum Tanzboden und konnte mich des Gefühls nicht erwehren, das gesamte Ranchland habe sich hier mit mir versammelt. Die alten Männer drückten sich in der Nähe der Ecken herum, und die kleinen Kinder, die Jungs wie die Mädchen, tobten jauchzend über die Tanzfläche. Auf einer der Bänke sah ich einen kleinen Jungen, der tief und fest schlief, während gleich neben ihm ein Pärchen Süßholz raspelte. Einen Gutteil der Menge stellten die Rodeoteilnehmer mit ihren Freundinnen. Jetzt, wo die Vorstellung gelaufen war, hatten die Jungs schon einiges intus und hofften aufgeregt darauf, nach dem Tanz an die Muschi zu kommen; also machten sie so richtig ein Faß auf. Die Erwachsenen rutschten in Two-step- oder Square-dance-Manier zu den Rock 'n' Roll-Nummern herum, die die Kapelle auf Wunsch zu spielen hatte. Zwischendurch gab es immer wieder mal eine Polka oder einen Square dance speziell für die Älteren. Aber es würde nicht mehr lange dauern, und die Alten begännen sich allmählich wieder zu trollen, so daß sich die Musiker ausschließlich den Wünschen der Jungen widmen konnten. Dann wurden die Tanznummern länger und schneller. »Hau rein, Leroy«, sagte der Chef der Combo.

Ich schob mich durch das Gewühl und suchte unter den solo gebliebenen Cowboys, die mit Leichenbittermienen am Rand herumstanden, nach Jesse. Zweimal machte ich die Runde, ohne ihn zu finden, aber ich wußte natürlich, daß er ziemlich leicht zu übersehen war. Dann lief mir ein Mädchen über den Weg, das ich kannte, und wir tanzten eine Weile. Sie war derart beduselt, daß sie mich kaum erkannte, aber das machte nichts. Der Cowboysänger legte die Fiedel weg und trat ans Mikro, um zu singen. Er sang ein neues Lied, das ich erst ein- oder zweimal gehört hatte. Es hieß »Fräulein«.

Far across the distant waters
Lived an old German's daughter
On the banks of the old River Rhine...

Ich verschränkte die Hände, ließ sie auf den Hintern des Mädchens hinuntergleiten, wiegte mich im Rhythmus der Musik und vergaß Jesse für einen Augenblick. Die Leute wurden etwas ruhiger, und der Sänger heulte ins Mikro wegen des Mädchens, das er und der Rest der Kompanie jenseits des großen Teichs hatten sitzenlassen. »Das ist mir zu langsam«, sagte Charlene und blickte zu mir auf. »Mir wär was Schnelles lieber, wo wir richtig die Post abgehen lassen könnten, dir nicht?« Aber sie beruhigte sich wieder. Das traurige Lied ging mir an die Nieren, aber noch bevor es mich so richtig schlimm erwischte, spielten sie eine Polka, und ich führte Charlene an den Rand. Während wir zusahen, wie die Alten herumsprangen, kam ein müde dreinschauender Cowboy mit einer Blondine zu uns herübergetanzt. »Hier, nimm die mal«, sagte er und hielt mir den Arm des Mädchens hin. »Ich will sie nicht mehr; ich nehm dafür deine.« Ich sagte ihm, von mir aus könne er ruhig haben, was ich hatte, und ließ ihn stehen. Sie waren einer wie der andere viel zu betrunken, um zu kapieren, ob ich da war oder nicht.

Da ich auf dem Tanzboden niemanden entdecken konnte, ging ich raus und spazierte ein Weilchen über den Parkplatz. Der Pickup stand nicht weit von dort, wo getanzt wurde, und so ging ich rüber. Wir hatten hinten immer eine Plane mit. Ich stieg ein, rollte sie etwas aus und legte mich auf den Rücken. Ich dachte, daß vielleicht Jesse vorbeikommen würde, und hier auf ihn zu warten, wäre die beste Möglichkeit, das rauszufinden. Die Kapelle spielte einen Song von Hank Williams, den über die wilde Seite des Lebens, und die Melodie trieb über die Autodächer zu mir herüber und griff mir ans Herz. Ich fühlte mich, hier inmitten dieser Weide für Autos, so weit weg von allem und jedem, einschließlich meiner selbst. Mich erreichte zwar nur die Melodie des Liedes, aber die genügte vollkommen. Sie paßte perfekt zu diesem Abend, diesem Land und meinen Gefühlen; ich hätte mir nichts denken können, was besser gepaßt hätte. Schon vor Jahren hatten die abgedroschenen Worte von Liedern wie diesem die paar Geschichten erzählt, die sich die Tanzenden hier zu erzählen hatten; in der intensiven, traurigen Melodie steckte ihre Lebensweise und die paar Dinge, die sie wußten und mit denen sie bis zum bitteren Abschied lebten. Leute aus der Stadt würden womöglich nicht glauben, daß es Menschen gab, die simpel genug gestrickt waren, um ihr Leben nach derlei Empfindungen zu leben – aber was wußten die schon. Während ich so dalag und an all das dachte, was das Lied in mir aufwühlte, wurde ich ruhiger. Der Text, soweit ich ihn kannte – über die wilde Seite des Lebens – erinnerte mich an Hud und Lily, aber mehr noch erinnerte mich das Lied an Hermy und Buddy und die anderen Jungs, die ich kannte. Alle wollten sie mehr und schienen doch immer wieder mit weniger dazustehen als zuvor; sie wollten was Aufregendes erleben und was passierte? Ein Bulle trat auf sie, oder sie wurden auf dem Highway plattgefahren; oder sie wollten ein Mädchen, dem sie den Hof machen könnten... Was immer sie wollten, zu guter Letzt war es immer genau das, was sie nicht kriegten. Das Lied war zu Ende, man spielte ein neues, und als auch das zu Ende war, stand ich auf und ging in die finstere Arena zurück, um unseren Dreijährigen loszubinden und in seinen Pferch zurückzubringen. Ich hatte mir überlegt, vielleicht doch noch mal zum Tanz zurückzugehen und selbst noch ein kleines Faß aufzumachen.

3

Noch bevor ich das Pferd erreicht hatte, hörte ich Jesse. Er saß, die Beine von sich gespreizt, gegen den Zaun gelehnt und redete mit dem Pferd. Rund um seine Füße verstreut lagen drei, vier leere Bierdosen.

»Alle sind sie nach Hause außer mir«, sagte er. »Wenn wo einer übrigbleibt, dann bin das garantiert ich.«

Als ich neben ihm in die Hocke ging, schien er kein bißchen überrascht.

»Hallo«, sagte er. »Ich hab sie gehabt, aber sie ist schon wieder weg.«

»Wer?« fragte ich. Aber ich konnte es mir schon vorstellen.

»Na die hübsche Kleine«, sagte er. »Wir hockten in irgendnem Auto und unterhielten uns, und da bin ich wohl eingenickt, nur für 'n paar Minuten, aber als ich aufwachte, war sie nicht mehr da.« Er stieß einen Seufzer aus und machte sich daran, sich aufzurappeln. »Aber mich haben schon so viele sitzenlassen«, sagte er. »Und den Dreijährigen zu reiten, das hab ich auch verpennt. Ich hab's einfach verpatzt.«

»Ist doch im Grunde egal«, sagte ich.

»So ganz auch wieder nicht«, sagte er. Ich sah, daß er nicht wirklich betrunken war; er gab sich nur alle Mühe oder wünschte, er wäre es. »Ich meine, nicht daß der Dreijährige gewonnen hätte oder was«, sagte er. »Aber für mich wär's schon wichtig gewesen, so 'n bißchen jedenfalls. Der einzige Grund, warum ich überhaupt hier zu euch raufgekommen bin, ist, daß ich besoffen von 'nem Trennpferd gefallen bin. Im Rodeo von San Antonio. Ladybug lief in die eine Richtung, und Jesse flog in die andere.«

»Zum Teufel, na und«, sagte ich. Er tat sich wegen irgendwas wieder mal ungemein leid. »Vom Pferd zu fallen ist doch kein großes Verbrechen«, sagte ich.

»Nein«, sagte er. Er fummelte mit den Zügeln des Dreijährigen herum. »Runterzufallen war natürlich kein Verbrechen. Noch nicht mal 'ne Schande. Noch nicht mal mein Boss war der Meinung. Er hat mir einfach dreihundert Dollar gegeben, um Ladybug heimzufahren. Aber weißt du«, sagte er, »ich hab's nur nicht gemacht. Ich hab drüber nachgedacht, mir noch mal einen angesoffen und bin dann mit hundert Sachen heimgedüst. Und dabei hab ich den Hänger umgeschmissen und der kleinen Stute den Hals gebrochen. Das war das Verbrechen. Das drittbeste Trennpferd von ganz Amerika, und sie war gerade mal fünf Jahre alt. Komm, gehn wir auf den Tanzboden«, sagte er. »Ich möcht sehen, wie sich die süßen Mädchen drehn.«

Ich sagte ihm, ich würde ihn dort treffen. Ich stieg auf den Dreijährigen, ritt ihn zur Koppel und sattelte ihn ab. Der Tanzboden war vielleicht eine halbe Meile von hier, und so lief ich durch die stillen, kühlen Straßen dorthin zurück. Die Musik hörte ich so klar wie aus dem Radio, ohne dabei mitten im Gedränge stehen zu müssen. Als ich zurückkam, lehnte Jesse am Drahtzaun und guckte hinein.

»Bleiben wir hier, bis die Musik vorbei ist«, sagte er. »Das hier fasziniert mich.«

Die Musik war mittlerweile langsamer geworden. Es schoben sich gerade mal noch zwei Dutzend Paare über den Tanzboden. Es war schon nach eins, und der Bandleader wollte einpacken. Nur daß einige der Cowboys noch nicht müde waren und ihn nicht aufhören ließen. Fast eine halbe Stunde stand Jesse so da und nickte mit dem Kopf im Rhythmus der langsamen Musik. Ich setzte mich auf den Kotflügel irgendeines Autos. Nachdem man dreimal »Good Night, Ladies« gespielt hatte, gaben die Cowboys auf, und alle kamen herausgebummelt.

»Wir könnten uns noch was zu Beißen holen«, sagte Jesse. »Ich komm erst gar nicht mehr mit raus zu euch. Ich hab 'n Fernfahrer getroffen, 'n prima Kerl, mit dem ich mal beim Rodeo gearbeitet hab. Er hat gemeint, er würd mich morgen früh nach New Mexico mitnehmen, wenn ich pünktlich da bin. Ich denk, ich schlaf lieber gleich in seinem Laster, damit ich ihn nicht verpasse.«

Wir gingen zu unserem Pickup, und ich fuhr. Jesse saß gegen die Tür gelehnt, den Kopf auf den Arm gelegt, als wir der trägen Autoschlange zurück durch die Stadt folgten. Er sah furchtbar deprimiert und traurig aus, und mir wollte nichts einfallen, was ihn hätte aufheitern können. Es war mir ganz und gar nicht recht, daß er einfach so davonfahren wollte, mit nichts zum Mitnehmen und nirgendwo, wo er hätte hin können. Kurz nachdem wir losgefahren waren, hörte ich ihn eine Strophe des Soldatenlieds singen:

Far across th' dis-tant waters
Lived an ol' German's daughter
On th' banks of th' ol' Rivah Rhiiinne…

»Ist das nicht 'ne hübsche Melodie?« fragte er. Er blickte aus dem Fenster auf die lichterlosen Häuser. Wir waren zu diesem Zeitpunkt am Stadtrand und konnten, weit draußen auf der Prärie, die gelben Lichter einer großen Bohranlage sehen.

»*Fräulein, Fräulein, look down from your window an' be mine*«, sang er. »Geht das so?« Er seufzte und ließ sich in den Sitz zurückfallen. »Die Melodie werd ich nie vergessen«, sagte er.

Ich hielt vor Bill's, und wir folgten einer Gruppe Cowboys nach drinnen. Nach der letzten Vorstellung des Rodeo waren die Leute schon alle auf dem Weg in die nächste Stadt, und so war das Café fast leer; nur ein paar müde Rodeohelfer genehmigten sich noch eine späte Mahlzeit, bevor sie sich auf die lange Heimfahrt machten. Wir suchten uns eine Sitzecke aus. Ich bestellte Kaffee und Kirschkuchen und Jesse nur Kaffee. Er sprach in einem fort.

»Ich hab schon heut morgen gewußt, daß es so kommt«, sagte

er. Er hob den Kopf und lächelte, als die häßliche wackelärschige Kellnerin ihm den Kaffee hinstellte. »Ich schätz, ich hab das schon geplant gehabt«, fuhr er fort. »Weil ich nämlich nicht vorhab, mich noch mal in 'ner Arena blicken zu lassen. Der einzige Grund, warum ich auf's Rodeo geh, ist, um dem hübschesten Arsch hinterherzusteigen, der mir über den Weg läuft, obwohl ich schon vorher weiß, daß ich ihn nicht erwischen werd.« Langsam, ohne ihn allzu oft anzusehen, aß ich meinen Kirschkuchen. Er sah fürchterlich aus, total ausgepumpt, dunkle rauhe Stoppeln auf den Wangen; man hätte meinen können, er sei krank. Er knabberte an der Quaste seines Tabakbeutels herum.

»Wegen mir hat noch kein Fräulein aus dem Fenster geschaut«, sagte er. »Außer um mich um Geld anzuhauen. Es gibt Burschen, die gehören einfach in den Puff, ich weiß auch nicht warum.«

»Ich hätt selbst nicht schlecht Lust, von hier wegzugehen«, sagte ich. »Ich kann ja hier doch nichts tun.«

»Das denkst du dir nur«, sagte er. »Bleib mal lieber da, bis dein Großvater sich wieder ein bißchen bekriegt. Da kannst du schon 'ne ganze Menge tun. Wenn er drüber weg ist, dann wird's dir sicher nicht schaden, 'n bißchen von der Welt zu sehen.«

»Weiß Gott, wie lang das noch dauert«, sagte ich. »Womöglich ewig. Großvater sieht ganz schön kaputt aus.« Irgend jemand hatte Geld in die Musikbox gesteckt. Wir hörten Ernest Tubbs' »Rainbow at Midnight«. Seine tiefe Stimme übertönte das bißchen Unterhaltung im Café. Die Kellnerin ging herum und wischte mit einem triefenden Lappen über die schmutzigen gelben Tische.

»Hast wahrscheinlich eh kein Geld, um abzuhauen«, sagte Jesse.

»Zweihundert Dollar Kälbergeld«, sagte ich. »Damit dürfte ich eine Weile hinkommen.«

»Ja«, sagte er und stellte seine Tasse ab. »So ungefähr 'ne Woche. Aber du mußt wissen, was du willst.« Er rieb sich mit den Fingern die Augenwinkel. »Schadet jedenfalls nichts, sich 'n bißchen umzuschauen«, sagte er. »Werd nur nicht zu einem heimatlosen alten Gaul wie ich. Du tust besser dran, irgendwo hängen zu bleiben, auch wenn's kein Paradies ist. Ich hätt auch öfter Gelegenheit dazu gehabt. Ich hab nicht weniger Chancen gehabt als irgendeiner.« Er wischte sich mit der Serviette über die Lippen und ließ sie in seine Tasse fallen. »Ich schätz, ich war einfach viel zu lange viel zu heikel. Das ist mein Fehler. Ich war im ganzen Rinderland hier, immer auf der Suche nach genau dem richtigen Ort mit genau den richtigen Leuten, damit ich nicht mehr weiter zu ziehen bräuchte, wenn ich mal wo hängen bleiben würde, so wie mein alter Herr das immer gemacht hat. Aber so packst du das falsch an. Ich hätt einfach bleiben und das beste draus machen sollen aus dem, was da war.«

»Jetzt schaff ich das nicht mehr«, sagte er und ließ müde den Rauch aus seinem Mund entweichen.

»Großvater hat sich auch was geschaffen«, sagte ich. »Und schauen Sie ihn sich doch an. Geblieben ist ihm nichts.«

»Schau ihn dir an«, sagte Jesse, seine Stimme mit einemmal scharf. »Er hat was verloren, na schön, aber bei Gott, er hat immer noch was. Ich kenn 'ne Menge Leute, die schlechter dran waren als dein Großvater jetzt.«

»Tja, ich schätze, er hat sich wohl auch was geschaffen, was er behalten konnte«, sagte ich.

»Das will ich meinen«, sagte Jesse. »Ich würd sagen, dein Großvater hat's zu was gebracht.« Er hatte die Hände auf dem Tisch gefaltet und sah aus, als zittere und bibbere er, ganz so, als wäre er mitten im Winter in einen Fluß gefallen und irgendwo ans Ufer gekrochen, wo es kein Feuer gab.

»Manchen Leuten gelingt das eben«, sagte er.

Kapitel dreizehn

Jesse war still geworden, und wir saßen da und lauschten der Musikbox. Im Augenblick sang Wayne Rainey gerade:

Why don't you haul off
And love me, like you
Used to do...

Why do you treat me like a worn-out shoe und so weiter und so fort. Meinen Kuchen hatte ich gegessen bis auf ein paar Brösel, die ich mit den roten Zinken meiner Gabel über den Teller schob. Schließlich stand Jesse auf. »Komm, wir gehn«, sagte er. »Wenn du mich zu den Pferchen zurückbringen könntest, dann such ich mir den Laster und leg mich noch 'n bißchen aufs Ohr.«

Er bezahlte die Rechnung, und wir gingen. Auf dem Parkplatz standen nur fünf oder sechs Wagen – bei einem davon ragten die Beine eines Cowboys durch eine der offenen Hecktüren. Ich fuhr Jesse zurück zu den Pferchen. Die Lichter waren aus, und die ganze Gegend lag im Dunkeln, trotzdem waren noch einige Cowboys da; sie schliefen entweder in ihren Autos oder auf Decken oder Schlafsäcken hinter den Boxen. Wir fanden den Laster, und ich half Jesse, seinen Sattel an die Seitenplanken zu binden. Dann stand er auf dem hohen Trittbrett und schaute auf mich herab.

»Tja, ich denk, ich versuch noch 'n Weilchen zu pennen«, sagte er. »Vielen Dank für's Mitnehmen und alles.«

»Ach wo«, sagte ich. »Hab ich doch gern gemacht.«

»Sag deinem Großvater, daß ich gern für ihn gearbeitet hab, auch wenn's nicht grade viel war«, sagte er. »Ich kann mir vorstellen, daß wir beide uns dieser Tage irgendwo übern Weg laufen.«

»Ich hoffe, Sie finden 'nen prima Job«, sagte ich.

»Ach, ich schätze, ich komm schon zurecht«, sagte er. »Heißt es eben wieder mal schwere Zeiten und staubige Straßen.«

Er sagte, ich solle auf mich aufpassen, und ich sagte: »Mach's gut, Jesse.« Das ist wohl das letzte Mal, daß ich ihn zu Gesicht kriege, dachte ich. Ich fuhr durch Thalia zurück und unter den flatternden Rodeofahnen hindurch, die nun wieder für ein weiteres Jahr verschwinden würden. Der Highway in Richtung Ranch war verlassen, und alles, was ich im Radio reinkriegte war Gospelmusik und Werbung von dem Sender in Del Rio. Es kam mir so vor, als würde ich Tag für Tag Leute verlieren. Wenn außer Bill's in Thalia noch etwas offen gewesen wäre, ich wäre auf der Stelle umgekehrt. Vor mir rannte ein Kojote über die Straße. Im Licht der Scheinwerfer war er ganz gelb, und seine Augen glänzten wie Murmeln. Ich sprang auf die Bremse und griff nach der Dreißigdreißiger, aber er war bereits unterm Zaun hindurchgehuscht und verschwunden.

2

Als ich am Viehzaun abbog, bemerkte ich, daß von hinten mit dem Tempo einer Ambulanz ein Paar Scheinwerfer zu mir aufschlossen. Noch bevor ich eine halbe Meile über die Weide gefahren war, hatte ich die Scheinwerfer nicht weiter als eine Ellenlänge hinter meiner Stoßstange und sah im Rückspiegel den Kühlergrill des Cadillac. Also hing Hud mir an den Hacken. Ich schickte mich an, nach rechts zu ziehen, damit er vorbei konnte. Als ich jedoch das Fernlicht anmachte, sah ich etwas. Ich sah jemanden herumkrabbeln und war schon so gut wie auf ihm drauf. Großvater! Er war direkt vor mir – auf allen vieren, direkt neben der Straße. Ich bremste und riß den Pickup nach links, und die Scheinwerfer klatschten ihm direkt ins Gesicht, dann waren sie wieder auf der Straße, und schon rammte mich von hinten der Cadillac. Dann ging es mit einem Satz über den Graben auf der linken Seite und hinein in die Weide, wo sich der Pickup fast überschlagen hätte; jedenfalls schleuderte es mich gegen die Beifahrertür, und mit der einen Hand das Steuer umklammernd, sah ich die ganze Zeit über Großvater auf mich zukommen – im Nachthemd und mit Blut am Kinn. Das hohe Unkraut und die kleinen Mesquitesträucher bremsten den Pickup soweit ab, daß ich auf die Bremse treten und anhalten konnte. Ich sprang hinaus und rannte zurück, konnte Großvater aber nirgendwo entdecken. Hud stand mitten auf der Straße vor seinem Auto und wischte sich Blut von der Nase. Der Kühlergrill des Cadillac war eingebeult und einer der Scheinwerfer kaputt, und Hud stand im Licht des anderen und schneuzte sich das Blut aus der Nase. Einen Augenblick lang glaubte ich, Großvater nur geträumt zu haben.

»Der Teufel soll dich holen«, sagte Hud. »Du Rotzbengel! Wieso zum Geier hast du gehalten? Da kannst du aber 'n Leben lang arbeiten, bis du mir den Wagen hier bezahlt hast.«

»Nein, hast du ihn denn nicht gesehen?« fragte ich. »Er ist hier draußen, Großvater. Er ist im Graben rumgekrochen.«

»Den Teufel ist er«, sagte Hud und wandte sich dem Graben zu. Er warf sein blutiges Taschentuch weg, und dann hörten wir, mitten in die Stille hinein, Großvater. »Jericho«, sagte er, richtig laut. Er lag im Graben hinter Huds Wagen und kroch nach wie vor auf allen vieren herum. Hud kniete nieder und hielt ihn an.

»Hud, wer ist das, Schatz?« sagte Lily. Sie saß auf dem Rücksitz.

»Verfluchte Scheiße«, sagte Hud. »Lauf los und dreh den Pickup so, daß wir hier Licht haben. Ich kann mit meinem Wagen auf der Straße hier nicht wenden. Ich hab ihn womöglich überfahren.«

Ich rannte zurück zum Pickup, legte den Rückwärtsgang ein und wendete, ohne auf Baumstümpfe oder Sträucher zu achten. Im Dunkeln hatte es nicht so ausgesehen, als hätte es Großvater schlimm erwischt, und ich war nicht mehr gar so erschrocken wie eben noch. Ich kam nur nicht dahinter, was eigentlich los war. Aus purer Gedankenlosigkeit machte ich die Scheinwerfer des Pickups aus, schaltete sie aber sofort wieder ein, als Hud schrie. Er hielt Großvater im Schoß und versuchte ihn davon abzuhalten, sich zu bewegen. Großvater hatte nichts weiter an als sein altes Nachthemd; noch nicht mal Schuhe trug er. Aber er erkannte Hud.

»Halt mich nicht auf, Huddie«, sagte er. »Ich bin ja bloß hingefallen. Ich bin bloß raus, um mir die Wolke anzuschauen, nachschauen, ob's schon Zeit ist, die Männer aufzuwecken.« Seine Stimme war heiser und langsam. »Wir müssen an die Arbeit«, sagte er. »Laß mich jetzt los. Ich bin in Ordnung.« Das dachte ich auch. Natürlich sah ich das Blut an seinen Händen und Knien, wo er sich an Kies und Steinen aufgeschürft hatte; außerdem hatte er Grassamen an den Armen und auf dem Nachthemd. Aber ich dachte, er sei in Ordnung. Ich dachte, er müsse wohl von der Veranda oder was gefallen sein und sich den Kopf angeschlagen haben, weiter nichts, so wie es ein Sturz vom Pferd zur Folge gehabt hätte. Aber Hud wollte ihn nicht loslassen, und während er ihn so hielt, begann Großvater, sich zu wehren und wimmernde Laute auszustoßen.

»Lily«, schrie Hud. »Lily, mach, daß du hochkommst.« Blut tropfte von seiner eingeschlagenen Nase auf Großvater und das Nachthemd.

»Annie, hilf du mir«, sagte Großvater. »Ich muß einfach aufstehen und die Leute an die Arbeit schicken. Ich muß die Leute aufwecken. Ich kann nicht den ganzen Tag hier rumliegen. Ich kann doch als Mann nicht hier rumkriechen.«

»Scheiße, den alten Mann hat's schwer erwischt«, sagte Hud. Er hob Großvaters Nachthemd, und mit einemmal sah ich über seiner Hüfte das gezackte Ende eines Knochens herausragen. Bei dem Anblick wurde mir ganz schwach in den Beinen.

»Lily, gottverdammtnochmal, steh endlich auf und laß den Wagen an«, sagte Hud. Er schrie zu ihr hinüber und verfluchte sie, so laut er nur konnte. Aber anstatt den Wagen anzulassen, stieg die Frau aus und kam zu uns herüber. Als sie Großvater sah, griff sie nach dem Kotflügel des Cadillac. Von der Taille an aufwärts hatte sie nichts an als eine braune Weste, die sie sich über die Schultern gelegt und vorne zugeknöpft hatte. Ihr Bauch war nackt.

»Huddie, willst du mich nicht aufstehen lassen?« sagte Großvater. Er versuchte die Hände freizubekommen; er blickte zu Hud auf, ohne mich dabei zu sehen. »Die Wolke ist nicht so schlimm«, sagte er. »Wir müssen zuschauen, daß die Leute aufstehen und sich an die Arbeit machen. Das Vieh auf die andre Weide treiben.« Seine Stimme wurde brüchig, und wenn er einatmete, wimmerte er. Ihn so winseln zu hören und seinen Adamsapfel zucken zu sehen trieb mir die Tränen in die Augen. Urplötzlich erschien mir Großvater wie jemand, den ich lange Zeit über vergessen hatte; dieses Wimmern tief aus dem Körper eines Verletzten machte mir schlagartig bewußt, was er mir bedeutete.

»Nicht bewegen, Großvater«, sagte ich. Mir wollte nichts einfallen, wie ich helfen könnte. Dafür schien Hud seine Sinne beieinander zu haben und nachzudenken, während ich einfach daneben kauerte, Großvaters Bein ruhig hielt und darauf wartete, daß Hud entschied, was zu tun war.

»Lily, nimm den Wagen und fahr zum Haus«, sagte er. »Das Telefon steht im Flur. Ruf einen Krankenwagen und sag denen, sie sollen sich beeilen. Die Straße über die Bannon-Weide. Sag ihnen, wir haben hier einen furchtbar kranken Mann. Wir versuchen inzwischen, ihn ruhig zu halten.«

»Gottverdammtnochmal, jetzt hört auf, 'n Mann so auf 'n Boden zu drücken«, sagte Großvater. Sein Hals schwoll an, als er mit aller Kraft hochzukommen versuchte. Einen Augenblick lang mußten wir uns beide mächtig anstrengen, ihn unten zu halten, aber dann verließen ihn mit einemmal die Kräfte, und er sank zurück. Alles was wir hörten, war sein Röcheln und Husten und das leere Durchdrehen des Cadillacmotors.

»Hab ich mir schon gedacht«, sagte Hud. »Das Biest springt nicht an. Ein Fünftausend-Dollar-Auto und zu nicht mehr zu gebrauchen als 'n Fuhrwerk. Und nicht mal das.« Ich kniete auf dem Boden und versuchte die Grassamen von Großvaters Armen zu kriegen, aber er wollte einfach nicht stillhalten. Huds Blick wurde immer wilder und verzweifelter, und Großvater lag da, schwach und röchelnd, und Huds Handgelenke zitterten, während er ihn ruhig hielt.

»Honey, ich krieg ihn nicht zum Laufen«, schrie Lily. »Das verdammte Ding. Ich krieg's einfach nicht an.«

»Komm hier rüber«, brüllte Hud. »Und bring den Whiskey mit. Er liegt auf dem Sitz.« Schwankend kam sie auf ihren hohen Absätzen zu uns herüber, die schwere Flasche in der einen Hand.

»Mal sehen, ob wir in den was reinkriegen«, sagte Hud. »Womöglich hilft uns das.« Ich hielt Großvaters Bein ruhig, und Hud hielt seine Hände, während die Frau niederkauerte und sich über ihn beugte. Sie versuchte seinen Kopf nach hinten zu kippen und ihn dazu zu bringen, einen Schluck zu trinken, aber Großvater versuchte wieder zu sprechen. Murmelnd versuchte er mit den anderen Alten zu reden, mit Großmutter und Jericho Green, so daß ihm der bräunliche Whiskey wieder aus dem Mund sprudelte und ihm über Kinn und Hals rann. Er roch scharf, schärfer noch als der Staub der Straße.

»Honey, ich krieg ihn nicht dazu, das Zeug zu trinken«, sagte die Frau. Sie hatte zwar die Arme in die Ärmel der braunen Weste gesteckt, aber die war vorn offen, und ihre Brüste hingen heraus.

»Ich verschütt es bloß, das ist alles«, sagte sie, versuchte aber weiter, ihm etwas einzuflößen, während sie sich mit der anderen Hand die Weste zusammenhielt, was ich ihr übelnahm.

»Schütt einfach weiter«, sagte Hud. »Du machst das schon richtig.« Schließlich nahm Großvater einen Schluck an und würgte ihn hinunter.

»Ihr da«, sagte er. »Hört auf, mir das Zeug da aufzuzwingen.« Lily nahm die Flasche weg und preßte ihre Hände gegen die Backen, als hätte sie Zahnschmerzen.

»Schau da«, sagte Hud. »Da drüben kommt ein Wagen von Thalia rüber. Ich hab eben die Lichter die Straße heraufkommen sehen. Schau, da. Lonnie, er ist noch weit genug weg. Lauf du auf die Straße raus und halt ihn an, du kannst es schaffen. Sag ihm, wir haben hier einen Mann, der im Sterben liegt. Wenn er 'n großen Wagen hat, dann schau zu, daß er mit rüberkommt, und wenn nicht, dann sag ihm, er soll anrufen. Und jetzt lauf los.«

»Ich hab Angst, daß er stirbt«, sagte ich. »Womöglich stirbt er, wenn ich weg bin. Können wir ihn nicht irgendwie in den Laster legen?«

»Mach zu, sonst kann ich dir versprechen, daß er stirbt«, sagte Hud und sah mich mit gefurchter Stirn an. Seine Nase hatte zu bluten aufgehört, aber das Blut war über die ganze untere Gesichtshälfte verschmiert, und er sah furchtbar aus.

»Er hat höllische Schmerzen«, sagte Hud. »Halt du das Auto an.«

3

Ich rannte den finsteren Feldweg lang, so schnell ich nur konnte. Mit Armen und Beinen kämpfte ich mich durch die Finsternis. Hud hatte gesagt, daß Großvater im Sterben lag, und ich mußte an den spitzen Knochen denken, der ihm aus der Seite stand. Die Dunkelheit ließ alles rund um mich herum verschwinden, so daß ich zwei-, dreimal in die Sträucher und das Unkraut rannte, in den Graben stolperte und wieder hinaus auf die ebene, planierte Straße. Langsam, aber sicher begannen mir die Beine zu versagen, und ich mußte etwas langsamer werden, kam jedoch trotzdem über den Viehzaun und auf den Asphalt, als das Auto noch immer eine gute Meile entfernt war. Ich stellte mich an den Rand des Asphalts und wartete, länger als ich je in meinem Leben gewartet hatte, und die Lichter kamen in meine Richtung. Sie verschwanden hinter einem kleinen Kamm, tauchten wieder auf, und dann kam der Wagen den Hügel herunter auf mich zugeschossen. Ich sprang in die Straßenmitte, wedelte mit den Armen und schwang den Hut, und der Mann trat auf die Bremse. Es war ein großer Olds, und ich dachte schon, wir könnten Großvater auf den Rücksitz laden und ihn damit ins Krankenhaus fahren. Der Fahrer bremste weiter ab, und ich trat von der Straße, um mit ihm zu reden. Aber kaum war ich auf die Seite getreten, brüllte sein Motor auf, und der Wagen schoß an mir vorbei in die Dunkelheit, sein Kotflügel knapp über meinem Ellenbogen. Der Mann am Steuer sah mich noch nicht mal an. Ich schrie um Hilfe, aber da war er schon, längst wieder hundert Sachen drauf, über alle Berge. Ich schätze, er hatte Angst, ich könnte ihn überfallen.

Und dann war ich allein. Ich stand am Rand des Asphalts in der Finsternis und mußte an Großvaters entsetzliche Schmerzen denken und daran, wie er gewimmert hatte. Hud hatte gesagt, er hätte höllische Schmerzen. Ich lief auf dem Highway hin und her, ich weiß nicht mehr, wie viele Minuten, und versuchte mir etwas einfallen zu lassen. Ich wußte, ich mußte etwas tun. Ich hielt nach einem weiteren Paar Scheinwerfer Ausschau, irgendwo, egal aus welcher Richtung, aber nichts war zu sehen. Wir hatten zwischen zwei und drei Uhr, so ziemlich die toteste Zeit einer jeden Nacht, und ich wußte, es könnte eine halbe Stunde dauern, bis der nächste Wagen vorbeikam. Ich wünschte, ich wäre in die andere Richtung gelaufen, auf die Ranch zu. Es wäre zwar weiter gewesen, aber wenigstens hatten wir dort ein Telefon. Ich war nicht rechtzeitig darauf gekommen, ebensowenig wie Hud. Ich war drauf und dran zurückzulaufen. Es kam mir vor, als wäre ich schon eine Stunde weg. Großvater ging es vielleicht schon viel schlechter, vielleicht war er schon am Sterben. Oder Hud hatte sich entschlossen, ihn doch im Laster zu transportieren. Ich lief auf dem Asphalt herum, den Kopf gesenkt, und als ich aufblickte, hätte ich fast geschrien. Ich sah einen neuen Wagen, ein weiteres Paar Scheinwerfer, von Thalia herüberkommen. Er war noch ein gutes Stück entfernt, aber ich stellte mich schon mal in die Straßenmitte und wartete. Wenn der Wagen vorbei wollte, mußte er mich glatt überfahren oder in den Graben steuern; dann hätte ich eine Chance, dem Fahrer was zuzuschreien. Die Lichter waren nur noch einige Hügel weit entfernt, und ich hoffte, es wäre wieder ein großer Wagen, groß genug, um Großvater darin zu transportieren. Als ich wieder die Straße hinauf sah, waren die Lichter verschwunden. Ich ging ein Stückchen in Richtung Stadt, während ich darauf wartete, daß sie über den Kamm kamen, aber sie kamen nicht. Ich ging und wartete, bis ich wußte, daß die Chance vorbei war. Der Wagen mußte abgebogen sein; es mußte jemand gewesen sein, der von Thalia nach Hause gefahren war. Oder vielleicht hatte der Fahrer auch einfach am Straßenrand halt gemacht, um zu schlafen. Fast wäre mir übel geworden von der Warterei, dem Herumgelaufe auf dem Highway und den Sorgen um Großvater. Ich blickte hinüber auf die Weide und sah schwach das Licht zwischen den Mesquitesträuchern, die Scheinwerfer des Pickups. Er schien da nicht hinzugehören, und als ich nochmal hinsah, bemerkte ich, daß ich fast eine halbe Meile vom Viehzaun entfernt war. Die Lichter ließen mich wieder an Hud und Großvater denken, die die ganze Zeit über da drüben im Graben warteten, Hud wild und Großvater mit Höllenqualen im Sterben liegend; und natürlich die Frau mit dem butterfarbenen Haar, der die Brüste aus der Weste hingen. Ich begann zurückzulaufen, den Asphalt entlang in Richtung Viehzaun. Als ich ihn erreichte, blieb ich einen Augenblick stehen, um mit einem letzten langen Blick links und rechts den Highway abzusuchen. Aber ich konnte keine Lichter entdecken, und so trat ich an den Viehzaun. Ich stieg eben drüber weg, als ich die Stimme einer Frau hörte, ziemlich schwach, aber es hörte sich an wie ein Schrei, dann ein Knall, ein Gewehrschuß, und schließlich das langgezogene, peitschende Echo aus der Richtung des Idiotenkamms. Es hätte natürlich der Cadillac gewesen sein können, eine Fehlzündung. Aber ich hatte diese Art Knall und dieses Echo zu oft gehört, um sie nicht zu erkennen, und mir fiel die Kojotenbüchse ein. Nachdem mir der Kojote begegnet war, hatte ich mir nicht die Zeit genommen, sie wieder hinterm Sitz zu verstauen. Ich erinnerte mich noch daran, wie ich sie festzuhalten versucht hatte, als Hud den Pickup von der Straße gerammt hatte.

Ich ließ den Viehzaun hinter mir und machte mich an den Rückweg, ging aber langsam – so wie ich in jener letzten Nacht auf Halmeas Hütte zugegangen war. Noch bevor ich sehr weit gekommen war, hörte ich das Grollen eines großen Lkw auf Thalia zukommen. Er war noch weit, weit weg, womöglich noch Meilen. Ich ging weiter auf den einzigen trüben Lichtpunkt zwischen den Mesquitesträuchern zu. Ich wußte erst nicht so recht, was ich von der Geschichte halten sollte. Dann dachte ich, Hud mußte auf die Frau geschossen haben; er mußte sie aus irgendeinem Grund umgebracht haben. Deshalb hatte sie auch geschrien. Und dann wußte ich, daß er sie nie erschießen würde und dachte an Truman Peters: Er mußte es gewesen sein. Truman mußte Hud auf der Ranch erwartet haben. Er mußte die Lichter gesehen haben, war die Straße heruntergekommen und hatte die beiden gefunden und die nackten Titten seiner Frau gesehen, und Hud war nichts anderes übrig geblieben, als ihn zu erschießen. Ich wußte, er könnte Hud nie erschießen. Ich bekam es mit der Angst und ging schneller. Ich wollte zum Licht. Dann hörte ich die Frau weinend auf Hud einschreien und schließlich wieder nichts mehr.

4

Als ich ins Licht trat, stand Lily über das Heck des großen Wagens gebeugt und heulte in ihren Ellenbogen. Hud stand neben dem Kotflügel des Pickup und sprach mit sich selbst. Die Flasche Whiskey stand auf dem Kotflügel, die Büchse lehnte an der Tür des Pickup. Ich sah, das Messing glänzend im Scheinwerferlicht, die ausgeworfene Patronenhülse im Staub der Straße liegen. Hud redete vor sich hin, mit sich selbst oder mit Lily, ich weiß es bis heute nicht. Dann warf er ruckartig den Kopf zurück und trank.

Mein Großvater lag im Straßengraben. Er rührte sich nicht. Jemand hatte ihm die alte Levis-Jacke übers Gesicht geworfen, die wir immer hinter dem Sitz des Pickup hatten, so daß ich nicht sehen konnte, wie er aussah; nicht mal seinen Kopf konnte ich sehen. Auch Lilys Kleid, das sündhaft teure weiße mit dem vielen Gold darauf, hatte man über ihn gebreitet; es bedeckte seine Seite. Nur seine bloßen Beine ragten unter dem Kleid hervor, das eine kerzengerade, das andere völlig krumm und überdies von der Seilnarbe entstellt, die er bei seinem Unfall vor vielen, vielen Jahren davongetragen hatte. Ich wußte, der Mann, der tot dalag, war Großvater, dachte aber trotzdem immer wieder, er könne es nicht sein. Ich sah etwas Blut, eine kleine Pfütze in den Steinchen neben der Levis-Jacke; es schnürte mir die Kehle zusammen, ich würgte, konnte mich aber nicht übergeben. Ich ging zu ihm hinüber und kauerte mich neben ihn, neben das gute Bein, das ich zu halten versucht hatte. Beim Anblick der Levis-Jacke über seinem Gesicht fielen mir all die Dinge ein, die ich ihm irgendwann mal hatte kaufen und schenken wollen. Einmal war es eine mit Streifen aus einer Indianerdecke gesäumte Jacke gewesen.

Ich hörte ein Sausen. Hud holte aus. Dann ein Pfeifen, und die Whiskeyflasche landete irgendwo auf der Weide. »Whiskey, was«, sagte Hud. Nicht besonders laut. Ich sah, daß an Großvaters Beinen noch immer die Grassamen klebten. Einen Augenblick später spürte ich Hud herüberkommen und hinter mich treten. Großvater spürte ich nicht mehr, er war nicht mehr da, nur noch Hud und ich. Ich hob den Kopf und sah ihn in die Dunkelheit hinausblicken. Ich hatte das Gefühl, es würde mich gleich wieder würgen, aber in mir war alles trocken und heiß, als hätte ich Fieber. Hud starrte in die Scheinwerfer des Lasters und streckte die Hände danach aus, als wären sie ein Feuer und wir mitten im Winter.

»Lonnie«, sagte er. »Ehrlich, es war das Beste. Der arme alte Kerl war doch völlig fertig.«

»Aber gelebt hätte er«, sagte ich. »Er wär wieder geworden, alles wär wieder in Ordnung gekommen.« Ich schickte mich an, die Jacke wegzuziehen, um mir Großvaters Gesicht anzusehen, tat es aber dann doch nicht. Hud kam um mich herum und ging mir gegenüber in die Hocke. Ich wußte, er wollte, daß ich ihm zuhörte. Er sah mir geradewegs in die Augen, und das nicht, um mir angst zu machen. Ich sah den Schweiß auf seinen Backen, aber seine Stimme schien natürlich; für diesen einen Augenblick waren Gemeinheit und Härte aus ihr verschwunden.

»Hör zu«, sagte er. »Ehrlich, es war das Beste. Ich lüg jetzt nicht. Homer wollte es so.«

»Aber so schlimm hat's ihn doch gar nicht erwischt«, sagte ich. Mehr wollte mir nicht einfallen. Hätte ich Großvater bei uns gespürt, dann hätte mir mein Gefühl Worte gegeben. Aber Hud und ich waren allein.

»Zum Teufel, ich mußte es tun«, sagte er. »Er war schlimm dran, Lonnie. Du warst nicht da. Du bist nicht wiedergekommen, und er hat Blut gespuckt und wollte unbedingt aufstehen und sich noch schlimmer zurichten. Er wollte ja unbedingt zu seinen gottverdammten Toten. Ich hab mir gedacht, wenn er schon unbedingt zu ihnen will, warum sollte ich ihn nicht einfach gehen lassen. Sie waren ihm sowieso immer lieber als wir Lebendigen.«

»Aber er war doch Großvater«, sagte ich.

»Er war total im Arsch«, sagte Hud. »Er hat schon Blut gekotzt, und dann das Bein da. Schlimmer noch als das erste Mal, als es ihn erwischt hat. Er war bloß noch ein fertiger alter Kerl. Der hätt es nicht mehr gebracht in dieser Welt. Nicht eine Stunde hätte er noch überstanden.«

Dann kam Lily herüber, hängte sich an Huds Schulter, murmelte ihm etwas von Truman ins Ohr. Aber er drehte sich noch nicht mal nach ihr um; er sprach noch immer mit mir.

»Aber was soll ich denn jetzt tun?« sagte ich. »Großvater war doch immer...«

»Du wirst ohne ihn auskommen wie wir anderen auch«, sagte er. »Lonnie, ehrlich, er war am Ende. Der wär nicht wieder geworden, der hätt nur noch rumgelegen und wär vor sich hingeschimmelt. Ich hab ihn erschossen, weil's getan werden mußte.«

»Sitz hier nicht rum und halt Volksreden, Schatz«, sagte Lily. Sie versuchte, ihn zum Aufstehen zu bewegen. »Hud, tu ihn ins Auto«, sagte sie. »Komm, wir müssen's den Leuten sagen. Irgend jemand kommt schon vorbei.«

Ich hockte einfach da, starrte auf die Levis-Jacke und die kleinen Kletten an seinen Beinen und gab mir alle Mühe, etwas von Großvater zu spüren, damit ich wüßte, was zu tun war. Ich sah, daß auch Hud auf Großvater hinabblickte. Nur daß Hud irgendwie so gelöst schien, so friedlich, als wäre er endlich, zum ersten Mal in seinem Leben, zufrieden.

»Du kennst unsre Geschichte nicht«, sagte er. »Ich und er, wir haben viele, viele Runden mitnander ausgetragen, ich und Homer Bannon. Aber so einfach ist das nicht. Ich hab ihm genausoviel geholfen, wie er mir geholfen hat, davon bin ich überzeugt.«

Ich hielt den Mund. Ich hatte nicht das Gefühl, noch groß was zu sagen zu haben, weder zu Hud noch zu sonst jemandem – nie wieder. Ich war nicht sauer auf Hud. Ich dachte noch nicht mal an ihn. Ich fühlte mich in mich selbst zurückgeschoben wie ein billiges Kinderfernrohr aus dem Ramschladen.

Schließlich stand Hud auf und wies die Frau an, in den Pickup zu steigen. Dann ging er selbst hinüber und verstaute das Gewehr hinter dem Sitz, wo es hingehörte.

»Nimm du seine Beine«, sagte er, als er wieder rüberkam. »Wir legen ihn auf die Plane. Wird ihm jetzt nicht mehr schaden. Wir können ihn ins Krankenhaus fahren. Vielleicht machen die ihn dort 'n bißchen sauber.«

»Sollte das hier nicht einer sehen?« fragte ich. »Der Sheriff, die Polizei?«

Hud lächelte seltsam und schüttelte den Kopf. »Wenn die's nicht so nehmen, wie wir's ihnen erzählen, dann kann ich ihnen auch nicht helfen«, sagte er. »Wir brauchen nicht zu lügen.« Er setzte sein altes merkwürdiges Grinsen auf, und ich wußte gar nichts mehr. Ich hatte ihm geglaubt. Ich hatte gedacht, er hätte Großvater erschossen, um ihn von seinen Schmerzen zu befreien. Aber jetzt, als ich das wilde, blutverschmierte Grinsen sah, wußte ich nicht mehr, was ich denken sollte. Es hätte für Liebenswürdigkeit wie für Gemeinheit stehen können, das kam ganz auf die Stimmung an, mit der er Großvater im Graben gehalten hatte.

Wir hoben Großvater hoch und legten ihn hinten im Pickup auf die Plane, die ich ausgebreitet hatte, als ich den Liedern zuhörte. Hud ließ mich fahren, er selbst setzte sich nach hinten und sorgte dafür, daß Großvater nicht herumgeworfen wurde, während ich nach Thalia fuhr. Nachdem uns das Krankenhaus Großvater abgenommen hatte, ließ Hud mich Lily in ein Hotel fahren, damit sie etwas Schlaf bekam. Er selbst borgte sich den Wagen von einem der Ärzte und fuhr los, weckte den Sheriff und den Friedensrichter und erzählte ihnen alles.

Kapitel vierzehn

Den ganzen nächsten Tag über saß ich auf dem Heuboden der Scheune, dachte nach und versuchte alles auf die Reihe zu bekommen. Einige der Leute aus Thalia kamen auf die Koppel, um nach mir zu suchen, aber ich rührte mich nicht, und auf die Idee, die Leiter heraufzuklettern, kam keiner. Ich wußte, sie hatten die Stelle gefunden, wo Großvater von der Veranda gefallen war und sich verletzt hatte. Dieser Teil der Geschichte war damit erledigt. Das hohe Tor des Heubodens stand offen, und ich sah das Kommen und Gehen am Haus, das den ganzen Tag über anhielt. Ich saß rücklings an einige Ballen Luzerne gelehnt und betrachtete durch das Bodentor den Himmel. Wenigstens tausend weiße Wolken müssen an jenem Tag über den Himmel gezogen sein. Ich heulte nicht, verspürte weder Schmerz, noch machte ich mir Sorgen. Ich beobachtete nur die Leute und die Gewitterwolken. Hin und wieder überlegte ich, wo Großvater wohl jetzt sein mochte. Ich fragte mich, ob wohl irgendein Teil von ihm sich das Ganze hier von irgendwoher anguckte. Ich hatte mal das Lied von den Geisterreitern gehört und fragte mich, ob wohl dort oben im Dickicht der Wolken irgendwas von Großvater über den weiten Himmel ritt. Manchmal hatte ich für einen Augenblick lang das Gefühl, es könnte tatsächlich so sein, und dann wieder dachte ich, es sei albern, an sowas auch nur zu denken.

Fast den ganzen Tag über standen zwei Polizeiautos vor dem Haus. Ich sah den Hilfssheriff im Hinterhof, der sich ein-, zweimal dort umsah, aber er kam nicht zur Scheune. Am späten Nachmittag kamen Hud, Lily und Großmama auf die hintere Veranda und standen eine Weile dort herum, dann stiegen Hud und Lily in den Cadillac und fuhren davon. Der Kühlergrill des Cadillac war noch immer eingedrückt, aber Hud hatte ihn ans Laufen gebracht. Hud sah aus, als wäre er okay, und er tat ganz so, als habe er jetzt das Sagen. Ich versuchte mir darüber klar zu werden, warum er Großvater wirklich umgebracht hatte, aber es wollte mir nicht gelingen. Ich konnte nie wirklich sagen, warum Hud dies oder jenes tat; er war ein Buch mit sieben Siegeln für mich. Aber daß er alles im Griff hatte, das konnte ich sehen, und auch, daß weder Truman Peters noch das Gesetz oder sonst jemand ihn in nächster Zeit stoppen könnten. Ich wußte, es würde irgendeine Art Verhandlung geben wegen Großvaters Tod, wußte aber auch, daß man Hud keine ernsthaften Schwierigkeiten machen würde. Ich hatte in Thalia schon eine ganze Reihe von Prozessen verfolgt und schon eine ganze Menge weitaus dümmerer Leute als Hud mit weitaus schlimmeren Dingen davonkommen sehen. Selbst wenn sie ihm eine Strafe aufbrummten, sie würde zur Bewährung ausgesetzt. Jetzt wo Großvater tot war, würde Hud keiner mehr in die Zügel fallen.

Während der Hitze des Tages war der Heuboden der reinste Ofen, und ich mußte mich ein-, zweimal zum Wassertrog hinunterschleichen, um einen Schluck zu trinken. Schließlich machte ich mir das Hemd naß und legte es mir als Decke auf den Boden, aber ich konnte nicht schlafen. Immer wieder fuhren Autos vors Haus, und ich guckte zu, wie die Leute hineingingen. Die meisten von ihnen waren Frauen, die was zu essen brachten. Später am

Nachmittag, als es abzukühlen begann, kamen sie dann gleich scharenweise, bis es auf dem hinteren Hof von Leuten nur so wimmelte. Der Himmel war derselbe wie eh und eh, dasselbe Blau, dasselbe Weiß, dasselbe Grau und einige Bussarde, die darin ihre Kreise zogen. Bei Anbruch der Dunkelheit kletterte ich hinunter und ging zum Haus. Die Leute versuchten ein Mordstrara um mich zu machen, aber ich sagte ihnen, ich fühle mich nicht besonders, und ging auf mein Zimmer und zog mich um. In der Küche stapelte sich das Essen, und da ich Hunger hatte, ging ich wieder hinunter und aß ein wenig. Wie sich herausstellte, hatte man vor allem Kuchen und Kartoffelsalat gebracht. Niemand achtete groß auf mich, weil etwa um diese Zeit eine Wagenladung Verwandter von Großmama eintraf. Als ich satt war, schlüpfte ich durch die Hintertür und machte mich mit dem Pickup aus dem Staub.

Ich wollte unbedingt mit Halmea sprechen, und so fuhr ich erst zu ihrem Haus. Ich hatte das Gefühl, Halmea hätte alles gehört und wartete darauf, daß ich vorbeikam, um mit ihr zu reden. Als ich vors Haus kam, standen einige farbige Jungen und Mädchen auf der Straße. Sie lachten und umarmten sich und schubsten einander nur so zum Spaß herum. Ich sah eine junge Frau, die Halmeas Freundin war. Eunice hieß sie, glaube ich. Ich ging zu ihnen hinüber, und sie hörten alle auf zu lachen. Ich fragte, ob sie wüßten, wo ich Halmea finden könnte.

»Da kommste zu spät«, sagte Eunice. »Die is weg nach Detroit. Seit gestern is die schon weg.«

»Schon weg?« sagte ich. Ich kam mir albern vor und war enttäuscht. Furchtbar enttäuscht. Einen Augenblick lang wußte ich nicht, was ich sagen sollte.

»Sie hat mir gesagt, daß du vorbeikommen tätst«, sagte die junge Frau. »Aber sie hat nich gesagt, warum sie geht, und Adresse hat sie mir auch keine dagelassen. Vielleicht kann Tante Beulah sie dir geben.«

Aber auch durch die Adresse hätte ich nicht gekriegt, was ich wollte, und so verschwendete ich erst gar keine Zeit damit, das alles der tauben alten Frau zu erklären, die auf der Veranda vor sich hin schaukelte. Wenn Halmea fort war, waren sie alle fort, und Thalia hätte genausogut ausgestorben sein können. Ich war so enttäuscht, daß ich fast umgekehrt und wieder nach Hause gefahren wäre, aber schließlich fuhr ich rüber zu Hermy. Ich dachte mir, vielleicht gab es wenigstens bei ihm was Neues. Manchmal erwischt es Rodeoteilnehmer doch nicht so schlimm, wie es zunächst den Anschein hat, und ich dachte mir, daß er vielleicht schon wieder zu Hause wäre.

Hermys kleine Schwester öffnete mir die Tür. Sie sagte mir, ihre Leute seien noch im Krankenhaus und daß man sie mit den Kleinsten zu Hause gelassen habe. Sie war etwa sechzehn und hieß Grace. Ich war ein-, zweimal mit ihr ausgegangen, aber ich kannte sie schon zu lange, und Hermy und ich waren so gute Freunde, daß aus uns beiden nicht viel geworden war. Sie sagte, sie wisse nichts. Sie meinte nur, Hermy gehe es immer noch ziemlich schlecht. Ich ließ mir das Krankenhaus nennen, in dem er lag, und ging wieder. Ich nahm mir vor, ihn zu besuchen, sobald ich es nur irgendwie einrichten könnte. Nachdem ich Hermys Haus hinter mir gelassen hatte, fuhr ich ins Zentrum und drehte ein, zwei Platzrunden, aber es war Sonntagabend, und das Rodeo war gerade mal einen Tag vorbei, so daß außer dem alten Buttermilk und seiner Töle niemand zu sehen war. Es kam mir so vor, als wäre ich der einzige, der im ganzen Land noch übrig war, und ich fühlte mich beschissen. Auf dem Heimweg schaute ich kurz auf einen Hamburger bei Bill's vorbei. Dort traf ich Buddy Andrews und noch ein, zwei andere, und so saßen wir herum und fütterten bis spät in die Nacht die Musikbox.

2

Als ich auf die Kirche zufuhr, sah es so aus, als sei keine Menschenseele da, was mir nur recht sein konnte. Es war Montag nachmittag während der heißesten Stunden des Tages. Ich hatte von Großmama und ihrer Verwandtschaft die Nase gestrichen voll, und nachdem ich meine besten Sachen angezogen hatte, blieb mir gar nichts anderes übrig, als in die Kirche zu gehen. Als ich vor der Kirche keine Autos stehen sah, war mir gleich wohler, und ich nahm immer gleich zwei Stufen auf einmal. Drinnen wäre es wenigstens kühl und still und friedlich und nicht wie auf der Ranch.

Als ich freilich die Tür öffnete, sah ich, daß ich mich geirrt hatte. Man hatte den Leichenwagen wohl fortgefahren, um ihn aufzutanken. Als ich drinnen auf dem dicken Teppich stand, hatte ich den schwarzen Sarg direkt vor mir unter der Kanzel. Mir war nicht danach, mich auf die Familienbank zu setzen, die mit einem blauen Band abgetrennt war, und so setzte ich mich fast ganz nach hinten. Ich nahm eines der Gesangbücher, um etwas in der Hand zu haben.

Zwei der Leute, die bei der Beisetzung gebraucht wurden, warteten schon: der Mann vom Bestattungsinstitut und Old Lady Singer, die bei uns Klavier spielte. Kaum hatte ich mich gesetzt, begann Old Lady Singer mit »Abide with Me« und hörte, wie mir scheinen wollte, gleich stundenlang nicht mehr auf; die ganze Zeit über kamen Leute herein. Das Klavier schien nicht so recht gestimmt, und die alte Dame war auch nicht gerade eine Virtuosin. Ich drückte und quetschte das Gesangbuch, bis es krumm war. Der Mann vom Bestattungsunternehmen war eines der traurigsten Arschlöcher, die mir je untergekommen waren. Ihn zu beobachten, heiterte mich irgendwie auf, und das trotz der klagenden Musik von der alten Dame. Ich vermute, es war Kälte und Verachtung, was ich für ihn verspürte. Ich hatte ihn schon tags zuvor, am späten Nachmittag, draußen am Haus gesehen. Er hatte Großmama etwas von göttlicher Vorsehung vorgeweint, wobei er doch nichts weiter wollte, als einem mit beiden Händen in die Taschen zu greifen. Er hatte sich mordsmäßig in Schale geworfen für das große Ereignis: kohlrabenschwarzer Anzug und schwarze Schuhe mit protzigen Flügelkappen. Rund um den Sarg lagen eine Menge knackfrischer Blumenbouquets, die er persönlich arrangierte. Ab und zu warf er mir oder der alten Dame einen verstohlenen Blick zu, um zu sehen, ob wir seine Arbeit auch zu schätzen wüßten. Der kleine schwarze Knopf seines Hörgeräts steckte ihm an der Seite seines Kopfes wie ein Ohrring. Ich wäre zu gerne hingegangen, um Großvater zu sehen und den Abschied von ihm hinter mich zu bringen, aber ich konnte nichts weiter tun, als mir die Trauermusik anzuhören und das Gesangbuch zusammenzudrükken. Ich drückte und drückte es, bis ich dachte, jetzt müßten jeden Augenblick die Noten heraustropfen und auf den Boden fallen.

Aber wie auch immer, es war wenigstens dunkel in der Kirche, und die mitternachtsblauen Glasfenster hatten die Kühle einer schattigen Quelle. Sie hatten mir schon immer gefallen, diese blauen Fenster, und auch das sattbraune Holz des Gestühls, Holz, das die Farbe von Halmeas Brüsten hatte. Dafür hing allerdings ein süßliches Bild von Jesus über den Chorstühlen, das mir ganz und gar nicht gefiel. Jesus sah darauf aus wie ein Pfadfinder, der darauf wartete, daß ihm sein Gruppenführer die einundzwanzigste Verdienstmedaille ansteckte.

Ich überlegte mir, ob ich gehen sollte, als die Leute durch die Kirchenpforten zu strömen begannen. Eine Unmenge Leute von den umliegenden Ranches kamen. Sämtliche Rancher waren da und mit ihnen zahlreiche Knechte, dazwischen ein paar Cowboys ohne feste Anstellung. Eine ganze Reihe von ihnen hatte irgendwann mal für Großvater gearbeitet und fast alle mit ihm zusammen. Dann marschierten die alten Damen von Thalia auf und gingen flüsternd in einer Puderwolke den Mittelgang hinauf. Ich hörte sie flüstern, daß Großvater jetzt an einem besseren Ort sei. Sollten sie meinetwegen denken, was sie wollten, und zur Hölle fahren; ich jedenfalls glaubte nicht daran. Es sei denn, in der Erde ist es besser als an der Luft. Ich stellte mir Großvater auf tausenderlei Arten vor, aber immer war er auf der Ranch und arbeitete; die Ewigkeit war etwas für Faulenzer, nicht für ihn. Ich sah ihn reiten und sich über seine guten Pferde freuen; oder ich sah ihn sich um das Vieh kümmern oder einfach im Gras stehen, über das Land blicken und darüber nachdenken, wie er der Dürre und dem Wind ein Schnippchen schlagen könnte. Das waren für mich die guten Orte, und jeder einzelne davon war hundertmal besser, als hier in der Kirche in einem Sarg zu liegen und diesen Korinthenkacker um dich herumschleichen zu sehen, während ein Haufen alter Weiber miteinander tuschelte. Die konnten Bibelsprüche ablassen, bis sie schwarz waren, und trotzdem würden sie eines Tages genauso zu Erde werden. Je länger ich dasaß und ihnen zuschaute – dem Mann, den alten Damen, den kleinen Mädchen, die aufgeplustert wie Zuckerwatte hereinkamen – desto kälter wurde ich und desto größer wurde mein Haß auf das alles. Es kamen mehr Leute, als Großvater sich je erträumt hätte: Ladenbesitzer, Geschäftsleute, Bohrleute, Fremde, und alles gleich haufenweise. Auf dieser Beerdigung waren Leute, die Großvater nie im Leben auch nur gesehen hatte. Andere hatte er längst vergessen, und wieder andere hatte er gehaßt und verachtet. Ihre Frauen waren dabei, in geleckten schwarzen Kleidern mit kleinen Schleiern vor den Augen und weißen Handschuhen. Es dauerte nicht lange, und die kleine Kirche war proppenvoll; nur die beiden Reihen, die man für Großmama und ihre Leute reserviert hatte, standen noch leer. Der Mann vom Bestattungsinstitut ließ einige von denen, die jetzt noch kamen, Stühle aus den Räumen der Sonntagsschule holen, damit man auch noch die Gänge füllen konnte.

Schließlich sah ich Großmama und eine ihrer Schwestern vorbeikommen, und ich wußte, gleich würde es losgehen. Großmama sah mich nicht an. Dann nahm mich jemand beim Arm, und ich sah, daß es Hud war. Er trug einen neuen Anzug, der ziemlich teuer aussah, und eine Krawatte.

»Du kommst mit«, sagte er. »Du setzt dich gefälligst zu uns.«

Ich hatte nicht vor, mich vom Fleck zu rühren, also sagte ich nichts. Aber Hud quetschte meinen Arm, bis ich seine Finger auf dem Knochen spürte, und ich wußte, ich müßte gehen oder er würde mich nach vorn schleifen. Ich stand auf, behielt aber das Gesangbuch in der Hand.

Er plazierte mich so weit nach vorn, daß ich den Glasdeckel des Sarges und die Satinpolster um den Innenrand sehen konnte. Ich bekam ganz weiche Knie davon. Zwei der Damen in der Reihe hinter mir schnieften, und das ließ mich wieder eiskalt werden.

Schließlich hörte Old Lady Singer einen Augenblick zu spielen auf. Diese Pause nutzte der Chor für seinen Auftritt; gleich hinter ihm drein kamen die beiden Prediger. Einer der beiden war Bruder Barstow, den anderen kannte ich nicht. Sie setzten sich wortlos hin. Darauf stand der Chor wieder auf und stimmte »Rock of Ages« an. Als er zu der Stelle kam, wo es um das Wasser und das Blut ging, begann ich zu frösteln und konnte nichts dagegen tun.

Als das Lied zu Ende war, stand der Prediger, den ich nicht kannte, auf und trat an die Kanzel. Er stützte sich auf und blickte lange auf uns herab, ohne auch nur ein Wort zu sagen. Er zog ein Schnupftuch aus der Tasche seines Jacketts, und ich dachte schon, er wollte zu heulen anfangen wie die alten Damen. Aber er putzte sich lediglich die Brille. Als er sie sauber hatte, fischte er eine kleine Karte aus der Tasche und begann etwas über Großvater vorzulesen.

Er las, daß er Homer Lisle Bannon geheißen hatte – geboren in Texas 1868 und 1954 dort gestorben. Gestorben am letzten Tag des Juli. Er erzählte, daß Großvater noch als Junge in den Panhandle gekommen und sein Leben lang Cowboy und Rinderzüchter gewesen war. Er erzählte, wie er meine richtige Großmutter geheiratet hatte und wann sie gestorben war; und er erzählte, wann mein Vater geboren und gestorben war; und er erzählte, wie Großvater Großmama geheiratet hatte, und er erwähnte mich. Er fuhr fort und erzählte eine Menge, was nicht stimmte, über Großvater und die Kirche. Dann erzählte er noch einiges, was nicht stimmte, wie man Großvater respektiert und daß ihn Leute im ganzen Staat geliebt hätten. In Wirklichkeit gab es keinen, der sich viel aus Großvater gemacht hatte. Einige hatten ihn gemocht, andere hatten Angst vor ihm gehabt, und eine ganze Menge mehr hatten ihn gehaßt wie die Pest. Ich und eine Handvoll Rinderleute, hier und da ein Cowboy und der eine oder andere alte Zausel, das waren alle, die ihn gern hatten und einigermaßen respektierten.

Hud verzog die ganze Zeit über keine Miene, aber Großmama hörte auf zu schniefen und setzte sich kerzengerade hin; richtig stolz sah sie aus. Die Tränen hatten ihr Furchen in den Puder auf ihren Backen gewaschen, bis ihr Gesicht aussah wie nasser Putz. Dann stieg Mrs. Turner, die im Chor die hohen Partien sang, herunter ans Klavier, um ein Solo zu singen. Sie tat das, wann immer sich eine Gelegenheit bot, aber sie übte fleißig und sang ausgezeichnet. Sie sang »Yes, We'll Gather at the River«, und so schön, wie sie es sang, konnte ich unmöglich kalt bleiben. *Yes*, sang sie, *we'll gather at the river, the beautiful, the beautiful river.* Sie sang laut, und ich konnte die Sehnen an ihrem Hals zittern sehen. Während sie sang, verschwand meine Wut, und meine Augen wurden ganz heiß, und schließlich mußte ich mir mit den Fingern die Feuchtigkeit wegwischen. Sie trieb das Lied immer höher, und so lange es dauerte, war alles anders, und ich dachte wieder daran, daß Großvater vielleicht doch oben über die Weiden zog. Ich sah den Fluß den Canyon herunter und unter den Bäumen hindurch strömen; Vieh stand darin, und an den Altwassern soffen Pferde. Ein dahinziehender Fluß, das war ein Anblick, wie Großvater ihn gern gehabt hatte. Aber Mrs. Turner war zu schnell fertig und setzte sich wieder, und ich wußte, sie würde nicht noch mal allein singen. Der Fluß entglitt mir, und ich hörte wieder das Schniefen der Frauen; in diesem Augenblick wußte ich, daß Großvater mit dahinziehenden Flüssen ein für allemal abgeschlossen hatte.

Bruder Barstow stand schließlich auf, um die Predigt zu halten, und ich wurde rasch wieder trocken um die Augen. Bruder Barstow war Großmamas Freund und Kupferstecher und Großvaters Todfeind. Er war ein Schrank von einem Mann und stolz wie ein Pfau; ständig tratschte er mit den Witwen und versuchte über alle und jeden was rauszukriegen, nur für den Fall der Fälle. Früher hatte ihn Großmama bei jeder Gelegenheit auf die Ranch eingeladen, nur um Großvater zu piesacken. Als er das erste Mal hinauskam, war Großvater noch leidlich höflich gewesen, aber er sagte dem Prediger klipp und klar, daß er schon eine ganze Weile ohne Kirchen zurechtgekommen war und auf seine alten Tage nicht mehr die Absicht hätte, daran etwas zu ändern. Dann, während einer Wiedererweckungswoche, kam Bruder Barstow eines Tages hinaus und versuchte Großvater dazu zu kriegen, ihm zu sagen, er werde mit Jesus gehen. Wohin, erklärte er nicht. Großvater hielt das für idiotisches Geschwätz und sagte ihm das auch. Aber Bruder Barstow ließ nicht locker, bis Großvater fuchsteufelswild wurde und ihn vom Hof scheuchte. Oma sorgte zwar dafür, daß er wiederkam, aber Großvater ging ihm danach aus dem Weg.

Als er an der Kanzel ankam, holte er sein Taschentuch heraus und wischte sich über Stirn und Augen. Dann hob er den Blick zur Decke. »Lasset uns beten«, sagte er.

»Himmlischer Vater«, begann er. »Du hast einen unserer geliebten Nachbarn zu Dir gerufen. Wir, die wir hier zurückgeblieben sind mit unserem schmerzlichen Verlust, beten, daß Du ihn in

Dein Reich aufnehmen und festlich bewirten möchtest, auf daß Du ihn mit Deiner allmächtigen Liebe segnest in alle Ewigkeit. Homer Bannon war einer Deiner treuen Diener. Er war ein Hirte, und kümmerte sich um seine Herde nicht weniger als Du um die Deine; wir wissen, Du wirst ihm seinen Lohn zuteil werden lassen. Vor Dir, o Herr, beugen wir unser Haupt im Vertrauen auf Deine Liebe und Deine Gnade. Und wir fürchten nicht um Homer Bannon, denn wir wissen, er weilt bei Dir. Aber für jene Deiner Kinder, die noch länger an diesem Ort der Prüfungen und Leiden zu verweilen haben, für sie bitten wir Dich um Stärke. Wir bitten Dich, hier bei uns Dein Zepter in die Erde zu stellen, auf daß wir uns daran lehnen und stark werden, so daß wir, kommt einst der Tag, an dem wir unsere irdische Hülle abstreifen wie Homer Bannon, in Reue und Demut vor Dich treten können. Sei jetzt mit uns und gib uns Mut, wir bitten Dich darum im Namen Deines Sohnes, unseres Herrn, Jesus Christus. Amen.«

Oma und ihre Verwandtschaft wie auch die alten Damen heulten, als würden sie jeden Augenblick selbst sterben, und Bruder Barstow stand da und blickte auf sie herab, gelassen und leuchtenden Auges, als wären sie lediglich kleine Kinder mit aufgeschürften Knien. Er wartete, bis sie sich etwas beruhigt hatten, und begann dann in seiner Bibel zu blättern. Er tat gerade so, als hätte er den Faden verloren und blätterte, um ihn wiederzufinden. Dann mit einemmal hatte er die gesuchte Stelle gefunden, und er beugte sich, mit dem Kopf nickend, vornüber. Die Leute wurden still, und er hob den Blick und klappte die Bibel zu.

»Liebe Gemeinde«, sagte er, »wir haben uns hier an diesem heiligen Ort versammelt, um das Schließen eines weiteren großen Lebensbuches zu beklagen. Unser Bruder Homer Bannon, den wir alle kannten und liebten, wurde zu seiner letzten Ruhestätte berufen.« In diesem Augenblick beugte Hud sich herüber und flüsterte mir ins Ohr – das einzige Mal während der ganzen Predigt, daß er einen Muckser von sich gab. »Von wegen berufen«, sagte er. »Für mich sah es so aus, als würde er gezwungen.«

Bruder Barstow fuhr fort: »Als sein guter Freund und Seelsorger kannte ich Homer Bannon gut, und ich habe ihn während seiner letzten Jahre oft besucht. Wir lernten einander kennen, und als unsere Freundschaft heranreifte, saßen Homer und ich so manches Mal beisammen und unterhielten uns über den Tag, an dem er seinen Lohn entgegennehmen würde.

Und so, meine Freunde, ward mir meine eigene Brust nicht weniger schwer als euch die eure, als ich von Homers Dahinscheiden erfuhr. Noch heute morgen war mein Kummer so groß, daß ich nicht schlafen konnte. Ich stand auf und ging hinaus auf meine Veranda und sah die Nacht sich in einen neuen Morgen verwandeln. Und als ich Gottes Sonne aufsteigen sah, als ich sie Seine Herrlichkeit über die Welt verkünden sah, da gedachte ich Homer Bannons, und ich war beruhigt.«

Einen Augenblick lang stand er da, ganz feierlich, dann öffnete er seine Bibel und begann zu lesen. Ich wünschte mir, laut loslachen zu können bei all dem Unsinn, den er da verzapfte. Ich wünschte, ich hätte lachen können – lachen, lachen und nochmals lachen. Oder ich wünschte, Hud hätte es getan. Aber keiner von uns tat es.

»Im Buch Genesis, fünftes Kapitel, vierundzwanzigster Vers, heißt es: ›Und Henoch ging seinen Weg mit Gott; dann war er nicht mehr da; denn Gott hatte ihn zu sich genommen.‹« Er schloß die Bibel wieder und stützte sich mit dem Ellenbogen darauf.

»Und, Freunde, genauso war es mit Homer Bannon«, sagte er. »Er ging seinen Weg mit Gott, und Gott hat ihn zu sich genommen. Homer züchtete seine Pferde wie sein Vieh auf Gottes Erde. Er wachte über sie wie ein guter Hirte, und weil er das tat, machte Gott ihm sein Leben zur Herrlichkeit.

Homer war Gott ein Freund, und Gott schenkte ihm ein langes

Leben. Er beschenkte ihn mit materiellem Überfluß, und er beschenkte ihn mit einer liebenden Familie, die in den Tagen der Schwäche über ihn wachen sollte. Und jetzt hat Gott ihn zu sich genommen, zu sich genommen an einen Ort, wo er nie wieder in der Sonne oder im Regen wird arbeiten müssen. Er hat ihn auf eine Weide geführt, die zu betreten uns nicht ansteht, eine Weide, auf der das Gras niemals verdorret und auch das Wasser nie versiegt. Homer verabredete sich mit Gott, und er hielt seinen Termin ein. Viele Male vor den Tagen seiner Schwäche habe ich Homer Bannon zu seiner Herde hinausreiten sehen, und jedesmal habe ich mir gedacht: ›Da reitet ein braver Mann. Da reitet ein Mann für Gott.‹ Und jetzt ist er nicht etwa gestorben, nein, er hat nur seinen Vertrag mit Gott gehalten und ist weitergeritten. Und auch wir, die wir noch hier sind, haben unseren Vertrag mit Gott, und wenn wir Homers Beispiel folgen, dann werden auch wir eines Tages unseren Termin bekommen. Wenn dieser Termin dann kommt, wenn wir an jenen Ort übersiedeln, in jenes Land jenseits des Flusses, das noch reicher ist als selbst dieses hier, noch schöner als selbst dieses, dann werden wir dort unseren Freund Homer Bannon vor uns über die Weiden der Ewigkeit reiten sehen. ›Und Henoch ging seinen Weg mit Gott; dann war er nicht mehr da; denn Gott hatte ihn zu sich genommen.‹«

Als er fertig war, hatte ich ein Zucken in den Beinen. Ich mußte daran denken, wie Großvater wirklich über das Land dachte, wie er stets dabei war, es zu studieren. Eine Menge Leute in der Kirche weinten. Kaum hatte sich Bruder Barstow gesetzt, stand der Chor wieder auf und sang »Whispering Hope«. Mrs. Turners hohe Stimme war großartig bis zum Ende, und mich fröstelte wieder. Dann stand Bruder Barstow wieder auf und sagte: »Nun, meine liebe Gemeinde, möge die Gnade unseres Herrn und Erlösers Jesus Christus mit einem jeden von uns sein, jetzt und in alle Ewigkeit. Amen.« Einen Augenblick später traten auch schon die Sargträger nach vorn und standen verlegen da, während der Mann vom Bestattungsinstitut am Sarg herumfummelte. Er ließ sie alle zurücktreten, um für eine Weile im Mittelpunkt der Aufmerksamkeit stehen zu können. Dann nahmen sie den Sarg auf und trugen ihn in den hinteren Teil der Kirche, und ich dachte schon, sie wollten ihn wegtragen. Der Mann vom Bestattungsunternehmen kam herüber, stellte sich neben Großmama und machte uns Zeichen, sitzen zu bleiben. »Die Trauernden können sich jetzt von dem Dahingegangenen verabschieden«, sagte er. Ich drehte mich um und sah den Sarg mitten im Eingang der Kirche stehen. Ich sah einen Mann sein kleines Mädchen hochheben, damit sie Großvater sehen konnte.

Dann machte uns der Mann Zeichen aufzustehen, und ich folgte Hud aus der Reihe. Schließlich konnte ich den Sarg wieder sehen. Er erschien mir groß wie ein Kahn. Viel zu groß für Großvater, der nur noch Haut und Knochen war. Der silberne Rand um den Sarg leuchtete wie Feuer, und als ich näher kam, sah ich, daß er innen ganz mit rosarotem Satin ausgeschlagen war. Und mitten drin lag Großvater – oder das, was von ihm noch übrig war. Nie im Leben war er jemals so herausgeputzt gewesen. Ich blieb an der Längsseite stehen, und dann wußte ich mit einemmal, daß er wirklich tot und für immer fort war; vorher hatte ich das womöglich gar nicht kapiert. Sie hatten ihn in einen glänzenden schwarzen Anzug mit weißem Hemd, Weste und dunkelroter Krawatte gesteckt; auf der Krawatte saß ein kleiner goldener Vogel. Seine Hände lagen, weiß wie Farbe, auf seiner Brust. Ich drückte das Gesangbuch zusammen, als ich ihm ins Gesicht blickte. Sie hatten ihn angemalt, mit roter Farbe, wie Frauen sie benutzen. Ich sah sie auf seinen Backen und um den Mund, wo sie eine Kruste bildete. Ich sah, daß man ihm Pomade ins Haar geschmiert hatte und rund um seine Augen etwas Klebriges, das aussah wie Honig. Ich wünschte, ich hätte ihn so begraben können, wie er gestorben war; das wäre besser gewesen. Ich stand zu lang vor ihm; ich wollte nicht von ihm weg, und schließlich zog mich Hud ein, zwei Schritte weiter. Er hielt mich am Arm.

»Komm schon«, sagte er. »Laß sie ihn auf den Friedhof und unter die Erde bringen. Sehen wir zu, daß wir mit der Scheiße hier fertig werden.« Ich ging mit ihm zum Rand der Menge, und dann standen wir da, während Großmama ihn sich ansah. Sie war die Letzte. Dann schloß der Mann den Deckel, so daß keiner mehr was sehen konnte, und ich war froh darüber. Die Sargträger nahmen ihn auf und legten ihn in den Leichenwagen.

»Jetzt komm«, sagte Hud. »Du fährst mit uns zum Friedhof.«

Aber noch bevor er mich wieder gepackt hatte, drehte ich mich um und sprang in die Menge. Ich wand mich durch, bis ich auf der anderen Seite wieder draußen war und rannte außen herum zur Rückseite der Kirche. Keinen Schritt mehr würde ich mit diesen Leuten gehen, Hud hin, Hud her. Er schien mir nicht nachzukommen, und so ließ ich mich hinter einer Hecke auf die Erde fallen.

Dann hörte ich, wie die Autos abzufahren begannen. Es wurde still um die Kirche, und ich, in meinem guten Anzug, saß auf der Erde. Mir war ein bißchen zum Heulen zumute, weil der Tag so schlimm war und weil sie Großvater schließlich doch getroffen hatten, jetzt, wo er sich nicht mehr wehren konnte. Aber meine Augen waren trocken, und mir war so heiß, daß man hätte meinen können, ich hätte Fieber.

Ich schlug das Gesangbuch auf und suchte nach dem Lied über den schönen Fluß, konnte es aber nicht finden. Ich summte mir ein Stück davon vor und dachte daran, wie Mrs. Turner es gesungen hatte, wie schön es sich anhörte, wenn sie die Wörter über den schönen, den schönen Fluß sang. Das Lied ließ mich wieder an Großvater denken, so wie er vor der Rinderkrankheit gewesen war, in den Tagen, wo er noch hatte lachen können. Eine Menge Dinge über ihn fielen mir ein, an die ich lange, lange nicht mehr gedacht hatte: wie ich mich früher schon ganz früh morgens aus dem Bett geschlichen und ihn durchs Fenster beobachtet hatte, wenn er auf dem Weg zur Weide vorbeikam und hinter ihm her eine Horde wilder Cowboys. Schon vorher überlegte ich immer, welches Pferd er wohl nehmen würde – es kam durchaus vor, daß er einen Bronco nahm. Einmal, er hatte eben eine Krankheit überstanden, da ließ er seine Cowboys ihn mit Heudraht in den Sattel binden, damit er nicht runterfiel, falls er schwach wurde. Ich blickte auf die nackte Erde hinter der Hecke, die nackte braune Erde, und dachte daran, daß sie Großvater mitgenommen hatten, um ihn da hineinzustecken. Ich schätze, er war nun wohl das letzte Mal an mir vorbeigekommen, um auf sein Land zu reiten, das letzte Mal und für immer. Mit einemmal schien es mir, als hätten sie ihn vielleicht doch nicht so schlimm getroffen – immerhin blieb er ja mit dem Land verbunden, so wie er es immer hatte haben wollen. Der Sarg und die Farbe würden keine Rolle mehr spielen, wäre er erstmal tief in der Erde seines Landes. In diesem Augenblick kam ich zu dem Schluß, daß ich mir keine allzu großen Sorgen darüber zu machen brauchte, ob ich seine Ranch nun behalten oder verlieren würde, egal was, denn was auch immer ich damit tun würde, ich würde es nur für mich tun. Er hatte das Land immer fest in der Hand gehabt, und er würde auch künftig in der Hand haben, was er davon noch brauchte, und das für immer. Ich stand auf und ging wieder auf die Vorderseite der Kirche. Ich ließ meinen Blick über das grüne Gras und hinauf zu den weißen Wolken wandern, die sich von Süden her an den Himmel schoben. Ich ging in die Kirche und legte das Gesangbuch auf eine Bank. Dann ging ich wieder hinaus und stand auf dem Gehsteig vor der Kirche, beguckte mir noch mal das Gras, die Magermilchwolken und die blauen Kirchenfenster und dachte an den Reiter, der für immer weitergezogen war.

Epilog

Am folgenden Nachmittag verließ ich Thalia, und nur Hud wußte, daß ich ging. Ich sagte ihm, ich würde noch Hermy besuchen und dann vielleicht woanders hingehen, eine Weile arbeiten, wenn ich das Glück hätte, einen Job zu finden. Er sagte, es sei ihm recht, aber daß man mich wahrscheinlich da haben wolle, wenn die Geschichte mit Großvater zur Verhandlung kam. Er sagte, daß das eine Weile dauern könne. Hud schien die Ruhe selbst und durchaus freundlich, jedenfalls schien ihn nichts zu bedrücken. Sie würden ihn natürlich unter Anklage zu stellen versuchen, wegen Mordes ohne böswillige Absicht, aber er sagte, er glaube nicht, daß sie damit durchkämen. Das Schlimmste, was ihm passieren könnte, wenn es tatsächlich dazu kam, waren fünf Jahre, und die würden so gut wie immer zur Bewährung ausgesprochen. Ich wußte, daß er wahrscheinlich am Schluß prima dastehen würde. Er sagte, ich solle in Verbindung bleiben, damit ich rasch zu finden wäre, wenn sie mich brauchten.

Ich packte ein paar Sachen zum Anziehen ein, ein paar meiner Taschenbücher und fuhr mit dem Pickup in die Stadt. Auf der Bank hob ich mein Geld ab und ließ den Pickup vor dem Gerichtsgebäude stehen, wo Hud ihn leicht finden könnte. Da es mitten am Nachmittag war, herrschte eine Gluthitze, und mir war nicht danach, mich so einfach auf den Weg zu machen. So kramte ich ein Weilchen im Drugstore herum und ging dann in den Billardsalon, wo ich bis zum Dunkelwerden Snooker spielte. Ich gewann sogar um die fünfundsiebzig Cent. Als ich wieder herauskam, dämmerte es bereits, und die vier Ampeln um den Platz waren einge-

schaltet. Ich stand am Randstein neben dem Pickup. Man hatte den Rasen vor dem Amtsgericht gesprengt, und das Wasser zusammen mit dem Gras und dem heißen Tag verströmte einen angenehmen Geruch. Ich holte meinen Koffer und beschloß, es sei jetzt Zeit. An der Tankstelle stand ein roter Viehtransporter, und der Fahrer stand daneben und prüfte die Reifen. Ich ging hinüber und sah ihm dabei zu.

»Ich hab gedacht, ich hätt 'n Platten«, sagte er, als er um den Laster herumkam. Er grinste mich an. »Ich schätze, ich hör wohl das Gras wachsen.«

»Wo fahren Sie 'n hin?« fragte ich ihn. Ich kam mir ein bißchen albern vor.

»Raton, New Mexico«, sagte er. »Die ganze Strecke an einem Stück, und irgendwann morgen abend komm ich wieder hier durch. Meine Firma ist in Fort Worth.«

»Würden Sie mich nach Wichita mitnehmen?« fragte ich. »Ich muß heut abend dort sein.«

»Klar doch, sicher, Teufel auch«, sagte er. Er war klein und hatte schwarzes Haar, einen Bierbauch und ein verrücktes Grinsen. Er gab mir mit einer Handbewegung zu verstehen, in den Laster zu steigen. »Ich war den ganzen Weg so einsam wie ein Hund«, sagte er. »Ich heiß Bobby Don Brewer.«

Ich krabbelte in das hohe, federnde Fahrerhaus und stellte meinen Koffer zwischen die Beine. »Ich bin Lonnie Bannon«, sagte ich, und wir schüttelten einander die Hand. »Einen Freund von mir hat's neulich beim Bullenreiten erwischt, und ich dachte mir, ich fahr ihn mal besuchen.«

Bobby Don legte knirschend den Gang ein, und wir fuhren los. »Als ich so 'n junger Spritzer war, da bin ich auch die Bullen geritten«, sagte er und spuckte zum Fenster hinaus. »Aber jetzt hab ich selber zwei Jungs. Mutti läßt mich nicht mehr aufs Rodeo. Manchmal geht's mir aber doch ab, das sag ich dir.« Er schlug klatschend mit einer Hand auf den Sitz und hupte einen Tanklastzug an; er schien ein wenig traurig geworden zu sein. »Ich hab herrliche Zeiten gehabt beim Rodeo«, sagte er. »Hinter den Mädchen herlaufen, saufen und was weiß ich. Ich hab da 'n paar prima Jungs gekannt, die ich schon ewig nicht mehr gesehen hab. Wir haben wohl alle zu tun, um uns unser bißchen Leben zu verdienen, schätz ich.«

»Sag mal?« fragte er dann. »Bannon, sagst du? Verwandt mit Homer Bannon?«

»Ich bin sein Enkel«, sagte ich. »Kennen Sie ihn?«

»Teufel, und ob«, sagte er. »Ich hab so manches Stück Vieh von seiner Ranch gekarrt. Teufel auch, jetzt erinner ich mich dran, dich schon mal gesehen zu haben. Wie geht's denn Mister Homer so?«

Ich hatte keine Lust, mich auf ein langes Gespräch darüber einzulassen.

»Ganz der alte Teufel«, sagte ich.

Er wurde still, und wir fuhren durch die Vorstadt von Thalia. Die Sonne versank im Westen in den großartigen Canyons, und auf dem Weideland wurde es dunkel. Im Norden, über dem Seil des Highway, sah ich die Straße und den endlosen Himmel miteinander verschmelzen. Ich war versucht, genau das zu tun, was Jesse mir mal gesagt hatte: mich zurückzulehnen und vom Laster bis zur Endstation mitnehmen zu lassen. Aber ich wollte Hermy sehen, und ich wußte, daß Bobby Don keine Zeit zu verschwenden hatte. Ich sah die Lichter der Häuser, als wir in der Dunkelheit an ihnen vorbeiwischten, die der kleinen Häuser, der Ranches und der Farmen; ich kannte sie alle, Bobby Don summte ein altes Lied, dessen Melodie ich längst vergessen hatte, und ich saß da und dachte an Thalia; in Gedanken fuhr ich noch mal durch die Straßen. Zu Hause war es jetzt Zeit für den Abendzug, und kein Mensch saß auf der Veranda. Aber eine Weile lang, während der

Laster über die mittlerweile dunkle Weide rollte, hatte ich sie alle bei mir, die Gesichter, die meine Tage ausgemacht hatten: Jesse und Großvater, Halmea und Hud.

»Gottverdammich«, sagte Bobby Don und wandte sich an mich. »Das ist ja wirklich blöd, daß es deinen Freund erwischt hat. Diese Bullen können einen verdammt zurichten, ich weiß das.«

Im Fahrerhaus war es dunkel, und das Licht vom Armaturenbrett warf Schatten auf sein Gesicht, so daß er mich, als ich ihn ansah und er sich seinen alten Strohhut in die Stirn zog, die Augen auf der Straße, an jemanden erinnerte, den ich sehr gern hatte; er erinnerte mich an alle, die ich kannte.